문학은 노래다

문학은 노래다

2015년 9월 17일 1판 1쇄 발행
2023년 11월10일 1판 6쇄 발행

지은이   제갈인철
펴낸이   한기호
펴낸곳   북바이북
출판등록 2009년 5월 12일 제313-2009-100호
주소 121-839 서울시 마포구 서교동 484-1 삼성빌딩A동 2층
전화 02-336-5675 팩스 02-337-5347
이메일   kpm@kpm21.co.kr
홈페이지 www.kpm21.co.kr

ISBN 979-11-85400-17-4 03800

북바이북은 한국출판마케팅연구소의 임프린트입니다.
책값은 뒤표지에 있습니다.

북뮤지션 제갈인철의 문학과 인생 이야기

문학은 노래다

제갈인철 지음

북바이북

책은 눈으로 읽어도 그 속에 침묵의 음악이 있다. 낭독을 하면 책은 한 개의 음을 가진 노래가 된다. 내가 해온 작업은 '한 개의 음을 가진 낭독을 여러 개의 음을 가진 낭독으로' 바꾸는 일이었다. 이것이 책 노래가 가지는 의미이고, 내게 있어 문학은 곧 노래다. 누군가의 인생에서 나온 이야기를 노래에 실어 사람들 사이에 메아리로 울려 퍼지도록 하고 싶었다.

사람의 이야기를 듣기 위해, 그리고 문학을 읽어주고 노래로 들려주기 위해 9년을 돌아다녔다. 사람들은 그런 나에게 '북뮤지션'이라는 이름을 붙여주었다. 많은 사람을 만났고, 문학은 힘이 세다는 것을 증명해보이려 애썼다. 언제나 무대 위에서 객석을 바라보며 생각했다. '저 중에 몇 명은 오늘 문학을 만나 인생이 달라질 것이다.' 나의 소원대로 북콘서트를 했던 도서관이나 학교에서 사람들이 더 많이 책을 읽게 되었다는 이야기를 들으면 그보다 큰 보람이 없었다.

오늘을 살아갈 힘, 세상과 맞설 힘은 여러 곳에서 나온다. 그 원천이 많은 사람일수록 사는 맛이 좋을 것이며 생의 추진력도 클 것이다. 나의 경우는 사람, 문학, 노래가 힘의 원천이다. 사람은 이름을 남기는 게 아니라 이야기를 남긴다. 사람이 남기는 이야기, 그게 문학이다. 또한 사람이 남기는 소리, 그게 노래다. 문학이든 노래든 사람들이 살아낸 흔적이고, 그것은 다른 사람들의 존재 의미를 더욱 밝혀준다.

지난 1년간 격주간 출판전문지 〈기획회의〉에 '제갈인철의 한국문학 이야기'라는 이름으로 연재했던 글을 묶어 세상에 내놓는다. 한 달에 두 번 정기적으로 글을 써낸다는 것은 쉽지 않은 일이었다. 나는 늘 북콘서트 현장이나 길 위에 있었고, 집에 며칠 만에 들어오는 날들도 많았다. 곡 창작도 차로 이동하면서 녹음기를 통해 했을 정도니 고요히 책상에서 쓴 글은 몇 편 되지 않는다. 대부분이 지방의 숙소 이곳저곳에서 쓰였다. 그러니 이 책은 내가 살아가는 모습 그대로라고 할 수 있다. 연재하는 동안 몇몇 독자들에게서 편지를 받았다. 글을 읽고 '살아갈 힘을 얻었다'라는 게 그들의 공통된 얘기였다. 원고를 넘기고 나면 다음 글이 나오지 않을 것 같은 느낌을 매번 가질 정도로 고역이었지만, 내 글이 누군가에게 힘이 되었다는 사실이 내게 또 다른 힘을 주었다. 그래서인지 지난 1년간 지구 두 바퀴에 이르는 거리를 다녔는데도 별로 힘이 들지 않았다.

여전히 수많은 책들이 쉬지 않고 쏟아져나오는 세상이지만, 책의 힘은 점점 약해지고 있다. 그중에서 문학은 빠른 속도로 사람들과 멀어지고 있다. 사람들이 문학을 멀리하는 이유는 '사는 데 유용할 것 같지 않아서'다. 나는 사람들을 만나는 현장에서 "먹고살기 힘든 세상에 문학이니, 책이니 하는 것들이 다 무슨 소용인가요?" 하는 말을 무척이나 많이 들었다. 그 말은 내 의지를 더욱 불타게 만들었다. 그들을 위해 두 가지 일을 해야 한다고 마음먹었다. 하나는 문학이 우리 인생을 일으켜 세울 힘이 충분히 있다는 걸 증명하는 일이고, 또 하나는 문학과 책을 읽을 시간과 여력이 없는 사람들에게 더 많은 문학 이야기와 노래를 들려주는 일이다. 그 과정들이 이 책에 고스란히 담겨 있다. 이 책을 읽고 문학을 가까이하고자 하는 이들이 늘어난다면 또 한 번 큰 보람을 느낄 수 있을 것 같다. 생의 깊은 나락에서 날 구해준 문학의 힘을 독자 분들과 나누고 싶다.

음악인으로서 더 큰 흐름을 타도록 한껏 응원을 해주신 전 KBS 방송작가 기정 선생님, 초라한 글을 진정성 하나로 높이 사주신 한국출판마케팅연구소 한기호 소장님, 북뮤지션의 첫걸음을 열어준 숭례문학당 김민영 이사님, 생의 암흑기를 문학의 힘으로 이겨내던 때에 함께 마음을 나눴던 블로그 이웃들에게 감사드린다. 그리고 지금도 고독의 방에서 어떤 인생의 이야기와 대면하고 있을 작가님들과, 현장에서 자신의 인생을 열어 내 노래를 보듬어주던 분들에게 깊이 감사의 말을 전한다.

2015년 9월

제갈인철

차례

3장 내 노래가 위로가 될 수 있다면

4장 북콘서트에서 만난 인생들

솜사탕을 먹는 밤

그날을 어찌 잊을까. 활자가 솜사탕으로 변하여 내 입속으로 마구 들어오던 밤. 이전에 몰랐던 달콤함에 놀라서, 내 생애 처음으로 책을 읽다가 새벽을 맞은 밤. 누군가에게는 그냥 어느 날이 될 수도 있겠으나 나에게는 잊을 수 없는 그날로 남은 밤 말이다. 스무 살. 대학 신입생이 된 나는 전공서적을 사러 대구의 큰 서점에 들렀다. 제목도 생소하고 목차를 보면 머리부터 아파 오는 경제학 책을 고른 후 계산대로 가려는 순간, 내 눈길을 붙잡는 책 제목『별들의 고향』.

중학교 2학년 무렵, 누나들 방에는 조그만 책장이 있었는데

이 책도 『탈무드』, 『제8요일』 등과 함께 꽂혀 있었다. 사춘기 소년과 연애소설은 아직은 만나지 말아야 할 대상이라는 생각에 서였는지, 그때의 나는 주인공 남녀가 입맞춤하는 대목만 한두 번 읽어보고 그다지 관심을 두지 않았다. 친구들이 가방 속에 몰래 가지고 다니는 〈선데이서울〉이 훨씬 읽기 좋았다.

누나들이 시집을 가고 책들도 사라졌다. 그러다 5년 만에 다시 내 앞에 나타난 것이다. 기억을 더듬으며 찾아보니, 주인공의 입맞춤은 그대로 거기 있었다. 소년 시절을 잠시 빌려오는 마음으로, 책을 계산대로 가져갔다. 상하권으로 나뉘어져 있었는데, 다 읽을 엄두가 나지 않아서 상권만 샀다. 집으로 와서 배 깔고 엎드려 첫 페이지를 열었다. 몇 페이지나 읽을 수 있을까 싶었다. 그도 그럴 것이, 세계명작동화 한 권 읽어보지 않고 스무 살이 되어버린 나였다. 생각보다 페이지를 넘기는 게 어렵지는 않았다. 그런데 조금 지나 나는 완전히 주인공 문오가 되고, 경아는 내 사랑스러운 연인이 되었다. 현실에서도 해보지 못한 첫사랑에 빠져버린 것이다.

내 작은 방은 이내 커피숍이 되었다가, 공원 벤치가 되었다가, 네온사인이 깜빡이는 밤거리가 되었다. 세상에 사랑이란 것이 있고, 그것은 어떤 이성적 판단으로도 빠져나올 수 없는 늪이라는 사실을 나는 처음 알아가고 있었다. 저녁 안 먹으면 밥 상을 치워버린다는 엄마의 경고 때문에 서둘러 몇 숟가락 뜨고는 다시 사랑의 세계로 들어갔다. 경아가 좋아 미칠 것 같은데 상권이 끝나버렸다. 왜 하권을 사오지 않았던가. 창문에 새벽이 와 있었다.

아침 일찍 집을 나섰다. 내가 탄 버스 저 앞자리에 경아가 나타나고 사라지고를 반복했다. 서점에 들러 허겁지겁 책을 사고는 학교로 가는 버스 안에서도, 정류장에 내려서도 한참을 읽었다. 수업을 들어가지 말고 계속 읽을까, 잠시 고민을 했다.

"이제는 가야 할 시간이어요." 누군가 내 곁에서 속삭이는 소리에 깜짝 놀라 뒤를 돌아보았다. 그곳에는 경아가 서 있었다. 그러다가 없어졌다. 그럼 가야 할 시간이고말고. 나는 거리를 건너가다 땅콩 파는 곳에서 경아가 땅콩을 사는 것을 보았다. 내가 달려가자 경아는 카바이드 불 속으로 녹아 사라져 버렸다.

『별들의 고향』, 최인호 지음, 동화출판공사, 1984

소설에 나오는 대목처럼, 나 역시 고개를 돌리면 저기 길 건너편에 경아가 서 있는 게 보이는 것 같았다. 살짝 겁도 났다. 내가 지금 제정신인가. 마치 사랑이 못 빠져나가게 하려는 듯 책을 품에 안고 교정을 들어섰다. 어떤 여자든 살짝 부딪치기만 해도 그 여자는 경아가 되고 나는 그녀와 사랑에 빠질 것만 같았다. 온종일 누구와도 부딪치지 않도록 조심해서 다녔다.

다음 날, 경아와 나는 다른 소설책 속으로 건너갔다. 『별들의 고향』에 이어 두 번째 읽은 소설이 무엇인지는 기억이 나지 않는다. 경아도 다른 이름으로 바뀌어져 있었다. 사랑에 목마른 나는 최인호의 다른 소설들과 한수산을 거쳐 박범신으로 넘어갔다. 최인호가 솜사탕이었다면 박범신은 사막이었다. 나는 한없이 목말랐고 끝없는 문학의 사막으로 걸어 들어갔다. 오아시스를 만나지 않아도 좋았고, 돌아오는 길이 없어도 좋았다.

문학 읽기에서 세상 읽기로

문학에는 사랑만 있는 게 아니었다. 모든 문학작품은 그것이 탄생한 시대 조건으로부터 자유로울 수 없기에, 마구 건너다니며 다른 세상을 느껴보기에는 문학만큼 좋은 길이 없었다. 조정래와 이병주를 읽는 중에는 배낭을 메고 순천과 구례 등지를 가보았다. 이 작은 강토에서 그토록 커다란 열병을 앓았던 이가 있었다는 사실을 모르고 살았다.

아는 만큼 그 대상을 대하게 된다. 대하는 방식도 태도도 달라진다. 내 나라 내 강토에 대해 아는 만큼 사랑할 수 있고, 어떻게 젊어지고 가야 할지도 고민하게 된다. 김원일을 읽으며 분단 자료를 모았고, 김성동과 함께 존재와 영원을 생각했다. 건너가고 싶은 징검다리는 끝이 없었다. 조성기, 장정일, 하일지,

이청준, 오정희, 전상국, 송영, 조해일, 한승원, 황지우, 이성복…
얼마나 많은 이름들이 내 마음의 논밭을 경작해주었던가.

　친구들이 내게 말했다. 책이 다는 아니라고. 그래서 나는 시간이 되는대로 책이 말하는 것을 발로 밟으며 느끼려 애썼다. 맞다, 책이 다는 아니다. 하지만 책을 읽지 않으면 그 '다'가 무엇을 말하는지 평생 모르고 살 수도 있지 않은가.

　1980년대 중반의 학교는 늘 매캐한 냄새로 눈물이 났다. 인간과 세상을 향해 따로 감성을 키울 필요가 없었다. 당시 사회는 경제의 속도에 짓눌린 인간의 가치를 막 발견하게 된 때였으므로, 학생들은 자연스레 나 아닌 우리를 더 생각했다. 내가 문학을 읽으면서 사회과학으로 읽기의 범위가 확장된 것은 자연스런 현상이었다. 리영희, 신영복, 루쉰에게서 세상을 대하는 태도를, 정운영에게서 평생 지켜가야 할 나만의 경제학을 배웠다. 거칠게 말하자면 문학으로 인간을, 사회과학으로 세상을 배웠다고 해도 좋겠다. 하지만 나의 읽기는 항상 문학으로 돌아왔다. 문학은 영원히 내 정신의 고향이었다.

　문학을 읽어갈수록 거기서 나오는 모든 화살들이 하나의 과녁에 꽂히는 것을 느꼈다. 그 과녁의 이름은 '사람'이었다. 사회는 사람과 사람이 만난 곳이고, 역사는 사람과 시간이 만난 것이다. 따지고 보니 이 세상 모든 이치, 모든 존재는 사람이라는 공통분모를 갖고 있었다. 그때부터 내가 문학을 고르는 기준,

세상을 대하는 기준, 살아가는 목표는 사람이 되었다. '사람을 사랑하라'는 명제 앞에, 세상 모든 것은 무릎을 꿇어야 한다. 나는 한 사람을 우주처럼 사랑하기 위해 더 많이 읽고 사고하고 행동해야 한다고 생각했다.

졸업할 때까지 내 가방 속에는 전공서적 반, 문학서적 반이 들어 있었다. 그건 내가 가장 소중하게 지키고자 했던 나만의 자존심이었다. 그것이 지금까지 이어져 거친 노동의 세계에서 예술을 끈질기게 붙잡는 동력이 되었다. 내가 이곳저곳에서 가장 많이 받았던 질문은 "국문과 다니세요?"였다.

그렇게 읽다 보니 당연히 책 살 돈이 모자랐다. 월 용돈 6만 원에서 교통비, 점심값을 빼면 책 살 돈이 얼마 남지 않았다. 어쩔 수 없이 『객지』에서 배운 대로 노동현장에 정기적으로 가서 책 살 돈을 벌었다. 라이브 카페에 자리가 나면 노래를 해서 책을 사기도 했다. 박노해의 시를 읽고 가슴이 벅차서 노래로 만들어 교내 가요제, 학교 밖 통일 가요제에 나갔더니 상도 받았다. 책과 노래가 합쳐진 지금 나의 활동은 그때 싹이 돋았다고 봐야 할지 모른다.

감성의 물을 이성의 그릇에

소설이든 시든 닥치는 대로 읽어나가던 내 독서방식에 하나의 전환점이 된 책이 장석주의 비평집 『한 완전주의자의 책읽기』였다. 독서가 늘어갈수록 쏟아져 들어오는 문학의 감성은 내 속에서 아무렇게나 풍랑을 일으키고 있었다. 물이 아무 때나 범람하지 못하도록 방파제를 만들고, 꼭 필요할 때 꺼내 쓸 수 있도록 저수지를 만들어야 했다. 도서관의 수많은 책들에 일련번호를 매겨서 서고에 정리하듯, 평론집은 감성의 충돌이 일어나지 않도록 저장소들을 만들어주었다.

> 내게 전달되어 오는 정보는 대개 굴절되거나 가공된 것들이다. 참 사실들을 접하고 싶다는 내 욕망은 내 자유의지의 실천에 의한 능동적 생성의 삶을 살고 싶다는 욕망과 맞닿아 있다. 무엇보다도 나는 자유인이고자 한다. 그러나 음험한 역사는 참 사실들의 세계를 차단하고 변질시킨, 죽은 사실들만 보여준다. 그래서 나는 책 읽기에 매달렸다.
>
> 『한 완전주의자의 책읽기』, 장석주 지음, 청하, 1989

장석주의 말처럼 책을 읽어갈수록 가공된 세계의 실체들이 조금씩 보이기 시작했다. 물론 실체라는 말은 영원히 쓸 수 없을지도 모른다. 내가 실체 혹은 진실이라고 말하는 그것도 나에 의해 일정 부분 가공된 것일 테니까. 그래서 부정한 것을 긍정하고, 비판한 것을 사랑하는 일을 살아 있는 동안 해야 한다. 살아 있는 한, 모든 것은 과정이다. 종착지는 없다. 길에서 부처를 만나면 부처를 죽여야 한다지 않던가.

최인호가 내 문학 읽기의 수원지였다면, 장석주는 책 읽기의 강에서 바다로 나아간 기점이었다. 장석주의 평론집들로 인해, 학교에서 내 별명은 '선택된 언어'가 되었다. 운동권 친구는 선동문을, 사랑에 빠진 친구는 러브레터를 써달라고 했다. 그때마다 나는 장석주의 책들을 권하거나 선물로 사주었다. 장석주를 한 권이라도 읽은 친구들은 내가 따로 책 읽는 방법을 알려주지 않아도 스스로 갱도를 잘 파들어갔다. 평론이 창작물 못지않게 재미있다는 것을 알게 된 나는 자연스럽게 김현, 백낙청, 김주연, 유종호, 염무웅 등을 읽어나갔다. 평론집은 다음에 무슨 책을 읽을까에 대한 안내 역할도 했다. 생각해보면 당시는 책을 읽기에 좋은 사회 환경이었던 것 같다. 학생들은 자기를 꾸미기 위해서라도 품격 있어 보이는 책 한 권씩 들고 다녔고, 신문에는 책 광고가 많이 나왔으며, 책 읽기를 방해할 미디어도 범람하지 않았다. 약속 장소도 지금처럼 커피전문점이 아니라 서점이 가장 인기 있는 곳이었다.

졸업이 다가올 무렵, 선배들은 하나같이 말하기를 세상은 꿈의 무덤이라 했다. 내가 읽은 책들은 먹고사는 데 아무 도움이 안 될 거라고도 했다. 나는 그들이 틀렸다는 것을 증명하고 싶었다. 그동안 읽었던 것들의 힘을 믿고, 세상의 문을 활짝 열고

뛰어나갔다. 문학이여, 세상의 펀치에 넘어질 때마다 다시 일어
날 힘을 다오.

  안타깝게도 최인호 선생과는 북콘서트를 함께해보지 못하고
2013년 9월 명동성당에서의 장례미사에 참석하여 애달픈 작
별인사를 드렸다. 검은 리무진이 떠나고 한참을 명동성당 뒷마
당에 앉아 있었다. 그를 함부로 잊는 것은 내 인생의 한때를 함
부로 대하는 것이다. 내게는 다른 작가도 그러하다. 장석주 선
생은 〈국악방송〉에 출연했을 때 처음 뵈었는데, 마침 내가 출연
할 프로그램의 진행을 하고 있었다. 그리고 얼마 후 다른 북콘
서트에 함께 참여했다. 내 영혼의 스승을 만나서 오래 익어온
사랑을 고백하고 노래를 헌사해드리는 기쁨을 어찌 말로 다 하
리오. 다음은 장석주 선생의 시에 내가 곡을 붙인 것이다. 제목
은 〈단순하고 느리게 고요히〉다.

    땅거미 내릴 무렵

    광대한 저수지 건너편

    외딴 함석지붕 집

    굴뚝에서 나온 연기가 흩어진다

    단순하고 느리게

    단순하고 고요히

    오, 저것이야!

아직 내가

살아보지 못한 느림!

시처럼 소박한 음률이었지만, 선생은 크게 박수를 치며 "브라
보!"를 외쳐주었다. 관객이 지켜보는 가운데, 선생을 만나면 꼭
여쭤보고 싶었던 질문을 했다. "선생님에게 시는 무엇입니까?"
그날 선생의 답변은 내 가슴 가장 깊은 곳에 넣어두고 있다. "묻
지 마십시오. 시는… 목이 멥니다." 그처럼 감동적인 답변은 그
어디에서도 들어본 적이 없다. 아직 선생처럼 답을 할 자신은
없지만, 세상과 문학과 내 인생 앞에 이 고백을 하며 살고 싶다.

내 청춘의 많은 시간을 바치고 생의 동반자로 받아들였던 문
학. 학교를 졸업할 때까지 몇 권을 읽었는지는 모르겠다. 서울
에서 직장생활을 하면서 자동차가 생겼을 때 책을 몇 번에 걸
쳐 대구에서 서울로 옮겼다. 대부분 대구에서 처분을 했고, 평
생 곁에 두고 싶은 책을 골라내어 서울 집으로 옮겨온 것이 수
백 권이었다. 사업에 실패하고 집이 없어지자 그 책들을 보관할
장소도 없어졌다. 무수한 밑줄과 메모가 빼곡했던 책들과 쓰린
이별을 해야만 했다. 고물상에 종잇값만 받고 넘기던 날, 책더
미 앞에 쪼그려 앉아 방 한 칸 구석에 놓아둘 수 있을 이삼십 권
만 골라냈다. 다행히 최인호와 장석주는 아직 내 곁에 있다.

1장

내 인생은
문학이었다

누가 봐도 불행하다고 말할 상황에서도,

멕시코 이민 1세대들은 이따금 웃었다.

실제로 그들이 농장에서 찍은 사진을 보면 몇몇은 웃고 있다.

삶은 어떤 순간이든지 희비극이 교차한다.

완전한 비극에도 먼지 같은 희극이 섞여 있어서

그것이 호흡기를 간질여 웃음을 터지게 한다.

인간의 질긴 생명력은 바로 이 지점에서 나오는지도 모른다.

　　─「운명의 회오리」 중에서

운명의 회오리

_김영하, 『검은 꽃』

멕시코의 검은 밤

벌써 10년도 넘은 일이다. 막역지간인 선배가 나를 찾아왔다. 멕시코 바이어에게 돈을 받으러 가는 길인데 같이 가자고 했다. 당시 선배도 나도 살길이 막막했던 터라 지푸라기라도 잡는 심정으로 비행기를 탔다. 선배는 섬유 수출을 하면서 외상거래를 많이 했는데, 바이어가 워낙 신용이 좋아서 별문제는 없었다. 그런데 당시에 만연했던 멕시코 현지 수입업자들의 관행대로 수입 가격을 낮춰 신고하는 편법을 자행하다가, 멕시코 정부의 수사로 우리 교포들이 무더기로 적발되어 구속 수감되었다고 했다. 한국 교민들을 향한 표적 수사였다. 당연히 선배 회사의 수출 대금도 일정 기간 묶여버렸다. 2년 후 그 바이어가 풀려나왔다는 소식을 듣자마자 선배는 멕시코 행을 결정한 것이다.

　도착하자마자 숙소를 정하고, 바이어가 운영하는 의류 매장에 갔다. 매장 입구에는 두 사람이 기관총을 든 채 좌우로 서 있었다. 바이어는 아직도 어려운 상황이라 일부라도 결제할 형편이 못 된다고 꽁무니를 뺐다. 우리도 굶어 죽을 지경이라며 통사정을 하고, 바이어는 여유 있게 변명을 하며 오후 나절을 보냈다. 바이어가 내일 다시 이야기하자면서 우리에게 저녁을 사주겠다고 했다. 분위기 좋은 레스토랑에서 치렁치렁한 장식을 걸치고 기타를 멘 가수들 몇이 노래를 불렀다. 멕시코 음악은 얼마나 낭만적인가. 좋을 때 왔으면 아주 달콤한 저녁이었겠지만, 빈손으로 돌아갈지도 모른다는 불안감에 우리는 도무지 짠맛 단맛을 느끼지 못했다.

　식사가 끝나자 딱히 갈 곳도 없는 우리는 일찌감치 호텔로 들어갔다. 우울한 여행지에서 호텔 방의 적막은 견디기 쉽지 않았다. 적막을 깨려고 TV를 켰다. 못 알아듣는 스페인어 방송에 섞여 선배의 말이 건너왔다. "좋은날이… 오겠지?" 순간의 두려움을 걷어내고자 나도 힘없는 대답을 했다. "그래, 그럴 거야. 꼭 좋은 날이… 올 거야."

　하얀 침대보를 머리 위로 끌어올려도 도대체 잠은 오지 않았다. 차라리 이 하얀 침대보가 우리 생의 마지막 이불이었으면 좋겠다는 생각을 나도 선배도 했으리라. 괜히 옛날 학창시절 얘기도 하고 첫사랑 얘기도 했지만, 결국에는 허무와 불안의 종착역에 우리의 마음이 다다르고는 했다. 나보다 성격이 조금 덜 예민한 선배가 먼저 코를 골기 시작했다. 뒤척이다 보니 자정이 넘어갔다. 그 순간 짧게 메아리치는 총소리가 들렸다. 호텔에서 그리 떨어지지 않은 골목이었다. 하지만 이미 내 가슴은 돌을 하나 매달고 우울의 바다로 가라앉고 있었기에 그리 무섭지는 않았다.

창가로 가서 커튼을 젖혔다. 10층이 넘는 높이라 주변 길들이 잘 보였다. 그 순간 또 한 발의 묵직한 총소리가 골목을 찢어놓았다. 잠시 후 경찰차가 소리를 내며 달려왔다. 다시 하얀 침대보를 머리끝까지 뒤집어썼다. 타이머 때문에 꺼져 있던 TV를 다시 켜고 또 타이머를 예약했다. 첫 총성 이후로 거의 30분 간격으로 총성과 경찰차 소리가 들려왔다. 총성이 몇 번이나 어두운 골목길을 뚫고 내 마음도 뚫고 난 후에야 겨우 멕시코의 밤과 화해할 수 있었다.

인생이 피운 검은 꽃

새벽에 일찍 눈을 뜬 우리는 호텔 식당이 문 열기를 기다렸다가 아침을 먹으러 갔다. 햄과 계란이 든 토스트를 먹으며 조금

씩 밝아오는 멕시코 거리를 바라보았다. 어제 저녁의 근사한 식
사보다 불면의 밤을 보낸 새벽의 식사가 훨씬 맛있었다. 설탕을
넣지 않은 검은 커피도 달았다. 지난밤의 어둠이 너무나 쓴맛이
었기 때문이리라.

이틀을 더 바이어와 승강이를 벌였지만 결국 한 푼도 받지 못
하고 돌아왔다. 멕시코로 갈 때, 그리고 거기 머무는 동안은 한
국으로 돌아올 힘도 남아 있지 않았다. 어차피 한국으로 돌아와
도 기대를 가질 만한 일은 아무것도 없었다. 차라리 바이어의
상점에서 막일하며 몇 년을 보내는 게 더 나을 듯싶었다. 아무
대안이 없던 우리는 고개를 떨구고 공항으로 향했다. 그러나 정
체를 알 수 없는 어떤 희망이 우리와 함께 돌아왔다. 깊은 물속
에 빠졌지만 바닥에 발을 디딘 자의 여유였을까.

그로부터 3년쯤 뒤 김영하의 『검은 꽃』(문학동네, 2010)을 읽었
는데, 100년 전 멕시코로 건너갔던 사람들의 이야기 속에서 내
모습을 발견하고 많이 놀랐다. 멕시코 이민 1세대가 된 등장인
물들이 나와 다른 점은, 내가 겪었던 3일간의 암흑을 그들은 적
게는 수년, 많게는 평생 마주하고 살았다는 사실이다. 나는 100
년 전 새로운 희망을 찾아 영국 상선 일포드ILFORD호에 올랐던
1033명 중의 하나가 되어 소설을 읽어나가기 시작했다. 3년 전
에 탔던 비행기는 나의 일포드호였고, 불면의 호텔 방은 에네켄
농장의 숙소였다. 100년 전 그들이 어떻게 삶의 회오리에서 벗

어날 수 있었는지 찾아내기 위해 충혈된 눈으로 페이지를 넘겨 나갔다.

이 소설에서 가장 수긍이 가고 기억에 남는 대목은 여자 주인 공 연수와 동포 위에 군림했던 권용준의 정사 장면이다. 연수는 사랑하는 남자 이정의 아이를 낳아 기르고 있었다. 하지만 이 정이 언제 돌아올지 기약이 없었기에, 아이를 굶기지 않기 위해 돈과 권력이 있는 권용준의 첩처럼 살고 있었다. 연수에게는 생 존을 위해 이를 악문 선택이었고, 권용준도 그녀의 마음을 알고 있었다. 어느 날 둘의 정사 후 권용준의 흔적이 연수의 몸에서 흘러내리는데, 그 순간 연수는 제물포항을 떠날 때부터 지금까 지 지난 몇 년간의 암흑과 치욕이 빠져나가는 듯한 느낌을 받았 다. 순간 방심한 그녀의 몸에서 큰 소리의 방귀가 나왔다.

"이 의외의 소동에 둘 다 놀랐다. 권용준이 킬킬거리며 침대 에 쓰러졌고, 연수도 그런 권용준 위에 엎드려 얼굴을 가렸다. 권용준이 손으로 연수의 엉덩이를 때렸다. 그러자 그녀가 다시 한 번 방귀를 뀌었다. 그것은 그녀를 기이한 편안함으로 몰고 갔다. 지긋지긋했던 그와의 인연이 마치 한편의 소극처럼 느껴 졌다. 그녀의 내부에서 끊어질 듯 팽팽하게 조여 있던 무언가가 풀려버렸던 것이다. 그녀는 처음으로 낄낄거리며 제 육체의 희 극성을 마음껏 누렸다."(221쪽)

나는 이 대목을 읽으며, 몇 년 전 그 암울했던 멕시코 출장 중에 내가 어떻게 웃을 수 있었는지를 알게 되었다. 호텔 방에서 밤새 뒤척이다 새벽에 내려간 호텔 식당에는 전형적인 멕시코 중년 여성이 음식을 준비하고 있었는데, 우리가 스크램블드 에 그를 요청하자 조리실로 사라진 지 한참 만에 나타났다. 계란 몇 개 가져오는데 왜 그렇게 오래 걸렸냐고 물으니, 그녀가 새벽부터 성가시다는 듯이 "알을 낳느라고 늦었다"라고 퉁명스럽게 답해왔다. 선배와 나는 입술을 깨물며 참고 있다가 식당 구석으로 음식을 가져가서 한참을 웃었다. 이상하게 그때부터 조금씩 마음속 어둠이 걷혔다.

누가 봐도 불행하다고 말할 상황에서도, 멕시코 이민 1세대들은 이따금 웃었다. 실제로 그들이 농장에서 찍은 사진을 보면 몇몇은 웃고 있다. 삶은 어떤 순간이든지 희비극이 교차한다. 완전한 비극에도 먼지 같은 희극이 섞여 있어서 그것이 호흡기를 간질여 웃음을 터지게 한다. 인간의 질긴 생명력은 바로 이 지점에서 나오는지도 모른다. 소설 속 주인공 연수처럼 온갖 상황이 치욕스럽다 해도 육체 하나만은 희극성을 갖고 있지 않았던가.

마음에 남는 두 번째 대목은 수년이 흐른 뒤 남자 주인공 이정이 연수와 자신의 아이를 찾으러 베라크루스에 온 장면이다. 시장 어귀 이발소에서 나오는 연수와 아이를 이정은 단번에 알아보았다. 연수는 조선인 이발사의 아내가 되어 있었다. 손님

행세를 하며 들어가 앉은 이정과 이발사 박정훈이 서로를 경계하며 대화를 나눈다. 박정훈은 이정이 연수의 남편이자 아이의 아버지임을 알아차린다.

"이정이 눈을 감았다. '아, 그래요? 저도 거기에 있었습니다.' 가위가 허공을 잘랐다. (중략) 박정훈은 뛰어노는 사내아이를 가리켰다. '당신 아들이오. 그렇지만 괜찮다면, 아니 괜찮지 않다고 해도 어쩔 수 없지만, 아이는 내가 키우고 싶소. 당신 피가 식을 때까지.'"(289쪽)

이발소에 들어오기 전 연수의 얼굴이 행복한 것을 확인한 이정은 그녀를 그곳에 남겨두기로 작정하고 자신의 본분인 혁명전사의 길로 다시 떠난다. 이발사 박정훈도 이정 속에 흐르는 혁명전사의 뜨거운 피가 식을 때까지 연수와 아이를 자기 곁에 두고 싶다는 뜻을 전한다. 박정훈은 멕시코 혁명에 휘말릴 이정의 앞날이 미리 보인다는 듯이 그를 떠나보낸다. 내가 영화감독이라면 이 소설을 꼭 영화로 만들 것이고, 이정이 연수와 베라크루스에서 재회하는 장면과 가위가 허공을 자르는 장면을 수십 번 고쳐 찍을 것이다. 1997년에 〈애니깽〉이라는 영화가 나오긴 했지만, 이렇게 뭉클한 소설을 영화화한다면 아주 빼어난 작품이 나오리라 확신한다. 소설의 첫 대목과 마지막은 이정이 용병으로 최후를 맞이하는 장면이어서 따로 각색이 필요 없을 정도다.

"쾅, 소리와 함께 모든 것이 끝났다. 최선길은 평생 처음 느끼는 편안함에 기분이 좋아졌다. 고통도 분노도 없었다. 그저 길고 지루한 여행이 이제야 끝났다는 느낌이었다."(273쪽)

아마 멕시코로 떠났던 1033명 모두가 인생의 끝에 이와 같은 마음으로 눈을 감았을 것이다. 이들의 삶과 죽음을 가장 잘 표현한 대목이 아닐까 싶다. 운명의 회오리에 휩쓸려 이리저리 떠밀려 다녔던 길고 지루한 여행. 그것이 인생의 참모습이었다. 삶은 반듯하게 걸어 나가기가 애초 불가능한 일인가. 신은 정돈과 고요의 코스모스가 아니라 혼돈 자체인가.

어느 회오리 인생

시골집에 내려가면 아버지에게 지난 이야기를 들려달라고 자주 부탁을 한다. 그 이야기들은 말 그대로 살아 있는 문학이고, 문학 위의 문학이어서 그렇다. 아버지가 들려준 어느 인생 이야기가 내 마음에 크게 회오리쳤다.

6.25전쟁이 휴전 상태로 넘어간 후에도 우리 동네에서 조금 떨어진 산속에서는 빨치산들의 활동이 어느 정도 남아 있었다. 우리 동네 사람 김만길(가명) 씨는 전쟁 당시 포항과 울릉도 지역에서 경찰 생활을 하다가 잠시 휴가를 얻어 본가에 며칠 와 있었다. 아버지와도 친한 사이여서 집으로 불러 밥도 먹고 술도 같이 마셨다고 했다. 근무지로 복귀하기 딱 하루 전, 일이 터

졌다. 만길 씨가 동네 입구 당산 나무 근처에서 산책을 하던 중에 한 무리의 군인과 경찰이 흙먼지를 일으키며 몰려왔다. 빨치산 토벌대였다. 토벌대장이 만길 씨에게 ○○산이 어느 쪽이냐고 물었다. 그냥 저쪽 길로 가라고 한마디만 했으면 좋았을 것을, 만길 씨는 자기도 경찰이니 길을 안내해주겠다고 토벌대의 차에 올라탔다.

산 입구에 다다랐을 때 토벌대는 예상치 못했던 빨치산들의 기습 공격을 받았다. 어떻게 정보를 입수했는지 빨치산들이 매복해 있다가 토벌대를 향해 선제공격을 한 것이다. 빨치산도 군경 무리도 대부분 그 자리에서 죽었다. 그 주검들 속에 만길 씨도 있었다. 만길 씨의 손에는 탄환이 한두 알 남은 총이 들려 있었고, 피범벅이 된 그의 가슴에는 결혼한 지 얼마 안 된 아내의 사진이 들어 있었다. 소식을 듣고 달려온 만길 씨의 아내는 동네 사람들의 안타까움 속에서 조용히 장례를 치렀다. 그리고 며칠 후, 포항 살림집으로 돌아간 그의 아내가 목을 매달았다는 비보가 날아들었다. 아득한 눈길로 어딘가를 바라보는 아버지의 이야기를 들으며 내 마음 한켠을 깨끗이 쓸고 만길 씨의 자리를 만들었다. 회오리 인생이여, 내 마음의 양지에서 함께 살아주세요.

영화 〈국제시장〉을 보고 손수건이 다 젖도록 울었다. 아버지 생각도 나고, 지금 이 순간도 만길 씨처럼 생의 회오리에 휩쓸려가고 있는 뭇 인생들이 생각났다. 또 영화 속 주인공처럼 나중에 늙어서 "아버지, 내 진짜 힘들었거든예" 하며 인생을 돌아볼 나 자신을 미리 생각해보기도 했다.

'왜 문학을 읽어야 하는가'라는 질문은 '우리가 왜 다른 인생의 이야기에 귀 기울여야 하는가'라는 질문과 같다. 무엇 때문에 다른 인생의 희로애락을 지켜봐야 하는가. 그것도 애정을 갖고 마치 내 일인 것처럼 말이다. 문학은 전부 남의 일이다. 그런데 내 일 같은 남의 일이다. 더러는 내 일과 똑같은 남의 일이다. 간혹 남이 찾아냈던 빛이 그대로 나에게 쏟아지는 일이 벌어지기도 한다. 그래서 우리는 문학을 찾는다. 『검은 꽃』의 주인공들만 떠올려도, 10년 전 멕시코의 절망 속에서 내게 찾아왔던 정체 모를 희망이 지금도 불쑥 나타나곤 한다.

운명의 회오리는 100년 전이나 지금이나 전혀 힘이 약해지지 않고 우리를 아무 방향으로 몰아가고 있다. 만약 지금의 회오리에 휩쓸려가면서 삶의 의욕을 잃은 사람도, 그때의 그들과 이야기를 나누며 위안과 힘을 얻을 수 있다. 시공을 초월해 다른 인생과 내가 만나는 곳이 문학이다. 문학을 열면 오래전 그들이 지금 우리의 손을 잡고 회오리에 휩쓸리지 않도록 함께 버텨준다. 인생이 가진 슬픔은 기쁨보다 뿌리가 깊다. 더 아프게 우리 몸속에 박힌다. 하지만 그로 인해 우리는 회오리 속에서도 쓰러지지 않는다. 오너라, 회오리 운명아. 검은 꽃이라도 피워주마!

고향의 복원

_김주영, 『거울 속 여행』

하루만 살아도 몸에 먼지가 앉는다. 많은 날을 살다 보면 마음에 먼지가 쌓여 인생이 탁해진다. 지난 일도 앞날도 잘 보이지 않고, 사람 사이에 난 길도 잘 보이지 않게 된다. 몸은 물로 씻는다지만 마음은 무엇으로 씻을까. 마음을 씻는 물은 과거에도 미래에도 있지만, 보다 깊은 우물은 과거에 있다. 인생을 씻어 줄 오염되지 않은 상수원은 바로 '유년'과 '고향'이다.

아기였을 때 우리에겐 악이 없었다. 세상을 하나둘 배워나가면서 선과 악은 서로 짝을 맞추어 우리 몸에 들어왔다. 우리는 선을 배우려 했으나 완전한 선은 세상에 없었다. 그 속에 반드시 악이 절반 섞인 선이 있을 뿐이었다. 선과 악뿐 아니라 기쁨과 슬픔, 빛과 그림자도 함께 왔다. 더 많은 소유는 그만큼의 허무를 안겼다. 모든 인생은 살아낸 만큼의 얼룩이 져 있다. 이때 회복해야 할 것이 우리 마음속 고향이다. 우리는 자주 그때 그곳으로 돌아가 인생 전체를 담가야 한다.

서로를 기다리는 곳

김주영 소설 『거울 속 여행』(문이당, 2001)은 서사도 서사지만, 묘사를 따라가다 보면 마치 최면에 걸린 듯 고향의 풍경 속으로 들어갈 수 있다. 주인공으로 나오는 소년과 동생의 하루 일과 대부분은 일 나간 어머니를 기다리는 것이었다. 하루 벌어 하루 먹기 급급했던 살림살이에 어머니는 어린 동생 한 번 업어주기조차 쉽지 않았다. 어느 날 형제는 옆집 아주머니에게 물어 어머니가 일하는 집으로 몰래 가보았다. 어머니에게 들키기라도 하면 혼쭐이 날 일이었지만 어머니가 보고 싶은 마음을 누르지 못했다. 살금살금 다가갔으나 운 나쁘게도 낮은 담벼락 너머로 어머니와 마주쳤다. 어머니도 형제도 그 자리에서 얼어붙었다. 어머니는 동생 또래의 주인집 아이를 업고 일하는 중이었다.

"공포감으로 얼룩져 있던 내 가슴은 어느새 분노로 떨고 있었다. 병추기인 내 아우 업어주기에는 한사코 인색했던 어머니가 남의 집에서, 그것도 아우보다 건강해 보이는 아우 또래의 아이는 업어주기를 겨워하지 않고 있는 것일까. (중략) 우리와 시선을 마주친 것과 동시에 어머니 역시 시신처럼 굳어 버렸고 눈 둘 바 모를 당혹감으로 얼굴은 일그러졌다."(63쪽)

집으로 돌아온 소년은 아우에게 이제부터는 죽어도 엄마 일하는 곳에 가지 말자고 한다. 동생은 형의 분노에 맞장구치는 일보다 엄마가 돌아오면 매 맞을 일이 걱정이다. 그날 밤 일찍 잠이 든 형제는 잠결에 어머니의 울음소리를 듣는다. 어머니는 그날 매를 들지 않았다. 오랜 세월이 흘러 어른이 된 주인공이 고향집에 갔을 때, 늙은 어머니는 마당 채소밭을 손질하는 데 열중해서 아들이 대문으로 들어오는지도 모르고 있었다.

"그때의 우리들이 어머니의 모습을 되새김질하면서 초조한 가슴으로 돌아올 시각을 점치고 있었던 것처럼, 지금 어머니는 어느 날 불쑥 나타날지 모를 피붙이들의 출현을 저렇게 처연한 모습으로 기다리고 있는 것이었다."(66쪽)

고향이 무엇인지 잘 나타내는 소설의 한 대목이다. 온갖 애증 속에서도 우리를 키워내고, 세월이 흐르면 멀리 떠난 우리를 하염없이 기다리는 곳이 고향이다. 매일 돌아가는 집도 고향이요, 멀리 있어 가끔 찾아가는 부모의 거처도 고향이요, 보고 싶어 가끔 안부를 전하는 사람도 고향이다. 돌아가고 싶고 가끔이라도 가보고 싶은 곳은 모두 고향이다. 고향은 아직 우리의 뿌리

가 싱싱하게 살아있는 곳이고, 거기에서 생의 자양분을 뽑아 올
릴 수 있다.

격변의 내 고향

내가 자라난 고향은 당시 여느 시골 동네와 같이 공동체 성향이
컸다. 공동체는 두 가지 얼굴을 하고 있었다. 서로를 아끼고 같
이 웃어주고 슬퍼해주는 것은 긍정적 얼굴이었다. 동네에는 간
질병을 가진 청년이 있었다. 덩치가 큰 그가 돌팔매질을 해 애
들 머리가 간혹 깨지는 일이 생겨도 동네 어른들 누구 하나 그
를 시설로 보내자고 하지 않았다. 매일 혼잣말을 하며 온 동네
를 돌아다니는 처녀가 있어도, 부모를 일찍 잃어 어린 가장이
생겨도 공동체는 함께 책임을 졌다.

　반면에 관심이 과해서 사생활이 침해되는 일이 많다는 게 부
정적 얼굴이었다. 동네에서는 무슨 일이든 빨리 공유되었다. 낼
모레 시집 갈 처녀가 부엌에서 목욕하다 연탄가스에 중독되어
홑이불 하나 덮은 채 병원에 실려 갔다는 얘기가 돌면, 그 처녀
는 몇 달을 두문불출해야 했다. 제사를 잘 지내야 할 종손이 기
독교인이 되면서 동네 사람들로부터 배척당하기 시작해 결국
그 가족이 견디지 못하고 동네를 뜨는 일도 있었다. 동네에서
한번 밉보이면 생활이 쉽지 않았다.

그럼에도 정겨운 동네였다. 그런 공동체가 조금씩 허물어지기 시작한 것은 마을에 공장이 하나둘 들어오고 외지 사람들이 유입되면서부터였다. 온 나라가 근대화, 산업화 열풍에 동참할 때여서 조용했던 시골마을도 예외가 아니었다. 그래도 공동체 성격은 상당 부분 남아 있었는데, 이것이 완전히 붕괴되는 계기가 한 번 더 찾아온다. 산업화와 공장보다 무서운 게 도시화와 아파트였다.

갑작스레 불기 시작한 도시화 바람이 몰아치자 땅값이 하늘을 찌르며 치솟았다. 개발업자들은 주민들에게 상상도 못할 돈을 쥐어주며 논밭을 인수하고, 그 위에 대규모 아파트들을 지어나갔다. 우리 동네는 교도소를 끼고 있어서 교도소를 옮기기 전에는 이런 변화가 없을 줄로 다들 생각하고 있었다. 다행히도 교도소와 인접한 우리 동네 집들은 아직도 숨이 붙어 있다. 노부모가 살아계실 동안 집이 헐리는 일은 없을 것 같아 안심이다. 어린 시절 뛰어다니며 드넓은 세상을 꿈꾸게 해주었던 논밭들, 마을을 지키던 당산나무, 온 동네 아이들이 전쟁놀이를 하던 묘터, 그 모든 것들이 아파트 단지 아래 묻혔다.

급작스러운 도시화가 동네에 부를 안겨준 것까지는 좋았는데, 그로 인해 더 큰 부작용이 생겼다. 평생 농사를 지으며 소박하게 먹고 자식들 겨우 가르쳤던 사람들에게 꿈에도 만져보지 못할 돈이 쥐어지자 이집 저집에서 부모와 자식 간에 다툼이 일어났다. 유산 분배가 일찌감치 이루어진 집의 자식들은 읍내에 빌딩을 짓고 사업장을 차렸다. 큰 아파트로 이사 가자는 자식과 조상 대대로 살아온 집에서 살고 싶다는 부모 입장이 서로 맞섰다. 타지에 사는 형제들이 모두 고향으로 몰려와 재산 분배에 팔을 걷어붙였고, 집집마다 고성이 오갔다. 어느 정도 소란이 잠잠해진 후에 명절에 내려가보니 동네에 젊은 사람이 많이 줄었다. 이제 자식들은 명절에 제사가 있어도 오지 않는다. 형제 간, 부모 자식 간 의를 끊고 지내는 집이 하나둘 늘어갔다.

정말 다행스럽게도 우리 집은 농사 대신 장사를 하며 생계를 이어왔기에 이 난리통을 비껴갈 수 있었다. 우리 집에도 논밭이 있었다면 그런 진흙탕에 발을 담갔을지도 모르겠으나, 사리에 그름이 없는 노부모와 또 그 부모 말씀을 하늘의 뜻으로 받드는 우리 남매들이 어떻게 대처했을지는 충분히 상상이 된다. 우리 4남매는 육해공중전 다 치른 인생들이지만 단 한 번도 부모에게 달려가 떼쓰는 일이 없었다. 노부모에게 유일한 재산인 시골 집을 처분한다는 것은 곧 우리 가족의 역사를 잃는 일이라고 생각해서다. 유산이 전혀 없어서인지, 4남매는 앞 다투어 효도한다. 그러면서 누구 하나가 과하게 부모에게 잘하는 일이 있더라도 시기하거나 질투하지 않는다. 외려 서로에게 미안해한다. 보상을 많이 받은 동네 사람들도 이 점 때문에 우리 집을 무척 부러워했다. 우리는 보상 받은 그들이 부럽고, 그들은 고향을 단단히 지켜내고 있는 우리를 부러워한다. 그것으로 무승부다.

고향에서 가족들이 무너지는 것을 보면서 나중에 동네까지 무너지는 게 아닌가 걱정이 되었다. 하지만 걱정과는 달리 동네는 아직 고요하고 서로 정겹다. 돈 생겼다고 자랑하는 사람도 없고, 그 돈 때문에 가족이 무너진 것에 대해 고소하다고 하는 사람도 없다. 세상 재미있는 것이 어릴 적에는 동네에서 내가 제일 전도유망해 보였다. 내가 서울의 대기업에 취직해서 양복 입고 고향에 가면 금의환향하는 느낌이었다. 하지만 도시화는 옛날 사람들이 생각하던 입신양명의 법칙을 한 번에 깨트려버렸다. 지금 고향에 가면 외형적으로 내가 제일 초라하다. 고개 숙일 일만은 아니다. 세상은 또 지금의 법칙을 깨트리고 새 변혁을 우리에게 줄 것이기 때문이다. 조금 있고 없음에 고개를 들거나 낮출 일은 없다. 다만 그 속에서 잃지 않아야 할 소중한 가치들을 잘 붙드는 게 중요하다.

그곳을 찾아가는 길

젊은 작가들이 자신의 경험을 바탕으로 '유년'은 매끈하게 불러올 수 있을지 몰라도, '고향'을 독자들 앞에 밀도 있게 가져다 놓는 일은 아무래도 관록 있는 작가들의 몫이다. 그리고 나처럼 지금도 고향을 소유한 자보다는 고향을 잃어버린 자가 고향을 더 잘 표현할 수 있다. 사랑을 잃고 나서야 제대로 사랑을 아는 것처럼 말이다.

이청준은 고향을 잃어본 작가이며 그렇기에 우리에게 골고루 고향을 나눠줄 수 있는 작가다. 수십 번을 읽어도 계속 감동의 샘물이 솟아나는 작품 『눈길』(열림원, 2000)을 말하지 않을 수 없다.

가세가 계속 기울고 마지막 남은 집마저 팔렸다는 소식에, 도시에서 공부하던 주인공 소년은 고향집을 방문한다. 이미 다 알고 왔는데도 어머니는 가재도구가 다 빠져나가고 옷궤 하나 남은 집으로 아들을 데려가 따뜻한 밥을 지어 먹이고 하루를 재운다. 다음 날, 아들에게 쏟아질 동네 사람들의 안쓰러운 눈총을 피하고 싶었는지 어머니는 새벽길을 나선다. 동구 밖까지만, 그리고 마을 뒷산까지만, 신작로까지만 하던 것이 결국 산을 넘어 버스 정류장까지 와버렸다. 허무하게도 버스는 잠시도 멈칫하지 않고 떠나버린다. 넋을 잃고 버스가 사라진 길을 바라보던 어머니는 다시 산속 눈길로 접어든다. 아들은 갈 곳이 있었지만 어머니는 이제 갈 곳이 없다. 집은 팔렸고 어딘가에 기대어 살아야 한다. 아들과 함께 정류장으로 오던 길에는 숨어 있던 슬픔이 지금은 홀로 걷는 어머니를 붙잡고 놓아주지 않는다. 아까 아들과 함께 헤쳐온 눈길은 이렇게 막막하지 않았다. 어머니는 아까 아들이 남긴 발자국만 보며 동네로 향했다.

"내 자석아, 내 자석아. 부디 몸이나 성히 지내거라. 부디부디

너라도 좋은 운 타서 복받고 살거라."(38쪽)

고향을 잃어버린 어머니와 아들에게 너무나 시리고 긴 눈길이었다. 그들에게 고향이란 가난 때문에 뿌리를 온전히 내릴 수 없었던 곳, 그럼에도 평생토록 못 잊어 주변을 맴돌게 되는 곳이었다. 『눈길』이 보여주는 고향은 타지를 돌며 허기진 배를 쓰다듬는 자에게 차려진 따뜻한 밥 한 끼이고, 하루의 노동에 시달려 모로 누운 자를 위한 근심 없는 잠자리다. 그것은 우리 모두의 고향이기도 하다. 소설의 주인공은 어머니에게 갚을 것도 받을 것도 없다고 내내 속말을 한다. 그러나 그것 자체가 고향과 어머니에 대한 부채의식을 드러내고 있다. 고향과 부모는 우리의 살과 뼈를 키워냈기에 부채의식을 가지지 않을 수 없다.

평생토록 고향을 회복하지 못하는 사람도 있다. 사이가 나빠진 사람들은 사이가 좋았을 때의 기억으로 인해서 다시 좋아지는 법이다. 고향이나 혈육과 멀어진 사람도, 스스로의 인생과 화해하지 못하는 사람도, 누군가로부터 받은 상처로 괴로워하는 사람도, 모두 그 생채기가 생기기 이전의 시간과 장소로 돌아가면 약초를 구할 수 있다. 고향과 유년은 그 약초가 있는 장소다. 우리 몸과 영혼이 탁해지기 전의 그곳으로 가는 길엔 무엇이 있을까. 부모 형제나 옛 친구를 만나 그들을 거울삼아 우리의 모습을 오래도록 비춰보면 좋을 것이다.

중학생 때 어느 여름날 밤, 나는 친구네 참외밭 오두막에서 시험공부를 하고 있었다. 꾸벅꾸벅 조는 중에 어떤 아득한 소리를 들었다. 생긴 지 얼마 되지 않은 마을 인근 고속도로에서 들려오는 자동차 소리였다. 화물차인지 버스인지 모를 그 차들은 말로만 듣던 서울로 달려가는 것 같았다. 개구리와 풀벌레 소리를 비집고 약하게 들리는 차 소리를 들으며, 나중에 커서 서울로 유학을 가고 서울 색시도 얻고 세련된 도시인이 되는 상상을 했다. 고향은 나에게 좁고 답답한 곳, 그래서 어서 떠나고 싶은 곳이었다.

세월이 흐른 지금, 서울 하늘 아래 내가 잠들고 있다. 잠결에 차 소리가 들리면 그 옛날과 반대로 고향을 생각한다. 모든 환경이 바뀌었기에 그때로 돌아갈 수는 없지만, 그때 내가 가졌던 것들을 지금 여기에 다시 일구어내야 한다고 다짐한다. 무엇보다 절실한 것은, 그때 내 앞에 놓여 있었던 세상의 크기를 지금도 잃지 않는 것이다. 지금 여기가 나의 유년이고 고향이 되기만 한다면 어렵지 않은 일이다. 마음속 고향을 복원해야 한다. 기억은 미래를 밀어가는 힘이다.

어린 생명

_오정희, 『돼지꿈』

어린 시절 우리 집은 다양한 동물들을 키웠다. 넓은 마당 가장
구석진 곳에는 닭장이 있었고, 그 옆에는 하얀 염소가 매여 있
었다. 염소 우리 옆에다가 따로 집을 만들어줘도 온 마당을 돌
아다니며 아무 데서나 잠을 자는 개들, 그리고 그 모든 동물을
피해 다니는 고양이들로 마당은 종일 북적댔다. 닭들은 아침마
다 알을 낳았다. 살짝 기울어진 닭장 바닥 덕분에 어미 닭이 낳
은 달걀은 곧바로 데구르르 굴러 난간에 걸렸다. 아침 일찍 닭
장으로 가서 달걀의 위아래를 조금 깨고 한 쪽을 쪽 빨아당기면
농장직송의 싱싱한 맛이 입에 확 퍼졌다.

옛날 어린 생명들과의 인연

헛간 한쪽에 위치한 닭장은 족제비가 출몰하는 곳이었다. 이른 아침 달걀을 거두러 가보면 족제비의 습격으로 닭 한두 마리가 죽어 있는 경우가 자주 있었다. 주로 대항력이 떨어지는 병아리들이 많이 당했다. 그런 날은 방범의 역할을 소홀히 했다는 이유로 죄 없는 개와 고양이들이 아버지에게 혼났다. 내가 병아리를 동구 밖에 묻어주고 아침을 먹으러 올 때까지 개들은 마당 한구석에 풀이 죽어 엎드려 있곤 했다. 아침 밥상에서 일부러 바닥에 떨어뜨린 고기 한 점을 가져가 코앞에 대면, 흙먼지가 나도록 꼬리를 치며 금세 밝은 얼굴이 되었다.

고양이는 집안 분위기가 좋거나 나쁘거나 상관하지 않고 늘 자기 노선대로 활동했다. 우리 집 동물들은 서로 싸우면 호되게 꾸중을 들었기 때문에 평소 우애가 좋은 편이었다. 하지만 모든 동물들이 주인의 눈치를 보면서도 고양이를 못마땅하게 여기는 건 분명해 보였다. 다른 동물들이 고양이를 질투하는 가장 큰 원인은, 고양이가 마당과 방의 경계를 스스럼없이 드나들었기 때문이다. 내가 워낙 고양이를 감싸고도니까 어른들이 허용한 것도 있었지만, 이 영악한 동물은 마루 끝에 놓은 걸레에 자기 발을 닦고 출입하는 얄미운 처세술마저 터득했기에 출입증을 얻을 수 있었다. 개가 방 안으로 들어오는 경우는 딱 하나, 어미 개가 겨울철에 새끼를 낳았을 때였다. 윗목의 자리끼가 깡

깡 얼어붙는 겨울밤이면 어머니는 커다란 고무 대야에 새끼들을 넣어 방 안에 재워줬다. 마당에서 방을 향해 낑낑대던 어미 개는 내가 나가서 머리를 쓰다듬어주며 "새끼들은 잘 데리고 있을게"라고 말하면 조용히 자기 집으로 들어가서 잤다.

내가 동물을 지극히 좋아하는 마음은 이런 어린 생명들을 돌보면서 생겼다. 어린 생명들은 동물의 종을 불문하고 예뻤다. 친구네 집의 소나 돼지가 새끼를 낳는다고 하면 달려가 구경하고는 했는데, 그 더럽거나 징그럽던 짐승이 낳은 새끼는 어찌 그리 예쁜지 몰랐다. 어린 내가 생명을 낳아보고 길러보지 않았으니 사람 예쁜 것은 아직 잘 몰랐지만, 그 어린 동물들을 돌보면서 생명의 아름다움을 배워갔다.

생명을 사랑하는 것에는 대가가 따른다. 가장 혹독한 대가는 그 생명들과의 이별이었다. 사랑하지 않았으면 겪지 않아도 될 아픔을 어린 시절의 나는 많이도 겪었다. 하루는 학교에서 돌아오니 염소가 죽어 있었다. 그날 아침에도 염소에서 짜낸 젖을 먹었더랬다. 아버지가 따뜻하게 덥힌 수건으로 염소의 젖을 닦아주고 그릇에 죽죽 짜낸 후, 체에 걸러 온 식구가 마셨다. 염소는 배가 터지기 직전까지 부푼 채 죽어 있었다. 근처에 놓여 있던 나일론 끈을 먹었는데, 끈의 길이가 무척이나 길었던 모양이다. 아버지가 붙잡고 내가 젖을 짤 때 울던 그 목소리, 희고 부드러운 털, 그리고 배가 부푼 마지막 모습이 잊히지 않는다.

가장 잦았던 이별의 대상은 태어난 지 몇 달 되지 않은 강아지들이었다. 한 번에 열 마리 가까이 태어난 강아지들은 장에 내다 팔면 큰돈이 되었다. 어미 개의 보살핌 없이 혼자 커갈 정도가 되면 장터로 나가는데, 고무 대야에 담겨 어머니의 머리 위에 얹히는 날이면 어미 개가 무척이나 슬픈 표정을 하고 우리 곁을 맴돌았다. 장터 쪽으로 한참을 가다 보면 어미 개가 계속 따라왔다. 그러다가 어머니의 불호령과 나의 돌팔매질 시늉에 골목으로 숨고는 했다. 말 못하는 짐승이 주인에게 가졌을 서운함을 생각하면 애처롭기만 하다. 강아지를 판 돈으로 내게 새 운동화가 주어지는 날도 있었다. 집으로 돌아와 자랑삼아 냄새 좋은 운동화를 촉촉한 코앞에 들이대면 힘없이 꼬리를 흔들며 살짝 고개를 외면했던 어미 개.

다른 동물들은 다 사라져도 30년 가까이 개는 우리 집에서 끊이지 않았다. 어미 개가 새끼를 낳고 그 어린 것이 자라서 또 생명을 낳는 순환이 이어졌다. 그 세월 동안 나는 참 많은 어미 개들과 이별을 했다. 강아지들은 장에 내다 파는 정도로 끝났지만, 어미 개들은 동네 어른들 손에 의해 슬픈 모습으로 사라져 갔다. 그때는 시골마을의 흔한 구경거리여서 덤덤하기도 했던 풍경들이 지금 새롭게 아프다.

내게 찾아온 아기

오정희 소설 『돼지꿈』(랜덤하우스코리아, 2008)은 그 옛날 어린 생명들과의 인연을 떠올리게 했다. 주인공 순옥은 간밤에 돼지꿈을 꾸고 이참에 길몽의 힘을 입어 오래 못 받은 돈을 받을 목적으로 길을 나선다. 기차 안 순옥의 옆자리에 앉은 앳된 여자는 아기를 안고 있었다. 아기를 두고 떠나버린 남자의 부모를 찾아가는 길이라고 했다. 순옥에게 아기를 잠시 맡긴 젊은 여자는 화장실에 간다더니 돌아오지 않는다. 아기의 눈동자에 순옥의 시든 얼굴이 비쳤다. 아기는 순옥의 손가락을 꼭 쥐고 놓지 않는다. 아기의 체온이 빠르게 전해져왔다. 순옥은 지난밤 꿈속에서 자기에게 달려오던 돼지를 떠올렸다. 넓은 세상 혼자였던 순옥은 이 어린 생명으로 인해 이제껏 없었던 어떤 설렘을 느낀다.

이 작품을 읽은 게 5년 전이다. 원래 오정희 소설을 사랑해서 모든 작품을 읽어오기도 했지만, 이 작품은 아기에 대한 이야기여서 허겁지겁 읽었다. 그 무렵 나는 조금 늦게 찾아온 아기에 대한 갈망으로 가득 차 있었다. 유명하다는 병원을 찾아 내 형편상 적지 않은 돈을 지불하면서 정성을 쏟았으나 번번이 실패했다. 나는 어떤 경우든 소설을 읽으면 행복한 사람이다. 즐거운 내용은 즐거워서 행복하고, 슬픈 내용은 슬퍼서 행복하다. 하지만 『돼지꿈』을 읽을 때는 행복하지 않았다. 행복한 내용이었지만 문학을 사랑한 이후 처음으로 행복하지 않았다. 불행했다는 의미가 아니다. 다만 행복이 저 멀리 있어서 내 손에 잡히지 않는 느낌이었다. 그래도 블로그에 소감 몇 줄을 썼다. 뻑뻑하게 써지지 않는 연필처럼 자판 누르기가 쉽지는 않았다. 마음을 배반하면서 조금 행복한 느낌으로 썼다. 소망을 담은 기도문이었을지도 모른다.

기적같이 다음 해에 아기가 들어섰다. 처음에는 둘이나 들어섰다가 얼마 지나지 않아 그중 하나는 흘러내렸다. 붉은 흔적만 조금 남기고 사라져버렸다. 남은 생명은 잘 자랐다. 매일 보고 싶다고 말해주었다. 그러면 저도 보고 싶다는 대꾸를 하듯 손발을 꼼지락거렸다. 노래를 불러주면 이쪽 끝에서 저쪽 끝으로 달음질쳤다. 세상의 거의 모든 지붕 아래 이런 경이가 있는 것이었다. 그렇기에 지구는 우주에서 가장 아름다운 별임을, 새삼 깨닫게 되었다.

열 달을 채워 아기가 태어났다. 우렁찬 울음소리를 들으며 나는 생각했다. 세상의 모든 생명들이 이렇게 간절한 기다림과 벅찬 환희 가운데 태어났구나. 인간 세상은 저 작고 어린 생명들로 인해 생의 가장 큰 행복이 시작되고 완성되는구나. 그제야 생명이라는 것을 진정으로 이해하기 시작했다.

아기 돌잔치를 하고 나서 볕 좋은 봄날, 선운사에 갔다. 혼자 가야 할 일이었다. 오래전 그날처럼 동백꽃이 한창이었다. 마당 한 켠에 고요히 서 있는 동백나무 밑에 앉았다. 아직 움츠린 꽃망울도 있고 활짝 피어난 꽃도 있었지만 줄곧 내 눈은 땅을 바라보고 있었다. 거기에는 피었다 진 붉은 잎도 있고, 피기도 전에 떨어진 꽃망울도 있었다. 나도 모르게 시든 꽃망울 하나를 들고 말을 걸었다.

'오래전 그날 동백꽃을 보러 여기를 왔었어. 어두워졌기에 다음 날 해가 뜨면 입장할 작정이었지. 하지만 그날 밤 서울로 돌아가야 했어. 엄마의 몸에 이상 증세가 있었고, 결국 너를 잃었어. 미안해… 미안해…. 이번에 동생이 태어나지 않았으면 영원히 널 만나러 오지 못했을 거야. 선운사든 동백꽃이든 그 아름다운 말들이 지금껏 내게 아름답게 들리지 않았어. 동생은 아주 오랫동안 생기지 않았어. 영원만큼이나 긴 시간이었어. 나는 오직 그 생각만 했지. 너를 지켜주지 못한 잘못 때문에 하늘이 내게 생명을 주지 않는 거라고. 늦게 와서 미안해. 그리고 고마워. 내가 어린 생명을 얻을 수 있도록, 그래서 아름다운 동백꽃을 다시 볼 수 있도록 오랜 세월 하늘에 빌어주었을 네가 고마워. 다음에는 동생 데리고 올게.'

며칠 전 아이가 책장의 책 몇 권을 떨어트렸다. 그중 오정희의 『돼지꿈』이 있었다. 애잔한 부분을 다시 읽어보았다. 주인공 순옥이 느끼는 아기의 감촉을 이제 나도 알고 있다. 순옥이 가진 것과 똑같은 생의 기대감을 나도 갖고 있다. 문학은 살아낸 만큼 읽힌다. 인생도 열심히 살아낸 그만큼 읽힐 것이다.

인간에게 신이 내린 마지막 위로

어떻게 살아야 잘 사는 생일까. 기대감을 갖고 열심히 사는 것이 답이 아닐까. 그 기대가 열심히 생명을 보듬고 살리는 일로 구현될 때 우리 생은 완전한 구원에 이르게 되지 않을까 싶다. 황정은의 소설 『계속해보겠습니다』(창비, 2014)는 생에 대한 기대감이 사라진 주인공들이 어떻게 그것을 회복하게 되는지를 보여주고 있다.

엄마 애자는 인생의 모든 것이었던 남편을 불의의 사고로 잃고 삶에 대한 집착을 벗어던진다. 애자에게는 사랑이 생의 전부였고, 그것이 사라진 세상은 "아무래도 좋을 일과 아무래도 좋을 것"만 남아 있기에, 자신의 완전한 소멸만 기다리고 있다. 사랑 때문에 삶 전체를 무너뜨리는 엄마를 보고 자란 자매 소라와 나나에게 사랑이란 경계의 대상일 뿐이다. 소라에게는 사랑하고 가정을 만들고 서로를 끝없이 돌보는 그 모든 과정들이 부질없고 허무해 보인다. 그런데 동생 나나가 임신을 해버렸다. 소라에게는 반갑지 않은 소식이다. 동생이 엄마 애자의 길을 다시 걸을 것만 같다. 나나도 불안하기는 마찬가지다.

한편 뱃속 아기의 아빠인 모세는 이렇다 할 굴곡이 없는 가정에서 자란 남자다. 모세는 아기도 생겼으니 그저 합쳐서 살면 될 일이라며 결혼을 재촉하는데, 나나는 쉽사리 결혼이라는 틀 속으로 들어가지 못한다. 결국 나나는 모세를 거부해버린다. 여전히 아무것도 모르겠고 불안하다. 하지만 이상하게도 나나를 조금씩 설레게 하는 것이 있다. 그건 몸속에서 꿈틀대는 생명이다. 인생은 뿌옇게 보이지 않는 것들과 선명하게 느껴지는 것들 사이의 줄타기다. 나나는 일단 그 줄타기를 계속해보겠다고 말한다.

"무섭지 않아? 하고 소라가 묻습니다. 아이를 낳고 부모로서 영향을 주고 그 아이가 뭔가로 자라가는 것을 남은 평생 지켜봐야 한다는 거… 계속 걱정해야 하는 뭔가를 만들어버린다는 거… 무섭지 않아? (중략) 무섭지. 아직은 실감이고 뭐고 부족하지만, 무서워. (중략) 하지만 생각했어. 이렇게 열심히 꿈을 보내올 정도로 태어나고 싶은 아이로구나, 하고."(123쪽)

삶은 잘 보이지 않는 불투명한 것이고, 생명은 구체적이고 눈부신 존재다. 구체적인 생명이 희뿌연 삶을 이끌고 가도록 우리 사는 동안 모든 힘을 쏟아야 한다. 생명은 무의미라는 태산을 단숨에 넘게 만들고, 덧없음이라는 강물도 거침없이 건너버리게 한다. 어린 생명이 어른의 잔인한 마음과 맞닥뜨리는 일들이 왜 그리 많은지. 연일 보도되는 어린이집 학대 사건들을 보면 가슴이 찢어진다. 제발, 제발, 어린 생명은 함부로 대하지 말고 네 목숨처럼 대하거라. 온 우주가 몸을 찢어 탄생시킨 아이란 말이다. 한없이 나이 먹은 세월 앞에 우리 모두가 어린 생명 아니더냐. 그 나이 많은 세월과 세상이 나약한 네 인생을 잔인하게 유린하면 좋으냐. 한 아이는 모두의 아이임을 잊지 말아라.

내 아이가 태어났을 때 신에게 딱 한 가지 소원을 말했었다. '이 아이가 세상에 영향력이 큰 사람이 되지 않아도 좋습니다. 다만 사람을 많이 살리는 인생이 되게 해주십시오. 그렇게 성장하도록 내 소임을 다하겠습니다.'

어린 생명을 달라고 오랫동안 기도할 때, 내가 외우고 다니던 시가 있다.

> 내가 울고 있는데
>
> 다섯 살 서연이가 다가와
>
> 이모 울지 마
>
> 눈물을 닦아줍니다
>
> 해당화 송이만한 손으로
>
> 토닥토닥 내 등을 만져줍니다
>
> 서러운 세상살이 보다 못한
>
> 하느님이 집집마다 아기들을 보내셨나 봅니다
>
> 「참 따뜻한 손」, 정지원 지음(『내 꿈의 방향을 묻는다』, 문학동네, 2004)

어쩌면 어린 생명은 어떤 위로도 받아들이지 않는 인간에게 신이 내린 마지막 위로인지도 모른다.

용서

알게 된 지 얼마 안 된 H와 차를 마시다가 내가 인생에서 큰 실수를 했을 때의 이야기를 하게 되었다. 가만히 듣고 있던 H가 중간에 내 말을 끊고 물었다. "그 사람을 어떻게 용서할 수 있었나요?" 그게 왜 궁금하냐고 내가 되물었다. H는 내 얘기를 듣던 안쓰러운 표정에서 약간의 분노가 담긴 표정으로 바뀌면서 자신의 상황을 털어놓았다.

사업을 하며 안정적인 생활을 해오던 H는 가까운 친척의 부탁으로 꽤 큰 금액의 보증을 서주었다. H나 그 친척이나 사업적으로 꽤 안정적이었고, 친척은 개인 재산도 넉넉해서 어느 모로 보나 그 보증에는 큰 문제가 없어 보였다. 그런데 몇 년 후 친척의 사업이 위기를 맞았다. 금융기관에서 H에게도 압력을 행사해왔다. 처음에는 H도 돕는 마음으로 친척 대신 갚아나갔다. 그런데 친척의 태도가 조금 이상했다. 분명히 친척 개인의 재산이 크게 훼손되지 않고 쓰임새도 그대로인데, 친척 소유 법인의 부채를 보증인인 H가 갚도록 가만 놔둔다는 느낌이 들었다. H는 집을 줄여서라도 그 빚을 갚아야 할 입장인데, 친척은 해외를 나다니는 여유를 누리고 있었다.

 H는 열심히 일하고 능력 있는 사람이었다. 게다가 마음까지 따뜻한 이였다. 그래서 가까운 친척 간에 소송은 하지 않으려 했다. 그런 갈등을 겪던 중에 내 얘기를 들으니, 내가 자기와 같은 마음이겠다 싶어서 그동안 어떻게 사람을 용서하고 이렇게 평온한 마음을 가지게 되었는지 그 방법을 가르쳐달라고 했다. 하지만 그날 H에게 완전한 답을 주진 못했다. 나는 살면서 '완전한 용서'라는 것을 해본 적이 없기 때문이다. 내가 보기에 H는 이미 답을 체득하고 있는 듯했다. 그는 열심히 살고 있었다. 더 구체적으로 말하자면, 그는 열심히 몸을 움직이고 있었다.

용서는 평생에 걸려 완성된다

어머니와 살림을 차릴 즈음 아버지는 방직공장에 다니고 있었다. 자식이 하나둘 생기면서 가장으로서의 책임감도 커져갈 때였다. 작은 삼촌 역시 옆 동네 방직공장에 다니고 있었는데, 어느 날 퇴근 후 헐레벌떡 집으로 와서 아버지를 불렀다. 삼촌이 다니는 공장의 사장이 폐업할 참이어서 기계를 헐값에 내놓는다고 하니, 이참에 우리도 작은 공장을 차려보자는 제안을 했다. 며칠을 생각한 아버지는 그동안 모아놓은 돈을 모두 긁었다. 기계 두 대 정도를 인수하려니 돈이 모자랐다. 가까운 친척에게 갔더니 부엌 바닥을 파서 항아리를 꺼낸 후 그 안에 있던 돈을 전부 내주었다. 빌린 돈까지 합치니 기계 두 대 값이 되었다. 그동안 직장에서 배운 대로 실을 사오고 원단을 짜고 염색을 해서 대구 서문시장에 내다 팔았다. 한두 달 기계를 돌렸더니 돈이 조금 모였다. 아버지는 쌀을 한 가마니 사서 돈을 빌려준 친척을 방문했다. 원금을 갚으면서 이자로 쌀 한 가마니를 내려놓았더니, 친척이 몇날 며칠을 좋아했다.

　혼신을 다한 아버지와 삼촌의 노력으로 공장은 잘 운영되었다. 수익이 생기면 기계를 새로 사들이고 직원을 채용했다. 아버지는 면에서 유망한 사업가로 부상했다. 관공서, 학교 등의 행사에 빠짐없이 후원했고, 다른 여러 분야에 영향력을 가지면서 자연스럽게 지역 유지 그룹에 편입되었다. 공장 직원들뿐 아니라 협력업체, 거래처에 이르기까지 많은 사람들의 생계에 일조하고 있다는 명분은 아버지를 늘 뿌듯하게 했다.

당시 완성된 원단을 대구 서문시장으로 운송하는 마차꾼이 있었다. 삼륜차마저 워낙 귀한 시골이라 마차는 주요한 운송 수단이었는데, 공장의 생산량도 판매량도 많았고 아버지가 그 사람에게 일감을 몰아주다 보니 그 마차의 운송 수입이 꽤 괜찮았던 모양이다. 그 마차꾼은 가끔 어린 아들을 말벗 삼아 원단 더미 구석에 태우고 수십 리 길을 다녔다. 세월이 흘러 공장이 문을 닫고 마차꾼이 세상을 떠났어도, 그 아들은 옛날 공장 사장을 만나면 깊은 존경을 담아 인사했다고 한다.

그런데 일정 기간을 두고 공장에 불이 세 번 났다. 당시 인근 공장들은 모두 화재에 취약했고, 작은 화재는 늘 있는 일이었다. 세 번째 불은 공장의 모든 것을 낱낱이 태워버렸다. 직원들이 면내 큰 행사에 구경 가고 관리자 한 명만 공장을 지키고 있었는데, 그가 발전기를 잘못 만져 불을 낸 것이다. 결혼 날짜를 잡아놓은 삼촌과 숙모가 시내에서 외식한 후 고갯길을 넘어오는데, 우리 동네에 엄청난 불길이 솟아오르고 있었다. 직감적으로 우리 공장임을 알아챈 삼촌이 한걸음에 달려왔을 때는 공장의 모든 것이 재로 변해 있었다. 집에 남아 있던 돈으로 급여를 정산하고 직원들은 공장을 떠났다. 불을 낸 관리자도 급여를 받고 떠났다. 아버지 앞을 가로막은 첫 번째 용서의 벽이었다.

며칠 누워 있던 아버지가 그래도 힘을 낸 것은 대구 서문시장 창고에 쌓아두었던 완제품 때문이었다. 그걸 판매하면 얼마든지 처음부터 다시 시작할 수 있었다. 아버지는 공장 재건을 위해 이리저리 뛰어다녀야 했기에 완제품 재고 처분에 매달려 있을 수 없었다. 그래서 평소 가깝고 우애가 깊던 중간판매상 한 사람을 정해 그에게 어음을 받고 판매를 의뢰했다. 평소 아버지와의 거래로 혜택을 많이 입어 아버지를 잘 받들던 사람이었다. 그는 얼마 후 물건 전량을 처분하고 돈을 챙겨 잠적해버렸다. 그 많은 물량을 단번에 처분하려면 헐값에 넘겼을 것이다. 지금처럼 법적 제도가 받쳐주면 몰라도, 당시에 법적 대응이란 요원한 일이었다. 한동안 사람을 찾으러 다니면서 동시에 법적 절차를 알아보던 아버지는 그게 소용없는 일임을 알게 되었다. 며칠이 지난 저녁 굳은 얼굴로 집에 들어온 아버지는 그 어음을 갈기갈기 찢어 마당에 흩뿌렸다. 아버지 앞을 가로막은 두 번째 용서의 벽이었다.

어머니는 아버지가 구둣발로 쾅쾅 짓이겨 흙투성이가 된 종잇조각들을 일일이 손바닥에 주워 담았다. 아버지가 내내 뒤척이며 끙끙 앓던 그 밤에, 어머니는 그 어음 조각들을 덜덜 떨리는 손으로 붙여나갔다. 쓸데없는 짓하지 말라는 아버지의 호령에도 어머니는 멈추지 않았다. 어머니는 너덜거리는 어음을 쥐고 중간상인의 집을 여러 번 찾아갔다. 당사자가 집에 있을 리 만무하고, 그 가족들은 도망가기 바빴다. 그 집 마당에 주저앉아 많이도 울었다고 했다. 어머니는 그 후로 몇 년간 어음을 아버지 몰래 보관하다가, 달이 높고 환했던 어느 밤 잠든 자식들의 모습을 둘러보고는 마당에 나가 그것을 불살랐다.

자식은 산이요, 부모는 하늘이라

어음 부도 이후 아버지는 완전히 쓰러져서 일어나지 못했다. 음식을 멀리하고 기운이 계속 떨어지자 밤에 피를 토하는 일이 잦아졌다. 아버지는 때를 놓치기 전에 사진관으로 가서 영정사진을 찍었다. 그러나 어머니는 의사의 권유에 따라 공기 좋은 곳, 그리고 무엇보다 이 모든 상황을 생각나지 않게 하는 곳을 물색하다가 포항에 아버지의 요양 거처를 마련했다. 몇 년 요양을 끝낸 아버지는 집으로 돌아오고, 새로 일을 시작했다. 그리고 내가 태어났다. 앞으로 얼마나 살지 장담하기 어려웠던 아버지에게 아이를 하나 더 기르는 일은 여간 부담스러운 게 아니었지만, 지난 불행을 넘어서기 위해서라도 생명의 기쁨이 더욱 필요했다. 어머니는 구멍가게를 차리고, 아버지는 양조장에서 막걸리 배달을 시작했다.

유년기를 돌아보면 우리 집에는 그늘이 거의 없었다. 늘 생기충만했다. 그런 걸 보면 아버지와 어머니가 지난 일을 용서하기 위해, 자식들과 새로운 인생을 열기 위해 얼마나 노력했는지 짐작하고도 남는다. 그 두 사람에 대한 원망 때문에 두 분이 다툰 일도 없다. 공장에 불이 나고 어음이 부도났던 얘기도 최근에야 자세히 들을 수 있었다. 분명코 두 분에게 용서란 평생의 과제였을 것이다. 이제 그것을 얘기할 수 있다는 건 그 용서가 완전에 가까워지고 있음을 의미하는지도 모른다.

공장에 불을 연거푸 냈던 사람, 어음을 부도내고 잠적해버린 사람을 아버지는 어떻게 용서했을까. 오토바이에 술통을 매달고 온몸에 하얀 막걸리 자국이 지워질 날이 없었던 배달부는 어떻게 과거의 영화를 머릿속에서 지울 수 있었을까. 면에서 아버지를 모르는 사람이 없었으므로, 그 모든 사람이 몰락한 사업가를 두고 무언의 동정표를 던졌을 것이다. 그럴 때 아버지는 무엇으로 분노를 다스렸을까.

어느 날 아버지가 서문시장 가는 길에 나를 데려간 적이 있다. 아버지가 무슨 일을 봤는지 누구를 만났는지는 전혀 기억에 없는데, 딱 한 장면이 무성영화처럼 남아 있다. 사람들이 시끌벅적 들어차 있고, 시멘트 바닥은 물에 젖어 있던 중국음식점. 탁자 위에는 소주 한 병과 자장면 한 그릇이 놓여 있었다. 아버지는 소주 한 병을 다 비울 때까지 말이 없었다. 소심하고 내성적이었던 나 역시 말없이 자장면을 먹었다. 내가 마지막 젓가락을 내려놓자 아버지도 마지막 잔을 내려놓았다. 달콤한 자장면과 쓴 소주, 아쉬움에 내려놓는 마지막 젓가락과 미련 없이 내려놓는 마지막 잔. 그것을 이해하는 데 많은 세월이 걸렸다. 아버지는 쓰린 마음을 씻을 소독제가 필요했고, 어린 것은 그저 달콤한 앞날을 기대하듯 다음 젓가락을 들면 그만이었다. 그것이 세상 모든 아버지와 자식의 식탁이었다.

아버지는 그날 서문시장에서 예전의 거래처들을 만났을 수도, 혹시나 부도를 내고 잠적했던 사람을 수소문했을 수도 있었을 것이다. 전혀 다른 일로 방문했다 해도, 한때 떵떵거리며 누비던 현장에서 어찌 옛일이 떠오르지 않았겠으며, 어찌 마음이 찢어지지 않았겠는가. 그때의 나는 아버지에게 호랑이 같은 든든한 아들이었을까. 아버지가 다시는 쓰러지지 않도록 힘을 주는 존재였을까. 그랬을 것이다. 내가 특출 나서가 아니라 아버지의 마음이 이미 그리 결정했으리라. 자식에게 아버지라는 존재 자체가 높은 하늘이듯이, 아버지에게 자식이라는 존재 자체가 듬직한 산이었을 테니. 그러니 세상의 자식들이여, 당신은 크고 높은 산임을 결코 잊지 말아라. 어릴 때의 가능성만큼 높이 오르지 못했다 하더라도 하늘에 닿아가는 자신의 높이를 스스로 무너뜨리지 말아라. 부모에게 당신은 영원히 높은 산이다. 그리고 당신의 자식에게 당신은 영원히 높은 하늘이다. 도도하게 살아라. 숙이지 말아라. 부모는 당신을 위해 인생이 주는 모든 부당한 처우를 용서했다. 당신도 사랑하는 누군가를 위해 인생이 주는 어떤 치욕도 용서하여라.

문학, 생이 주는 모욕에 대한 거룩한 답변

막걸리 배달부로서 새로운 인생을 시작한 아버지가 사람들에게 조금도 번듯하게 보였을 리 없다. 그럼에도 왜 고향의 어른들이 그리도 아버지를 우대하고 자식들인 우리한테도 잘 대해줬는지, 어릴 때는 잘 이해되지 않았다. 아마도 아버지가 유망한 사업가일 때 베풀었던 것과, 무너지고 난 뒤 보였던 지난 일에 대한 용서, 그리고 여전히 품위를 잃지 않고 무너진 그 자리에서 다시 일어섰다는 그런 요소들 때문이 아닌지 지금에 와서 생각해본다. 아버지 어머니는 우리 4남매에게 용서라는 값진 유산을 물려주었다. 용서해야 할 일도 유전되는지, 형도 나도 아버지와 같은 험한 일을 겪었다. 내가 무너졌을 때 아버지, 어머니는 나를 그렇게 만든 사람이 누구인지 이름조차 묻지 않았다. 용서하라는 말은 하지 않았지만, 아버지가 평생에 걸쳐 보여준 그대로 살아야 한다는 것은 분명히 알고 있었다. 이따금씩 아버지는 내게 '잘 이겨내줘서 고맙다'고 했다. 아버지의 가르침은 그 말 속에 다 들어 있었다.

2년 전 아버지와 영원히 이별할 뻔했다. 고관절이 부서져 수술을 해야 한다는 연락을 받고 그날로 내려갔더니 의사가 내 앞에 수술동의서를 내밀었다. 그러면서 여든이 넘은 고령이니 수술이 잘 된다 해도 완전한 회복은 불가능하고, 어쩌면 수술 중에 최악의 결과가 생길 수도 있다는 내용을 설명해주었다. 나는 아버지가 없는 세상을 상상할 수 없는 사람이지만, 담당 의사를 전적으로 신뢰하고 있음을 표하면서 잘 부탁드린다고 말했다. 잠시 후 형제들이 속속 도착했다. 아버지도 자식들 모두에게 어떤 결과가 나오더라도 의사와 병원에 수긍할 것을 당부한 뒤 수술실로 들어갔다. 나는 이미 그날의 모든 일을 용납한 거였다. 용납이 있으면 뒤에 어떤 문제가 불거지더라도 용서가 쉬워지기 마련이다. 용납은 그 어떤 용서도 끌어오는 강력한 자석이다. 그게 아버지가 내게 물려준 유산이다.

사랑하는 사람을 잊는 것보다 미워하는 사람을 잊는 게 더 어렵다. 용서는 애써 지우려는 노력이 아니다. 처음에는 소름이 돋아도 견디고, 나중에는 그 소름 돋는 느낌이 그저 바람이 지나는 느낌으로 바뀌도록 기다리는 것이 용서가 아닐까 싶다. 용서의 두 계단을 올라가면 분노의 한 계단을 미끄러지고, 다시 용서의 두 계단을 올라가고…. 그렇게 평생 올라가는 계단이 용서의 길이라 믿는다.

사람을 용서하고, 세상을 용서하고, 그리고 무엇보다 어리석었던 자신을 용서하는 일은 인생에서 가장 중요하고 필요한 일 중 하나다. 내가 사기를 당했다면 사기 친 사람의 잘못도 있지만, 욕심을 부렸던 내 잘못도 있다. 내가 배신을 당했다면 배신한 사람의 잘못도 있지만, 그를 섣불리 과하게 믿었던 내 잘못도 있다. 지난 실수가 괴로운 것은 내게 아픔을 준 사람이 용서

안 되어서, 또 그 상황까지 갔던 나 자신이 용서되지 않아서다. 지난 일에 대한 용서의 반은 나 자신에 대한 것이다. 그러므로 스스로에게 '그럴 수도 있지. 괜찮아. 인생은 길고 기회는 하늘의 별만큼 많아' 하며 자신을 용납하고 용서할 일이다.

이번엔 구태여 문학작품의 예를 들지 않아도 되겠다. 모든 문학은 세상이 주는 모욕에 대한 인생의 거룩한 답변이고, 그 답변의 가장 마지막에 용납과 용서라는 단어가 붙어 있다. 산다는 것은 생이 주는 환희에 대한 감사요, 생이 주는 모욕에 대한 용서다.

트라우마

_김인숙, 『모든 빛깔들의 밤』

누군가의 첫 발길질이 날아왔을 때, '세상에 이런 공포가 있구나' 하고 처음 느꼈다. 그때 나는 겨우 열네 살이었다. 넘어졌다 일어서면 또 다른 발과 주먹이 날아왔다. 맞는 통증보다 그 상황에 대한 공포가 더 컸다. 나는 고개를 숙이고 그저 이 순간이 빨리 지나가기를 기다렸다. 으슥한 산기슭을 지나가는 사람은 없었다. 나를 둘러쌌던 무리는 몇 마디를 남기고 떠났고, 해는 산 너머로 넘어가고 있었다. 나는 한참 동안 나무처럼 서 있었다. 조금 더 어두워지자 슬픔인지 안도인지 모를 눈물이 흘렀다. 흙으로 뒤범벅된 교복을 시냇물에 닦고 집으로 가서 아무

일 없었다는 듯 저녁을 먹고 잤다. 식구들 아무도 눈치 채지 못했다.

산에서 먼저 내려간 무리는 유년시절을 함께한 친구들이었다. 그날로 나는 유년의 친구들 모두와 이별하게 되었다. 내가 그들을 떠났다고 하는 게 더 맞을 것이다. 잊으려고 애쓰다 보니 그 장소가 어디였는지, 친구들이 몇 명이나 모였었는지 기억이 나지 않는다. 다만 고개를 떨구고 폭력을 감당하는 순간의 두려움, 그 느낌만 남아 있다. 그 느낌은 많은 시간이 흘러도 사라지지 않았다. 나는 친구들이 잘 다니는 동네 중앙길을 수년간 피해 다녔다. 낮에는 둘러가고 밤에는 급히 지나갔다. 서로 맞닥뜨리면 친구들이 오히려 더 난처해 하는데도 괜히 내 심장은 쿵쾅댔다.

다행히도 고등학교를 대구의 고모 집에서 다니게 되어 3년간 고향을 멀리할 수 있었다. 그러나 대학에 들어가면서 다시 시골 집에서 통학하게 되었다. 조금 수그러들긴 했지만 고향의 골목을 걷는다는 건 여전히 두려운 일이었다. 어쩌면 내가 스무 살이 되어서 탐닉했던 문학은 일종의 피난처이자 안식처였는지도 모른다. 물리적 공간을 변경할 수 없다면 정신적으로 제3의 공간을 갖는 게 필요하다는 생각을 은연중에 했던 것 같다.

어쨌든 그 사건은 내 인생에서 가장 큰 트라우마로 남았다. 그리고 20여 년이 지나고 나서야 나는 그저 추억의 하나로 가족들에게 이야기할 수 있었다. 시간이 오래 걸리긴 했지만 내가 그 트라우마를 점차 잠재울 수 있었던 데에는 여러 가지 요인이 있다. 그때 나는 그 일을 잊기 위해서라도 한 여학생을 좋아하는 일에 더욱더 몰두했고, 다른 친구들과 댄스클럽을 만들어 외국 뮤직비디오들을 보면서 안무를 따라 하는 일에 심취했다. 마지막으로 고향 친구들이 눈치껏 나를 멀리해준 배려도 큰 도움이 되었다. 그 이후 친구들은 결코 나를 따돌린다거나 무시하지도 않았고, 그저 내가 원하는 바를 알겠다는 듯이 조금 거리를 두며 학교에 다녔다.

철없던 어린 시절의 사건이었지만 어른이 된 지금도 고향의 청년회에는 나가지 못하고 있다. 이제 친구들을 마주치면 조금은 반갑게 인사를 하고 지나친다. 그날 이후 지금까지 30여 년을 돌이켜보면 내게는 그 트라우마를 대면할 용기까지는 없었던 것 같다. 그저 그 두려운 공간에서 가급적 멀리 떨어져 살아가면 좋겠다는 생각만 갖고 지냈다.

트라우마가 서식하는 밤

부끄러운 사실이지만 그 사건의 원인은 내게 있었다. 학생회 간부를 맡고 선생님들로부터 두터운 신임을 얻고 있던 나는 『우리들의 일그러진 영웅』(이문열, 문학사상사, 1987)의 주인공 엄석

대처럼 권력의 맛을 탐하고 있었다. 원칙을 지킨다는 명분이 있긴 했지만 규칙을 어긴 아이들의 명단을 그대로 적어 교무실에 갖다 주기도 했고, 심지어 힘 센 친구를 이용하여 체벌을 직접 가하기도 했다. 반 친구들은 슬슬 내 눈치를 보며 지냈다. 그러면서 두고 보자는 마음도 동시에 키웠음이 분명하다. 결국 보다 못한 동네 친구들이 나의 권력에 제동을 걸었던 것이다.

나중에 생각하니 친구들도 나에게 힘껏 주먹을 휘두르진 않았던 것 같다. 우리들은 태어난 후 그때까지 거의 하루도 떨어지지 않고 지냈다. 학교도 매일 같이 다녔고, 집에 가방을 던져놓고 해질 녘까지 산을 뛰어다녔다. 어제까지 즐겁게 놀던 친구한테 깊은 악감정의 폭력을 행사하긴 어려웠을 것이다. 그 몸짓에 주저함이 많이 묻어 있었다는 것을 나중에 돌이켜보니 알 수 있었다. 집단행동에서 벗어나지 않아야 한다는 생각으로 주먹을 내밀었지 않나 싶다. 한 명 한 명 다 착한 애들이었고 잘못은 내게 있었다. 그렇지만 지우기 힘든 트라우마로 남았다.

김인숙의 『모든 빛깔들의 밤』(문학동네, 2014)을 안타까운 마음으로 읽었다. 이상했던 점은 분명 이야기의 흐름은 있는데 나로서는 똑같은 페이지의 반복 같았다. 그런데도 그 흐르지 않는 흐름에 빨려 들어가 허우적대는 자신을 발견하는 건 또 이해하기 힘든 일이었다. 이 소설은 사고로 아이를 잃은 부부의 트라우마를 소재로 한다.

"조안의 삶에 스케줄이라는 것이 완전히 사라져버렸기 때문에 희중의 생활 또한 그렇게 되었다. 모든 생활이 완전히 미니멀해졌다. 삶에 기름기가 쫙 빠져버린 것처럼."(54쪽)

내가 왜 흐르지 않는 이야기라고 생각하게 되었는지 알게 해주는 대목이다. 큰일을 겪은 사람은 생활이 극히 단순해진다는 것을 다시 깨닫게 된다. 이런 소설을 대하는 독자는 매일 반복되는 주인공들의 행동을 감내해야 한다. 그들의 감정선을 따라가지 않으면 끝까지 읽기도 힘들다. 그러나 내가 그들이 될 수밖에 없는 이야기였기에 금방 읽어버렸다.

소설은 트라우마라는 이불을 덮고 잠드는 이들의 밤을 우리에게 보여준다. 평범한 사람들의 밤은 검은 빛이다. 낮 동안 왕성하던 빛깔들은 어딘가로 숨어 잠들고, 밤에는 어떤 빛도 색깔도 없어진다. 그러나 낮의 빛깔을 여전히 손에 쥐고 못 놓아주는 사람들이 있다. 그들의 밤은 잠들지 않는다. 고요하지 않고, 단순하게 검은 빛깔이 아니다. 수많은 소리와 수많은 빛깔들이 낮처럼 흐르고 있다. 마치 좁은 출구를 향하지 못하고 갇힌 블록 속에서 공이 계속 튕기며 돌아다니는 비디오게임 같다. 조금씩 잊고 정리하고 작별해야 하는 것들을 여전히 붙잡고 살아가는 사람들의 밤을 함께 맞이해봐야 한다. 나와 아무 상관없는 사람의 행복 없이는 내 행복도 없다. 누군가의 트라우마는 내가 조금이라도 준 것이다.

소설은 마지막에 아주 약간의 출구를 비춰준다. 출구를 힐끗 보았다는 안도감이 이 소설 읽기의 종착점이 아니라, 주인공들의 밤이 지닌 빛깔을 하나라도 더 내 눈에 담는 일이 중요하다. 그들의 트라우마 앞에 놓인 열쇠는 그들 스스로의 마음문을 돌리기에 뻑뻑할지 모르지만, 그것은 의외로 내게 맞는 열쇠가 되어 내 트라우마의 문을 열 수도 있다. 남의 고통에 다가가 자기 마음을 부벼본 사람들이 자신의 문제를 해결하는 경우가 많다. 문학은 해결점을 찾기 위해서가 아니라 '더 이해하기 위해서' 읽는다. 그리고 더 이해하면 결국 근본을 해결하게 된다. 그 점에서 이 작품을 읽은 건 큰 유익이었다.

함께 기억한다면

김탁환의 『목격자들』(전2권, 민음사, 2015)은 사회와 시대가 개인에게 남긴 트라우마를 극복하고 해결해가는 인물들을 보여준다. 조선시대를 배경으로 하고 있지만, 현실을 쏙 빼닮은 이야기는 몰입도를 높인다. 나라와 백성을 팔아 욕심을 채우는 악한 자들과, 나라의 잘못을 바로잡고 백성의 억울함을 풀어주기 위해 인생을 거는 자들이 격돌하고 있다. 독자들이 바라는 대로 악인을 시원하게 소탕하는 결말은 없다. 어둠을 벌하는 것도 필요하지만, 그보다 더 중요한 것은 어둠에 의해 희생되어간 이들을 잘 기억하는 것이라고 소설은 말한다. 또한 우리 앞에 시대의 어둠이 엄습해올 때 비축해두었던 빛을 꺼내들고 어둠에 맞서야 한다고 역설한다. "어둡다고 희망이 사라진 것은 아니다. 눈부심을 기억하여 적어두면, 터무니없이 긴 어둠 속에서도 그 기록에 의지하여 또 다른 눈부심을 향할 수 있다."(2권, 412쪽)

북콘서트에서 선보일 주제곡의 가사를 쓰기 위해 소설 속 인물들의 경로를 따라가 보았다. 진도에서 한나절 머문 다음에 쓴 가사는 남도민요를 잘하는 국악인의 목소리로 발표되었다. "떠난 사람 아름답게 간직하세. 기억의 마을에 혼자만 살면 사람 사는 세상이 아니라네. 눈부신 날 기억하고 간직하면 다가올 어둠도 이겨내리."(『목격자들』주제가 일부)

트라우마는 남은 자의 몫이다. 남은 자들이 '기억의 마을에 혼자만 살면' 그것이 트라우마일 것이요, 기억의 작은 빛들을 서로 모아 밝힌다면 어둠을 몰아내는 도구가 될 것이다. 트라우마를 없애기 위해 그것과 직접 씨름하는 것도 좋은 일이겠으나, 나는 『목격자들』이 제시하는 방법을 취하고 싶다. 트라우마의 영역에서 빛의 영역으로 걸음을 조금씩 옮기는 것이다. 내 경우 청소년기의 충격과 자꾸 맞서기보다는 환경을 적극적으로 바꾸는 쪽을 택했다. 눈에 안 보이면 그만큼 망각도 쉬워지는 거였다.

청소년기의 트라우마는 군복무 시절, 구타를 수도 없이 당하면서 다시 살아나기도 했다. 하늘이 노랗게 보일 만큼 맞은 날은 동기들끼리 뒷산에 올라가 서로 아픈 곳을 만져주며 울기도 하고, 선임 욕도 실컷 했다. 몇몇이 모여 슬픔을 나누는 그 의식이 내 트라우마의 부활을 잠재우는 역할을 많이 했던 것 같다. 그런 면에서 트라우마는 지극히 개인적인 성향을 지닌다. 생성되는 것도 지속되는 것도 혼자만의 공간에서 이루어지는 경우가 많기 때문이다. 애초에 그 상처의 공간에 누군가가 있을 경우 트라우마로 나아가는 일이 적어지는 것 같다. 같이 기억하면 트라우마는 힘을 잃는다.

김형경 소설 『꽃피는 고래』(창비, 2008)는 큰 상실을 경험한 소녀와 할아버지와의 대화를 통해 트라우마를 극복하기 위해 기억을 어떻게 활용해야 하는지 말해준다. "기억을 어떻게 해야 하는지 할아버지한테 물어봐야겠다고 생각한 적이 있었다. 지난 일은 깨끗이 잊어버리는 게 나은지, 기억하는 게 좋은지. '기억하는 일은 왜 중요해요?' '그것을 잘 떠나보내기 위해서지. 잘 떠나보낸 뒤 마음속에 살게 하기 위해서다.' 잘 떠나보낸 뒤 기억하기. 나는 그 말을 잊지 않기 위해 입 안에서 반복했다."(236쪽)

할아버지의 말은 바로 이해되지는 않는다. 인생에는 살아보지 않고는 이해되지 않는 것들이 많다. 직접 모든 것을 경험해보기는 불가능하니, 인생사가 듬뿍 담겨 있는 문학은 좋은 지침서가 된다. 어떤 사람을 만나고 오면 적든 많든 그 사람의 어떤 것이 내게 묻어온다. 그게 꽃가루 같은 거라면 내게 옮겨와서 내 인생을 꽃피울 수 있다. 그게 어둠이라 해도 내게 와서 삶에 빛깔을 주는 프리즘으로 작용할 수도 있다. 사람도 그렇지만 책도 그에 못지않다.

육체적 정신적 외상은 인생이 우리에게 던지는 평가문제집 같은 것이다. 그 평가에 다 응할 필요도 없고, 모든 문제에 정답을 쓸 필요도 없다. 아는 것에 감사해하고 모르는 것에 겸손하면 된다. 아는 만큼 풀면 되고, 모르는 것은 내일의 과제로 남겨두면 된다. 신이 왜 나에게 이런 걸 주었을까, 하고 가끔 고민하는 것은 좋다. 그러나 거기에 오랜 기간 집착할 필요는 없다. 인생이 개인에게 문제를 던질 때는 그걸 참고하면서 앞으로 더 나아가라는 뜻이지, 그걸 부둥켜안고 그 자리에 머물라는 뜻이 아니다. 바다 위의 강풍은 맞서면 재난이지만, 돛을 달면 내가 탄 배를 쾌속선으로 만든다. 걱정거리를 가지고 병원을 찾은 사람에게 의사들은 이런 말부터 해준다고 한다. "인생 뭐 별거 없다, 이건 별일 아니다, 라고 생각해보세요."

위에 평가문제집이라는 얘기를 했지만, 우리가 학교 다닐 때를 기억해보면 그렇다. 그때 보는 시험마다 인생의 전부인 것처럼 초조하게 대했지만, 학년이 바뀌고 나면 혹은 졸업하고 나면 아무것도 아닌 일이다. 거의 대부분의 일은 지나고 나면 아무것도 아닌 일이다. 추운 곳에서 장시간 머물러 감기에 걸렸다면,

그걸 치유하기 위해서는 따뜻한 곳으로 옮기면 된다. 따뜻한 곳에서 충분한 휴식과 영양을 섭취하면 다시 추운 곳으로 뛰어나갈 용기가 생긴다. 치유란 그런 것이다. 피난처가 있으면 문제는 더 커지지 않는다. 가장 좋은 피난처는 누군가의 마음, 그리고 정제된 자신의 기억이다. 문학은 허락 없이 마구 넘나들 수 있는 누군가의 마음이다. 그리고 나를 닮은 누군가가 정제된 기억을 저장해둔 장소다. 트라우마가 있다면 이 처방전부터 펼쳐보기를 권한다.

극장에서 만났던 나의 화양연화 (1)

_김사인, 「화양연화」

문화 매체의 변화를 몸으로 충분히 느끼며 살아온 나는 행운의
세대에 속해 있다고 생각한다. 행운이라고 말하는 이유는 새로
운 문물이 인간에게 주는 이로움과 해로움을 조금은 구분할 지
혜를 배울 수 있었다는 의미에서다. 지금의 청소년들은 워낙 빠
르게 다가오는 문화의 속도에 미처 대비할 틈도 없이 점령당하
는 느낌이다. 자기 의지로 받아들이는 게 아니라 무조건적으로
수용하거나 점령당하면 자신이 지금껏 일궈온 정신의 밭을 망쳐
놓기 십상이다. 다행히도 내가 자라온 세대는 문화의 변화가 정
신의 속도보다 지나치게 빠르지 않았기에, 새로운 문화에 대한

선택적 수용이 가능했던 것 같다. 내 인생을 아름답게 색칠해준 장소가 여럿 있겠지만, 그중에서 극장을 앞세우지 않을 수 없다.

살아 있는 모든 순간이 화양연화

마을 주민 대부분이 농사를 지었던 어린 시절의 고향 마을에는 텔레비전이 귀했다. 마을 전체에 서너 대밖에 없었으니 저녁마다 그 집으로 동네 사람들이 모여드는 것이 일상이었다. 그 서너 집에 우리 집이 포함되었고, 저녁이 되면 우리 집 마당은 마을극장이 되었다. 가게를 했던 우리 집에는 나무로 된 과일 상자나 음료수 상자들이 많았고, 그것들을 마당에 펼쳐놓으면 곧바로 노천극장 관람석을 만들 수 있었다. 텔레비전은 마루 한가운데 놓였고, 동네 어른 몇이 마루의 상석에 앉고 나머지는 전부 마당에 앉았다. 텔레비전의 여닫이문을 열고 전원 버튼을 누르면 암흑의 상자는 조금씩 환해졌다. 아이들은 침을 꼴깍 삼키며 그 순간을 맞이했다.

어떤 날은 〈여로〉의 태연실이 동네 사람들 마음을 흔들었고, 어떤 날은 유제두의 펀치가 뒷산이 흔들리도록 함성을 울리게 했다. 영화 〈시네마 천국〉에 마을 사람들이 함께 영화를 보는 장면이 있는데, 어릴 적 우리 집 마당은 그 영화 속 풍경에 결코 뒤지지 않는 감동과 설렘이 있었다. 당시의 텔레비전은 소비를 조장하는 바보상자라기보다는 현실에서 품을 수 있는 가장 가까운 꿈이었다. 그 꽉 막힌 시골에서 사람들은 텔레비전 속 드넓고 화려한 세상을 가슴에 담을 수 있었다. 어른들은 종일 거친 노동을 했고 아이들은 수업이 끝나면 어두워질 때까지 산과 들을 뛰어다녔으며, 게다가 텔레비전은 대낮에는 아예 나오지 않았으니 육체와 정신의 건강이 균형 잡힌 시절이었다.

텔레비전보다 더 가슴 뛰는 것은 매년 여름마다 찾아오는 가설극장이었다. 넓은 공터에 은막을 세우고 빙 둘러 울타리를 쳐서 극장을 만들었다. 낡디 낡은 영사기가 차르르 소리를 내며 필름을 돌리면 은막 위에 커다란 화면이 바람 따라 일렁였다. 주인공은 어릴 적 악당들에 의해 아버지를 잃는다. 복수의 일념으로 성장한 그는 천하제일의 검객이 되어 아버지를 앗아간 악당들을 하나둘 처단해간다. 그 과정에 팔도 하나 잃지만 그의 의지는 꺾이지 않는다.

문득 고개를 들면 쏟아져 내릴 듯한 별들이 하늘에 있었다. 앞으로 펼쳐질 인생은 저 하늘의 별만큼 아름다우리라 믿었고, 저기 저 별처럼 빛나는 사람이 될 거라 다짐하던 아이가 그 극장 안에 있었다. 다시 눈길이 은막으로 향했을 때 마지막 장면이 펼쳐지고 있었다. 주인공은 악당의 우두머리를 만나 대결을 하면서 악당의 간교한 꾀로 인해 위험에 처하기도 하지만 결국 굴복시킨다. 악당은 주인공의 동정심을 유발해 목숨을 유지하려 하고 주인공의 칼끝은 잠시 허공에서 떨고 있다. 그 순간 관객들은 외친다. "끝내버려!" 마치 우리의 외침을 들었다는 듯이 주인공의 칼은 악당의 심장을 향해 날아간다. 객석에서 박수가 터진다.

영화가 끝나고 방천길을 따라 집으로 돌아오는데 큰 별 하나가 꼬리를 늘어뜨리며 떨어지고 있었다. 옆에 걷고 있던 누나에게 물었다. "저 별은 어디 가는 거야?" "저 별은 영원히 잠을 자러 가는 거야." 조금 전 영화에서 주인공 외팔이가 악당을 무찌르듯 신나게 가상의 적을 향해 손발을 휘저으며 걷고 있던 나는 어쩐지 조금 슬퍼졌다. 우리도 언젠가는 저 별처럼 시들어가고 영원히 잠든다는 사실을, 그렇기에 살아 있는 모든 순간이 화양연화라는 사실을, 아직 깊이 생각해본 적 없었는데도.

모든 좋은 날들은 흘러가는 것 잃어버린 주홍 머리핀처럼 물러서는 저녁 바다처럼. 좋은 날들은 손가락 사이로 모래알처럼 새나가지 덧없다는 말처럼 덧없이, 속절없다는 말처럼이나 속절없이. 수염은 희끗해지고 짓궂은 시간은 눈가에 내려앉아 잡아당기지. 어느덧 모든 유리창엔 먼지가 앉지 흐릿해지지. 어디서 끈을 놓친 것일까. 아무도 우리를 맞당겨주지 않지 어느 날부터. 누구도 빛나는 눈으로 바라봐주지 않지.

「화양연화」, 김사인 지음(『어린 당나귀 곁에서』, 창비, 2015)

커다란 천막으로 만들어진 서커스 전용 극장에 엄마와 함께 간 적이 있다. 절로 탄성을 지르게 만드는 곡예들이 마구 펼쳐졌다. 중간쯤에 어린 소녀 하나가 등장했다. 나보다 나이가 그리 많지 않아 보였다. 학교를 다니고 있었는지는 모르지만 분명 초등학생 나이의 소녀였다. 몸을 뒤로 젖혀 낮은 탁자 위에 놓인 접시를 입으로 물어 올리는 묘기를 보여주었는데, 몸이 활처럼 뒤로 구부러진 순간에 나와 눈이 마주친 것 같았다. 가슴이 조금씩 뛰기 시작했다. 소녀는 몸의 유연성을 뽐내는 묘기를 보이다가 많은 박수를 받고 들어갔다. 이후의 화려한 공중곡예 같은 건 눈에 들어오지 않았다. 거꾸로 몸을 젖힌 채 객석을 보던, 혹은 나를 바라보았을지도 모를 눈빛이 마음에서 떠나지 않았다.

공연이 끝나고 출구 쪽에서 기념품을 팔고 있었다. 기념품 판매대 뒤에 출연진들이 서서 관객들에게 인사도 했다. 그 소녀와 다시 한 번 눈을 마주쳤다. 나는 엄마한테 떼를 써서 소녀의 사진을 한 장 샀다. 그 소녀의 모습이 예뻐 보여서였는지, 슬퍼 보여서였는지는 모르고 그저 오랫동안 곁에 두고 보고 싶어서 샀다. 하지만 세월이 흘러 그 사진을 보니 애잔함이 그날의 내 마음에 들어차 있었다는 것을 깨달았다. 그 소녀는 영화 〈길〉에서 잠파노의 곁을 떠나지 않았던 젤소미나처럼 예쁜 여인으로 성장했을까. 최백호의 노래처럼 어디에서 나처럼 늙어갈까. 이렇게나 정보가 넘치는 세상이 되었어도 어찌 만나보고 싶은 사람

하나 만날 수 없는 걸까. 왜 모든 인생들은 기어코 숨어버리는 걸까. 화양연화를 향한 그리움은 종착지 없이 우주를 떠돈다.

형은 유난히 영화를 좋아했다. 용돈이 모이면 곧바로 친구들과 영화를 보러 갔다. 산을 하나 넘어 이웃 면 소재지로 가야 조그만 영화관이 하나 있었다. 지금은 잘 닦인 길을 따라 차를 타고 10여 분을 가면 되는 거리지만, 당시에는 먼지가 풀풀 일던 신작로를 아이들 걸음으로 한 시간 이상 가야 하는 곳이었다. 형 덕분에 나도 영화관을 많이 들락거렸다. 우리가 가장 자주 만난 영웅은 클린트 이스트우드였다. 선한 사람들의 물건을 약탈하는 도적들을 소탕하고 위기에 처한 여자를 구해주는, 지금 생각하면 이유 없이 선행을 하며 세상을 떠도는 캐릭터였다. 법이 없던 시대에 정의를 실현하던 사람, 악당보다 늦게 총을 뽑지만 그의 총구가 먼저 불을 뿜게 하는 사람에게 시골 소년들은 깊이 빠져버렸다.

영화 한 편을 보고 나면 오랫동안 그 영화 속에서 살았다. 그 순수했던 시절로 잠시만이라도 돌아갈 수 있다면 얼마나 좋을까. 오래된 영화를 보면 그때의 내 모습이 영상에 비춰진다. 지금의 우리는 소년시절에 그려봤던 어른의 모습과 거리가 있다. 우리는 성장하면서 가능성을 점점 잃어버린 것이 아니라 가능성에 대한 기대를 잃어버린 것이다. 어릴 적 가졌던 그 기대를 오늘에 되살리는 것, 그것이 지금을 화양연화로 만드는 방법이다.

내 안의 모든 빛을 꺼내어 지금이라는 필름에 담는다

초등학교 3학년때 쯤이었나. 대구의 큰 극장에 하춘화 쇼가 열린다는 광고전단을 보았다. 레코드에서 즐겨 듣던 가수가 온다니 가서 눈으로 보고 싶어 미칠 지경이 되었다. 당시 내 친구들은 아무도 하춘화를 듣지 않았고 심지어 동네 형들도 모두 혜은이와 조용필로 넘어간 지 오래였다. 공연 선전물에 적힌 전화번호로 문의해보니 입장료가 적지 않았다. 돼지저금통을 몽땅 털어도 모자랐다. 왠지 엄마에게 얘기할 용기가 나지 않았다.

그때까지 나는 어떤 경우든 엄마한테 돈을 달라 해서 단 한 번도 거절당한 적이 없었다. 내가 돈을 달라 하면 진짜 필요해서 심사숙고 끝에 말한 거라고 엄마는 생각했던 것 같다. 반면에 형과 누나들은 돈을 타낼 때마다 엄마와 승강이를 벌였다. 형의 경우는 엄마 손에서 형의 손으로 돈이 품위 있게 건네지는 법이 거의 없었다. 형은 떼를 쓰고 엄마는 안 주려 하다가 거의 땅바닥에 던지다시피 돈을 주는 것이 익숙한 풍경이었다. 얄밉게도 부모의 심정을 헤아려 돈을 타내는 방법을 나는 알고 있었는지 모른다.

그런 상황이었음에도 하춘화 노래를 듣기 위해 대구의 큰 극장으로 가는 건 엄마가 허락해주지 않을 거라고 판단했는지, 나는 처음으로 엄마 모르게 가게의 계산대 금고를 열어 동전 한 움큼을 손에 쥐었다. 아마 엄마도 알고 있었겠지만 이후 그 사실에 대해 묻지 않았다. 부모님은 내 잘못을 스스로 깨닫고 인정할 때까지 기다리는 편이었다.

표는 창구에서 구매했지만 입장이 문제였다. 아예 어린이용 표는 없었기 때문에 나 혼자 입장하는 것은 어려워 보였다. 극장 입구 검표원의 검문을 통과하기 위해 어떤 아저씨에게 부탁했다. 꼭 하춘화의 노래를 들어야겠다고 단호하게 말하며 표를 보여줬더니, 아저씨가 웃으며 자기 앞에 나를 세우고는 검표원 앞에서 허풍스런 목소리로 "자, 들어가자" 하며 아들처럼 데리고 들어갔다. 무대 위에 동그란 스포트라이트가 달처럼 떠 있고 하춘화가 나와서 노래를 시작했다. "외로이 흐느끼며 혼자 서 있는 싸늘한 호숫가에 물새 한 마리". 머나먼 저 하늘을 바라보며 울고 있는 노래 속의 물새를 따라 나도 훌쩍거렸다. '어떻게 노래로 사람을 울릴 수가 있지!' 하고 의문도 가져보았다.

잠시 후 초대손님으로 박근형 씨가 나왔다. 당대 최고의 인기 배우가 등장했으니 극장 안 관객들은 소리를 지르고 야단이었다. 짓궂은 사회자가 즉석에서 러브신을 주문했다. 하춘화가 "오빠" 하며 박근형 품에 살짝 안겼는데, 그 순간 극장 안의 모든 관객이 일어나 환호성을 지르며 박수를 쳤다. 고단한 생을 사는 사람들에게 웃음과 눈물을 줄 수 있는 무대 위 저 사람들처럼 살 수 있다면 평생 배가 고파도 좋겠다는 생각이 들었다. 꼭 연예인이 안 되더라도 노래로 사람을 위로할 수 있다면 멋진 인생이 될 것 같았다.

하춘화 쇼는 태어나 처음으로 본 라이브 무대였다. 화려한 조명, 바닥에 깔리던 안개, 내 심장을 직접 두드리는 듯한 드럼 소리, 춤추는 손가락을 따라 흐르던 기타 선율, 그리고 정신을 잃도록 아름다웠던 여가수의 목소리. 그 모든 것들이 생생하게 지금 내 가슴에 남아 있다. 모든 무대는 그래야 하지 않을까. 무채색 일상을 일곱 빛깔 무지개로 칠해버리는 마법의 시간. 무대 위의 공연자는 관객들에게 그것을 제공하는 프리즘이 되어야 한다는 것을 그때 배웠다. 그 극장 안에서 열 살 먹은 어린 소년을 울린 것은 하춘화의 노래였을까, 아니면 다시는 똑같이 반복되지 않을 인생의 환한 순간이었을까.

눈멀고 귀먹은 시간이 곧 오리니 겨울 숲처럼 더는 아무 것도
애 닳지 않은 시간이 다가오리니

잘 가렴 눈물겨운 날들아.
작은 우산 속 어깨를 겯고 꽃장화 탕탕 물장구 치며
슬픔 없는 나라로 너희는 가서
철모르는 오누인 듯 살아가거라.
아무도 모르게 살아가거라.

「화양연화」, 김사인

인생의 가장 빛나던 순간들은 아무리 시간이 지나도 기억의 빛이 바래지 않는다. 삶의 힘든 순간이 찾아올수록 그 장면은 더욱 선명하게 살아나 우리를 위로하며 감싼다. 오늘도 새로운 화양연화를 만들기 위해 내 안의 모든 빛을 꺼내어 지금이라는 필름에 담는다. 지금은 잘 보이지 않는 나의 화양연화는 얼마의 시간이 흐른 후에 영사기를 돌렸을 때 내 눈에 선명히 보일 것이다. 빛 속에 있으면 빛을 보지 못하는 법. 인생이 어두워졌을 때 비로소 그 밝음에 눈부셔하는 법. 살아가는 순간순간 모아두었던 빛을 지금 이곳으로 가져와 어둠을 헤쳐 나가는 것이 인생의 화양연화를 유지하고 극대화하는 방법이라는 것을 이제 조금씩 깨닫고 있다. 이번 주말에도 조조 영화관의 문을 열고 가장 깊은 어둠과 가장 밝은 빛이 교차하는 공간에 앉아 보리라. 영화관에 앉아 있으면 화양연화가 손끝에 닿는다.

2장

누구에게나 삶은
소설이고 영화다

그림에 열중하는 선생님은 정말 예뻤다.

늦은 오후의 해가 미술실에 감귤 빛을 들여놓고 있었다.

그날부터 선생님은 나를 '피리 부는 소년'이라 불렀다.

〈겨울 나그네〉에서 순수 청년 민우에게 붙여진 별명과 같았다.

그 후 자주 미술실에 가진 못해도,

언제 불려갈지 모른다는 기대감에 내 가방에는 항상 피리가 들어 있었다.

-「연애를 권함」 중에서

연애를 권함

_윤영수, 『내 여자 친구의 귀여운 연애』

한 세대 전만 해도 젊은이들은 자기만의 '삼포 가는 길'을 찾아 이쪽저쪽을 기웃거렸었다. 길은 여러 갈래로 열려 있었다. 그런데 지금 젊은 세대는 다른 의미의 '삼포'가 앞을 가로막고 있어 잘 나아가지 못하고 있다. 연애, 결혼, 출산을 포기하는 사람들이 점점 많아지고 있다니 슬픈 일이다. 그 목록 제일 앞에 연애가 있다. 연애를 안 하면 나머지 두 가지는 뒤따라올 일이 거의 없어진다. 그런데 과연 결혼과 출산만 없어질까. 아니다. 연애가 사라지면 생의 모든 에너지가 사라진다. 정전과 암흑의 인생이 된다.

시대의 흐름에 따라 TV 드라마에서도 문학작품에서도 연애의 모습은 조금씩 변했다. 드라마 속의 연애는 재벌 2세 남자, 신데렐라 여자, 출생의 비밀이라는 패키지가 여전히 유지되어서 크게 변한 건 없지만, 소설은 동시대 젊은이들의 연애관을 잘 반영해왔다.

보이지 않는 사랑이어도 좋습니다

윤영수의 『내 여자 친구의 귀여운 연애』(민음사, 2007)에서는 우연한 연애로 '삼포'의 멍에를 벗는 한 여자의 모습을 볼 수 있다. 할인매장 식품 코너에서 일하는 양미는 미혼이고 애인도 없다. 그동안 내내 무능한 가족들을 먹여 살리는 일에만 매달려왔다. 외모를 가꿀 여유가 없어서 남자들의 시선 한번 제대로 받아본 적도 없다. 당연히 연애는 꿈도 못 꿔봤다. 매장 관리 업무를 하는 현수는 반찬 코너 이천댁과 함께 양미를 챙기며 가까운 친구로 지낸다.

그런데 매일 조용히 일만 하던 양미에게 어느 날부터 변화가 생겼다. 목걸이를 하고 미용실도 가고 옷도 예쁘게 입기 시작한 것이다. 양미에게 애인이 생긴 게 틀림없다고 사람들은 입을 모아 말했다. 더 이상 집에 돈을 내놓지 않자, 지금까지 마음껏 돈을 쓰던 가족들은 이제 양미의 눈치를 보며 그녀를 극진하게 대

접했다. 연애 덕분에 양미의 생활은 환하게 변했다. 한데 목격자들이 하나둘 나타나면서 양미의 연애는 그 실체가 드러났다. 그녀는 보이지 않는 사랑을 하고 있었던 것이다. 현수는 양미를 포장마차로 불러내어 그동안의 얘기를 모두 들었다.

꼬박꼬박 모아두었던 목돈을 동생이 빼 가버린 날 밤, 힘없이 집으로 돌아가는 양미 앞에 한 남자가 막아섰다. 맥주 광고 포스터 속에서 활짝 웃고 있던 그 남자는 양미 앞으로 천천히 걸어 나와서 "잊어버려요" 하며 그녀에게 맥주를 내밀었다. 양미는 홀린 듯이 맥주 한 병을 들고 슈퍼 주인에게 가서 계산을 했다. 그녀가 자신을 위해 쓴 최초의 돈이었다. 그리고 남자는 양미를 만날 때마다 속삭여주었다. 사랑한다고, 세상 누구보다도 당신이 예쁘다고. 모든 것이 환상이었지만 양미는 더할 나위 없이 행복했다. 태어나서 처음으로 다가온 사랑이었다. 양미는 가상 애인의 보살핌에 힘입어 가족들보다 자신의 행복을 위해 살기 시작했다.

현수는 양미가 술에 취해 털어놓는 사랑 이야기를 가만히 들어주었다. 남들 눈에는 보이지 않는 사랑, 허상을 현실로 착각하는 그녀의 사랑이 너무 애처로워서였다. 양미는 현수와 술을 마시는 지금도 자기 옆에 애인이 앉아 있다고 생각한다. 현수는 그런 그녀의 사랑을 함부로 대할 수 없다. 그래서 양미의 애인이 눈에 보인다는 듯이 거짓말로 두 사람이 너무 닭살스럽다고 너스레를 떤다. "나는 양미를 업고 큰길을 따라 걸었다. 힘이 달려 도저히 버틸 수 없을 때까지 오래 오래 업어주고 싶었다. 분명히 있지만 보이지 않는 것이 사랑뿐이랴. (중략) 좋은 것들이 눈에 뵈지 않아 아쉽긴 하지만 나쁜 것들 또한 눈에 뵈지 않아 다행이란 생각이 든다."(49쪽)

보이지 않아도 우리를 지탱해주는 게 있다. 누군가를 사랑하는 일이 그것이다. 양미의 경우처럼 상상 속의 사랑이라 해도 그것의 운동력은 결코 작지 않다. 연애를 통해서 양미의 모든 것이 변했다. 진드기 같은 가족들은 제자리로 돌아갔고, 태어나 처음으로 자신을 소중하게 생각하게 되었다. 이제 곧 보이는 사랑이 그녀에게 다가올 것이다.

화양연화는 사랑에서 왔습니다

인생의 중요한 시기에 사랑이 주는 영향력은 말할 수 없이 크다. 요즘 청소년들이 나중에 성인이 되었을 때 청소년 시절에 행복했느냐고 묻는다면 어떤 대답이 나올지 모르겠으나, 나는 청소년 시기, 특히 중학생이던 3년 동안이 인생에서 가장 행복한 시기였다. 사랑 때문이었다. 내 사춘기는 사랑으로 가득 차서 반항이나 일탈이 들어올 틈이 없었다. 1학년 1학기가 시작된 지 얼마 되지 않아 미술 선생님이 바뀌었다. 새 미술 선생님은 제주도에서 미대를 졸업하자마자 첫 발령지로 우리 학교에 왔는데, 시골에서는 볼 수 없었던 미모와 이국적인 이름을 갖고 있었다. 조용한 시골 학교에 활기가 찾아왔다. 선생님들도 괜히 쭈뼛대며 말이라도 한 번 걸고자 했고, 아이들은 왜 미술 수업은 매일 있지 않은가 불만을 토로했다.

  나는 미술과는 한참 거리가 멀었다. 대신 초등학교 내내 악대부 활동을 하며 다양한 악기를 익혔고, 노래도 좋아했기에 늘 음악실을 들락거렸다. 음악 선생님은 박색에다 성격도 날카로워서 아이들이 대체로 접근을 기피하는 장소였다. 어느 날 방과 후 음악실 청소를 하다가 심심해서 가방에서 피리를 꺼냈다. 몇 소절 불고 있는데 창문 너머로 미술 선생님 얼굴이 보였다. 선생님이 손짓으로 미술실 쪽을 가리키며 오라는 표시를 했다.

  "너, 그림은 꽝인데 피리는 아주 잘 부는구나. 너 좋아하는 거 하나만 불어봐." 나는 다시 피리를 불기 시작했다. 뛰어가면서도 불 수 있는 곡인데, 중간에 틀려서 멈췄다. 선생님이 내 지저분한 손만 보고 있는 것 같았기 때문이다. 새까만 손톱을 들키지 않으려고 괜히 손가락을 오므락거리며 얼굴을 붉히자 선생님이 웃으며 말했다. "지금은 용의검사 시간이 아니니까 네 손 안 본다. 자, 이제부터 선생님은 그림을 그릴 테니 너는 피리를 연주하렴." 선생님은 이젤을 당겨 스케치를 시작했고, 나는 다시 연주를 했다.

그림에 열중하는 선생님은 정말 예뻤다. 늦은 오후의 해가 미술실에 감귤 빛을 들여놓고 있었다. 그날부터 선생님은 나를 '피리 부는 소년'이라 불렀다. 나중에 나온 최인호 원작의 영화 〈겨울 나그네〉에서 순수 청년 민우에게 붙여진 별명과 같았다. 그 후 자주 미술실에 가진 못해도, 언제 불려갈지 모른다는 기대감에 내 가방에는 항상 피리가 들어 있었다. 친구들에게 말하면 엄청난 부러움을 살 일이었다. 하지만 좋은 향기는 뚜껑을 잘 닫아둬야 날아가지 않는 법.

꿈같은 한 해가 지나갔다. 겨울방학 동안 땅바닥에 많은 스케치를 하면서 그림 연습을 했다. 기다리던 개학을 맞아 학교에 갔더니 선생님이 내게 쪽지를 건넸다. '제주시 애월리'라는 주소가 적혀 있었다. "나중에 이 시절이 그리워지면 연락해라. 나이번 주에 다른 학교로 전근 간다." 그 주에 새 미술 선생님이 왔다. 나는 다시 음악실 청소를 하며 방과 후 시간을 보냈고, 가끔 미술실 창문 너머로 저녁놀에 빨갛게 익어가는 이젤을 바라보고는 했다.

사랑이 사랑을 잊게 한다고 했던가. 선생님이 떠나고 얼마 후 우리 학교 교복을 입은 한 소녀가 눈에 들어왔다. 우리 집에서 학교로 가는 길에 있는 양계장집 딸이었고, 나와 같은 학년이었다. 가끔 등하교 시간에 저만치 앞서가는 그 아이를 보면 눈앞에 아지랑이가 마구 피어올랐다. 한동안 속앓이를 하던 나는 생애 첫 연애편지를 썼다. 그리고 어릴 적부터 친했던 여자 동기생에게 전해달라고 부탁했다. 편지가 전달되고 난 다음 날부터는 가슴 속 북소리가 몇 배로 커졌다.

그런데 뭔가 이상했다. 그 아이에게서 어떤 요동도 나타나지 않았다. 부끄러워한다든지, 나를 멀리한다든지 하는 반응이 전혀 없었다. 편지를 전해준 친구를 불러냈다. 당사자에게 물어봤는데 별 대답을 안 한다고 했다. 어쨌든 고맙다고 맛난 것을 사주었더니, 친구는 내 생일에 책 한 권을 선물해왔다.『하버드 대학의 공부벌레들』이라는 두꺼운 책이었다. 책이라고는 만화밖에 본 적 없는 나는 그 책을 누나 책꽂이에 꽂아두고 읽지 않았다. 그 아이에게서 받은 책이었다면 외우듯 읽었을 테고, 하버드에 갔을지도 모를 일이다.

어쨌든 그 후로는 그저 그 아이의 뒷모습을 볼 수 있는 것만으로 충분하다고 생각하면서 더 이상 그 마음을 알아내려고 하지 않았다. 중학교 생활 내내 그 아이로 인한 설렘은 사라지지 않았다. 김부자 노래처럼 '마음대로 사랑하고 마음대로 떠나버린' 미술 선생님과 봄날 아지랑이 같던 그 아이로 인해 내 사춘기는 시들지 않는 화양연화로 남았다.

미술 선생님의 주소가 적힌 쪽지는 고등학교 때 도시로 공부하러 간 사이 잃어버렸다. 아지랑이 같던 그 아이는 대학 새내기가 되던 봄날에 다시 만났다. 편지는 받은 일이 없다고 했고,

내 마음도 전혀 몰랐다고 했다. 어쩌면 편지가 전달되지 않았기 때문에 청마 유치환이 가졌던 완전한 행복을 나도 누릴 수 있었던 건지도 모른다. 최근 모교의 초청을 받아 공연을 하고 왔다. 사랑의 흔적들은 거기 오래 머물며 나를 기다리고 있었다.

사랑이 두려워 떠납니다

소설은 대놓고 완전한 사랑을 구현해볼 수 있는 좋은 장소다. 인간은 그 누구도 완전한 사랑에 대해 자신 있게 실천 의지를 말하기 힘들다. 동서고금의 문학작품 속에서 사랑은 완전한 모습을 많이 드러냈다. 우리는 그 사랑을 내려받기 위해 고전, 즉 세월도 무너뜨리지 못한 사랑 이야기를 읽고 또 읽는다. 연애 소설을 읽는 것은 사랑을 알기 위한 아주 좋은 방법이다. 내 경우 일본 연애 소설이 그다지 마음에 와 닿지 않는다. 일본 사람들 생활방식이 그렇듯 마음속에 있는 것보다 행동을 조금 과하게 표현하는 면이 있다. 오늘날 청춘의 연애 방식과 공통점이 많아서 좋아들 하는지 몰라도, 자기 안의 사랑을 키워나가는 데는 한국 소설이 더 좋다고 생각한다.

　박민규의 『죽은 왕녀를 위한 파반느』(예담, 2009)는 미모지상주의 시대에 내려진 사랑의 처방전이다. 다른 연애 소설보다 재미있고 유익하다. 유익이라는 말은 사랑에 대해 많이 배울 수 있어서 좋다는 의미다. 수도 없이 밑줄을 긋고, 하늘의 별만큼 많은 별표를 달아서 책이 많이 지저분해졌다. 몇몇 사랑의 잠언들은 휴대전화에 메모해서 때때로 들여다보고 있다.

이 세상의 화려한 존재들에게 환멸을 느끼고 있는 남자와 아무도 바라봐주지 않는 외모의 여자가 만나 사랑을 시작한다. 남자의 사랑은 진실했지만 여자는 쉽게 응하지 못했다. 지금까지 다른 누구에게서도 관심 받은 적이 없었기 때문에 남자의 사랑이 믿기지 않았다. "자신보다 자신의 그림자가 더 아름다운 여자는… 그림자로서 세상을 살아야 해요."(211쪽) 남자에게는 그것이 문제되지 않았고 둘은 조금씩 가까워져서 깊이 사랑하게 되었다. 세상 모든 사람이 태양빛의 찬란함을 사랑이라 부를 때, 두 사람은 달빛의 아름다움을 사랑이라 불렀다. 그러나 여자는 끝내 사랑을 놓아버린다. 남자가 대학에 진학하기 위해 함께 일하던 직장을 그만두게 되자, 여자는 남자의 앞날에 생길 어떤 변화에 대한 두려움에 휩싸인다. 여자는 편지 한 장을 남기고 남자를 떠난다.

"인간은, 특히 여자는 저 달과 비슷한 존재라 저는 믿고 있습니다. 언제나 보여주고 싶은 면과, 끝끝내 감추고 싶은 면이 있는 것입니다. (중략) 말하자면 저는, 세상 모든 여자들과 달리 자신의 어두운 면만을 내보이며 돌고 있는 '달'입니다. (중략) 춥고 어두웠노라 말할 수 있는 것도 이제는 스스로에게 그만한 어둠을 감당할 힘이 생겼기 때문입니다. 그렇습니다. 바로… 당신을 만났기 때문입니다. (중략) 이제 어떤 삶을 살아도 저는 행복할 수 있을 거예요. 매일 아침 당신을 보고 싶어 하는 여자에게서 도망친 것이 아니라… 실은 이 길을 택함으로써 끝끝내 그녀를 보호할 수 있는 셈이니까요."(288쪽)

세상 남자들이 주인공 여자의 이 마음을 이해하기는 쉽지 않다. 내 여자일 경우는 더더욱 그럴 것이다. 어찌 보면 달빛의 남자와 달빛의 여자가 만나 태양을 만드는 일이 사랑일지도 모르겠다. 사랑 앞에서 스스로를 달빛이라 여기고, 그러면서 상대의 달빛을 감싸 안는 순간 우리는 완전한 사랑을 알게 되리라.

『내 여자친구의 귀여운 연애』처럼 실체 없는 사랑을 하거나, 『죽은 왕녀를 위한 파반느』에서 보듯 다가가지 못하고 멈춰버린 사랑은 불행한 사랑일까. 그렇지 않다. 사랑의 결실이 꼭 행복하지는 않은 것처럼, 사라져버린 사랑도 행복일 수 있다. 중요한 것은 결과를 떠나 지금 사랑하는 일이다. 그 어떤 것에도 연애를 거는 일이다. 내가 좋아하는 일본 만화가 히로카네 켄시는 인생을 후회 없이 살기 위한 몇 가지 실천사항 중 하나로 "좋아하는 것은 진심으로 즐긴다"라는 목록을 달았다. 본인과 사회에 해악이 아니라면 어떤 대상이든 연애를 걸고 뜨겁게 사랑할 일이다. 진심으로 뭔가를 즐기는 사람, 모든 일을 연애하듯 하

는 사람은 주변을 행복하게 만든다. 내 경우 지방공연을 연애하
듯 다니지 않으면 금방 지친다. 모든 이동은 여행이고 모든 관
객은 애인이니, 지칠 일이 없다.

　연애 앞에 망설이는 자여, 지금 연애 소설 한 권을 펴고 사랑
을 시작하라. 당신이 가보지 못한 사랑의 처녀지를 여행하라.
연애를 시작하는 순간 인생의 겨울은 당신을 떠난다. 그리고 가
장 좋은 연애 상대는 지금 이 순간이다.

그 섬에 가고 싶지 않다

_한강, 『채식주의자』

"설명을 잘 해주고 주문을 받아야 할 거 아냐!"

패스트푸드점에서 나이 많은 한 남자가 소리를 지르고 있었다. 점원은 연신 죄송하다고 사과를 했다. 누가 원인 제공을 했는가를 떠나 그 어린 점원이 안쓰러워 보였다. 마구 공격을 해대던 남자는 자기 분에 못 이겨 매장을 나가고, 점장이 어깨를 토닥이자 어린 점원은 울음을 터뜨렸다. 점장은 점원을 주방으로 보내고 직접 주문을 받았다. 대기줄에 서 있던 나는 잠시 빈 자리로 가서 그 점원이 다시 나오기를 기다렸다. 공연 때 선물로 나눠주는 초콜릿 패키지 하나를 가방에서 꺼냈다. 그 소녀에게 세상에서 가장 따뜻한 주문을 해주고 싶었다. 하지만 기다려도 점원은 나오지 않았다. 어쩔 수 없이 나는 점장에게 주문하면서 그 직원에게 초콜릿 선물과 힘내라는 말을 전해달라고 부탁했다.

갑질에 대한 이야기가 연일 들린다. 비행기 일등석을 타면 왕이나 된 듯 착각하고, 할인점 계산원을 종 부리듯 하고, 고객상담실의 상담원에게 있는 대로 분노를 퍼붓는 세상이다. 기업은 종업원의 인권보다는 소비자의 심기를 건드리지 않고 매출을 확보하는 데만 관심이 있다. 그러다 보니 소비자의 갑질은 점점 더 심해지고 종업원의 감정노동 강도 역시 높아진다.

감정노동이라는 단어를 어떤 회사의 고객상담실에 근무하는 지인으로부터 처음 들었다. '육체노동자'나 '정신노동자'라는 말과 달리, '감정노동자'라는 단어를 처음 듣고는 서글픈 느낌부터 들었다. 이 단어에는 노동이 주는 자긍심이나 희망적 요소가 하나도 없다. 오직 소비자가 퍼붓는 악감정을 받아내는 구멍 숭숭 뚫린 마음판이 느껴진다. 악감정의 총알받이 역할을 하는 감정노동자. 정신노동에서 변이된 암세포 단어로 느껴진다. 감정노동이 노동의 범주에 들어가는 세상은 잘못된 세상이다. 정상적인 노동은 그 과정이 아무리 힘들어도 끝났을 때 뿌듯한 정신적 결과가 따른다. 감정노동은 그렇지 않다. 피폐해진 마음만 남는다. 이 감정노동이라는 괴물의 덩치가 앞으로 계속 커져서 우리 사회 곳곳을 침범할 것 같은 예감이 들어 씁쓸하다.

갑질과 감정노동이 생겨나고 점점 늘어가는 것은 인간의 존재 가치에 대한 긍정이 없거나 부족해서다. 사람들은 남을 무시하면서 자기 가족은 어디 가서 무시당하지 않을까 걱정한다. 자식이 비인간적으로 살지 않도록 조금이라도 더 교육하고, 재산을 더 남겨주려고 애쓴다. 존재의 부메랑은 던진 사람에게 정확히 돌아온다는 것을 왜 모를까.

참을 수 없는 존재의 다양성

한강의 소설 『채식주의자』(창비, 2007)에는 존재 가치를 거부당한 여자가 등장한다. 남편은 지극히 평범한 여자가 좋아서 영혜와 결혼했다. 그런데 어느 날부터인가 영혜는 육식을 멀리하기 시작한다. 남편은 그런 아내를 도저히 이해할 수 없다. "그녀는 내가 고르고 고른, 이 세상에서 가장 평범한 여자가 아니었던가."(26쪽) 평범한 아내를 원하는 남편의 생각은 겉으로 별문제가 없는 듯 보이지만, 이 생각 속에는 아내가 자신이 원하는 대로의 인간이기를 바라는 폭력성이 잠재되어 있다. 우리는 누구나 소설 속 남편과 같은 생각을 하고 산다. 다만 느끼지 못하고 지나갈 뿐이다. 남편은 아내가 육식을 거부한다는 사실을 가족들에게 알리고, 가족 전체의 문제로 확대시켜버린다. 급기야 영혜의 아버지가 강제로 영혜의 입에 고기를 구겨 넣는 사태까지 벌어지고, 궁지에 몰린 영혜는 자해를 시도한다.

이 소설은 우리가 사람을 이해하는 범위가 얼마나 좁은지 보여준다. 조금만 달라도 사람들은 못 견뎌 한다. 같아지기를 강요당한 사람은 결국 사회로부터 더 멀어진다. 인간은 매우 깊은 사랑을 할 능력을 갖춘 존재이면서도, 어떤 면에서는 아주 작은 차이도 인정할 줄 모르는 존재다. 누군가가 좋아져서 마음이 기울어지는 것은 사랑의 일부분에 불과하다. 진정한 사랑은 존재의 인정이다. 가장 가까운 가족들에게서조차 존재의 차이를 인정받지 못한 영혜는 물고 물리는 동물의 세계를 떠나 식물의 세계로 들어가버린다.

"내가 믿는 건 내 가슴뿐이야. 난 내 젖가슴이 좋아. 젖가슴으론 아무것도 죽일 수 없으니까. 손도, 발도, 이빨과 세 치 혀도, 시선마저도, 무엇이든 죽이고 해칠 수 있는 무기잖아. 하지만 가슴은 아니야. 이 둥근 가슴이 있는 한 난 괜찮아."(43쪽)

이 순수한 평화를 왜 인간세계는 못 짓밟아서 난리일까. 왜 인간은 제각각의 영역에서 싱그럽게 자라나는 식물 같은 삶을 멀리하고, 먹고 먹히는 동물적 삶에 더 열광할까. 관심은 사랑의 좋은 출발이다. 그러나 그것이 사랑으로 발전할 수도, 폭력으로 발전할 수도 있다. 내 목적에 부합하면 사랑이 되고 그렇지 않으면 폭력이 되는 그런 관심, 그런 사랑을 하고 있지 않은

지 생각해봐야 한다. 영혜를 가장 아끼는 언니 역시 영혜를 완전히 이해하진 못한다. 언니는 고립된 상태의 영혜를 찾아가 조금만 남들처럼 평범한 쪽으로 방향을 틀어보라고 권한다. 왜 가족들은 한 번도 영혜가 되어보지 않을까. 존재 의미는 다수결로 결정짓는 문제가 아니다.

전 세계 수십억의 인간은 모두 다르다. 이 놀라운 사실을 잘 알면서도 인간은 다양성을 참을 수 없어 한다. 비슷한 무리에 섞여 있어야 안도감을 느낀다. 학교폭력이나 직장에서의 따돌림도 다양성에 대한 인식 부족에서 나타난다. 장애인들은 더 힘들다. 장애는 불편한 것으로 그칠 수 있지만, 사람들의 좁디좁은 인식에 부딪힐 때 고통이 된다. 조금만 다른 모습을 가지고 있으면 사람들의 눈은 공격성을 띠고 몰려든다. 다양성을 이해하는 교육이 아주 어릴 때부터 이루어져야 한다.

나는 오랜 직장생활을 하면서 자의든 타의든 『채식주의자』의 영혜처럼 되는 일이 많았다. 내가 힘들어한 것은 규칙적인 생활도, 업무도, 인간관계도 아니었다. 바로 회식과 술자리였다. 학교를 졸업하고 부푼 가슴을 안고 첫 직장에 출근했다. 여러 부서를 돌면서 인사할 때 가장 많이 받은 질문이 "술 잘 마시냐"였다. 그게 그렇게 중요한 문제인지 그때나 지금이나 이해되지 않는다. 입사 첫날, 회식 자리에서 술잔이 건너왔다. 받아서 입에 댔다가 내려놓았더니 모든 부서원이 다 쳐다보고 있었다. 술을 못하니 이해를 부탁드린다고 했더니 선임 하나가 눈을 부라리며 말했다. "먹어!"

그 선임의 폭력적 분위기를 따라 모든 선임들이 내 술잔과 부딪히기 위해 각자의 잔을 들었다. 일심동체로 나를 공격하는 분위기였다. 군대에서 숨이 넘어가기 직전까지 맞아본 내가 그깟 술 몇 잔 못 마실 일은 없었다. 그냥 통과의례려니 생각하고 주는 대로 받아 마셨다. 잠시 후 그 자리에서 구토를 하니 더 이상 강요하지 않았다. 나름의 복수를 하며 나는 통쾌한 기분마저 느꼈다. 다만 사회생활을 이런 작은 폭력으로 시작한다는 것이 씁쓸했다.

어렵게 적응한 첫 직장을 병 얻어서 그만두고, 다음 해에 유명 벤처기업에 지원서를 냈다. 몇 명이 지원했는지 몰라도, 단한 명을 뽑는다는데 최종 회장 면접에 나와 또 다른 한 명이 올라갔다. 벤처 1세대의 신화적인 인물로 떠올랐던 회장과의 면접을 나름대로 잘 끝냈다. 집에 가서 기다리라고 하더니 면접을 한 번 더 한다고 불렀다. 대구에서 기차 타고 올라갔더니 그 면접이라는 것이 직원들과의 술 면접이었다. 회장이 직원들에게 최종 결정의 바통을 넘긴 모양이었다. 합격 한번 해보려고 죽을힘을 다해 받아먹었다. 그날 예매했던 기차표는 무용지물이 되고, 나는 근처 숙소에서 밤새 배를 붙잡고 방바닥을 굴렀다. 자기네들은 2차 가서 평가회를 연 모양이었다. 며칠 뒤 다른 직장을 알아보라는 전화가 왔다.

나는 없던 신앙의 열심마저 복원하여, 그 회사가 망하기를 기도했다. 내 기도는 시원하게 응답받지는 못했다. 나중에 〈내 깡패 같은 애인〉이라는 영화에서 여주인공이 나와 비슷한 면접을 보러 다니는 장면을 보고 그때의 아픔이 되살아났다. 그땐 어린 마음에 그런 기도를 했지만, 지금 돌이켜보면 결정적으로 술 때문에 탈락시킨 건 아닐 거라는 생각도 해본다. 회사가 요구하는 인재상과 안 맞았으리라. 그렇다고 해도 그런 어처구니없는 문화로 사람을 평가하는 게 그들이 숭배하던 벤처 정신인지는 아직도 모르겠다.

사람이라는 섬에 가고 싶지 않다

매혹적인 문장의 정미경 소설 「소년은 울지 않는다」(『발칸의 장미를 내게 주었네』, 생각의나무, 2006)에는 가족과 소통이 단절되어 고통받는 소년이 주인공으로 등장한다. 1학기 기말고사가 끝나는 날, 집에 돌아온 소년은 자기 방에 들어가서 나오지 않았다. 아무리 문을 열라고 해도 자기를 내버려달라고 했다.

그날부터 소년은 누구와도 대화를 거부하고 학교도 가지 않았다. 아빠는 아이에게 폭력적으로 맞섰고, 여동생은 집 분위기가 싫어서 밖으로만 나돌고, 엄마는 가족들 사이에 서서 안절부

절못하는 상태가 되었다. 엄마는 지난날들을 돌아보았다. 아이가 공부를 하는 데 어려움이 없도록 모든 조치를 다해주었다. 사교육에 누구보다 열심히 투자했고, 자신의 하루 일정을 모두 아이에 맞춰 움직였다. 성형외과 의사인 아빠는 아들이 의대를 가야 한다며 진로를 정해두고 밀어붙였다. 가족들은 저마다 섬이 되어갔다.

소년은 가장 멀리 떨어진 섬이 되어 혼자만의 공간에 자신을 유폐시켜버린다. 부모는 아이를 위해서라고 하고, 아이는 그것은 진정 나를 위해주는 게 아니라고 항변한다. 생각의 차이는 얼마든지 있을 수 있다. 그러나 그것을 풀어나가는 과정에서 설득과 이해 대신 감정적 폭력을 내세우면 문제가 생긴다. 소설속 한 가정의 이야기지만, 이런 일은 사회 속에서도 꾸준히 반복된다. 자신도 하나의 섬이 되어 고독해져가는 소년의 여동생은 이렇게 절규한다. "우리 어릴 때 엄마 아빠는 있는 그대로의 우리를 사랑했잖아. 그래놓고는, 그렇게 길들여놓고는, 어느 날 갑자기 탁월하고 맹목적인 어떤 괴물로 변신하기를 기대하기 시작했어. 오빠는, 나는, 그 사랑이 끔찍하다, 엄마."(230쪽)

며칠 전 주말 드라마에서 학교폭력에 시달리는 아이를 지키려는 여자의 이야기를 봤다. 한 아이가 그토록 심하게 폭력을 당하고 있는데도, 다른 아이들은 아무렇지 않게 학교에 다닌다. 평화롭게 놀고 있는 아이들을 분노에 찬 눈으로 바라보며 여자는 말한다. "너만 아니면 괜찮다 이거지." 우리 사회를 향한 일침으로 들린다. 언제라도 누구라도 피해자가 될 수 있고, 그때는 아무도 지켜주는 사람이 없을 텐데, 그 사실을 우리는 모르거나 외면하고 살아간다.

해결책은 서로를 이해하고 존중하는 마음, 즉 존재에 대한 긍정에 있다. 상대는 나와 똑같은 존재의 무게를 가졌고 나와 똑같이 소중한 존재라는 인식. 그것은 하루아침에 만들어지지 않고 태어나면서부터 지속적으로 교육해야 한다. 지금과 같은 교육방식은 불행한 사회를 만들 수밖에 없다. 학교교육과 사교육이 해줄 수 없는 부분을 한 권의 책이, 동네의 도서관이 해낼 수도 있다.

수렁에 빠진 사람은 스스로 헤어 나오기 힘들다. 주위에 아무도 없을 때, 어떻게 빠져나올 수 있을까. 그것이 물리적인 상황이라면 힘들겠으나, 심리적인 상황이라면 가능하다. 방법은, 또하나의 나를 만들어 수렁에 빠져 있는 나에게 손을 내밀게 하는 것이다. 정신과 치료를 받는 사람들은 연극을 하면서 자신의 문제를 객관적으로 보고 그 문제에서 빠져나올 길을 발견한다고 한다. 내 안에 침잠해 있는 상태로는 나를 보기 힘들다. 내게서 빠져나온 또 다른 내가 원래의 나를 볼 수 있다. 문학은 이런 점에서 유용하다. 문학을 읽는 행위는 '읽는 나'와 '작품 속 인물에 투영된 나', 두 존재가 서로 대화하는 것과 같다. 둘 중에 누

가 힘이 셀까. 내 경험으로는 '작품 속 인물에 투영된 나'가 힘
이 더 세다. 왜냐면 '읽는 나'는 그 작품을 읽고 나서 작거나 큰
변화가 생겨왔으니까. 문학은 현실도 이길 수 있는 허구다.

　서로의 존재를 긍정하지 않는 사람들은 점점 섬이 되어간다.
상처 입은 사람은 말한다. 그 섬에 가고 싶지 않다고. 그들의 슬
픔이 썰물로 빠져나갈 때, 우리는 섬이 아닌 육지로 서로 이어
진다.

늙음에 대하여

_정지아, 『봄빛』

점점 고령화 사회가 되어간다. 오래 살게 된 것은 바람직한 현상이지만, 출산율이 줄어들어서 상대적으로 고령 인구가 증가하는 것은 안타까운 일이다. 고령화 사회가 되었으면 고령자들을 위한 사회 시스템이 보강돼가야 하는데, 실상은 전혀 그렇지 않다. '노인' 하면 떠오르는 낱말이 '빈곤'과 '외로움'이 된 지 오래다. 모든 노인에게는 국가가 있고, 거의 대부분 자식이 있다. 2중 안전망을 가진 노인들이 왜 배고프고 외롭게 되었을까.

옛 선조들은 "이고 진 저 늙은이 짐 풀어 나를 주오. 나는 젊었으니 돌인들 무거우랴. 늙기도 설워라커늘 짐을 조차 지셨나"

하고 서둘러 그 짐을 벗어주려 뛰어갔는데, 왜 지금은 '대책 없
이 늙었으면 짐을 지는 게 당연하지' 하며 바라만 보고 있는지.
예수는 잃어버린 한 마리 양을 찾아 광야를 나섰고, 지장보살은
지옥에 중생이 한 명도 남는 일이 없도록 마지막까지 지옥에 머
물겠다며 고행을 했다. 마땅히 나라의 녹을 받는 사람이면 국민
을 위해 이 마음을 가져야 하고, 자식이라면 부모를 향해 이 마
음을 가져야 한다.

세월이 선사한 생명의 법칙

나는 매달 한 번 이상 시골집으로 내려간다. 우선순위로 정해두
었기 때문에 그달의 시간이나 경제상황을 불문하고 지키고 있
다. 부모를 찾는 일은 내게 가장 큰 즐거움 중 하나다. 자식이
부모를 섬기는 것은 지극히 당연한데도 모든 부모들은 그것을
미안해한다. 얼마 전 내려간 길에 바닷가에서 싱싱한 회를 사서
상을 차렸다. 술을 한잔 따라 드리는데, 아버지가 엉겁결에 예
를 갖춰 잔을 받는 바람에 조금 당혹스러웠다. 자식들로부터 경
제적 지원을 받는 것이 자식을 조심스러워 해야 할 일이 되어버
린 듯하여 내심 얼마나 죄송했는지 모른다. 아닌 게 아니라 요
즘 노인들은 식당에서 괜히 젊은이들의 눈치를 본다. 우리 모두
가 행복해지려면 그러면 안 된다.

정지아의 소설 『봄빛』(창비, 2008)은 부모가 어린 생명을 보듬어 지켜내고, 나중에 부모가 연약한 생명이 되었을 때 자식이 반대로 보듬어야 한다는 생명의 순리를 잘 표현해주고 있다. 서울에서 직장생활을 하는 주인공은 아버지가 이상하다는 어머니의 근심 어린 전화를 받고 고향집을 찾는다. 노란 개나리 울타리 아래 앉아 있던 아버지는 갑작스레 방문한 아들을 물끄러미 보다가 잠시 후 눈동자에 초점을 되찾는다. 큰 병원에 가서 검사를 받아보니 아버지의 뇌는 상당 부분 노화가 진행되어 있었다. 어머니는 갑자기 기억력과 체력이 떨어진 아버지가 자식들에게 짐이 되면 어떡하냐고 벌써 걱정이 태산이다. 그 말에 아버지는 자식들에게 짐 되는 일 없도록 할 테니 그런 소리 말라고 역정을 낸다. 아버지는 강하게 살아온 사람이었다.

"여덟 살에 아부지가 돌아가셨는디 눈앞이 캄캄허드라. 막내를 낳은 후로 워디가 잘못되능가 밥도 잘 못해 묵는 어무이하고, 인차 막 걸음을 뗀 갓난쟁이까지 동생이 셋, 시집 안 간 누이꺼정, 누가 갈채준 것도 아닌디, 이 사램들이 다 내 혹이구나, 내가 인차 아부지 대신이구나 싶응게 참말로 눈앞이 캄캄했어야. (중략) 근디 이상하지야. 눈앞이 캄캄헝게야, 무선 것이 없드라."(46쪽)

병원에서 그렇게 다투던 노부모는 집으로 오는 차 안에서 잠이 들었다. 작고 초라해진 노부모의 모습을 본 아들은 순간, 부모가 자식을 키워냈듯 이제는 자식이 부모를 맡아야 하는 생명의 법칙을 깨닫게 된다. 비록 서로 반목하며 오랜 시간 지내왔지만 냉혹한 세월 앞에 무너져가는 아버지를 보며 아들은 아버지와, 그리고 지난 세월과도 화해한다. 이제 부모를 챙겨야 한다는 부담감이 몰려오면서도 동시에 알 수 없는 의욕과 용기가 새로 솟아났다.

"그들이 그의 생명을 키워냈듯 이제는 그가 그들을 품어 그들이 세월에 빚진 생명을 온전히 놓고 죽음으로 떠나는 것을 지켜보아야 하는 것이다. 받은 것은 반드시 돌려줘야 하는 것, 그것이야말로 냉정한 생명의 법칙이었다. (중략) 여덟 살의 아버지가 그랬듯 이상하게 그 역시 무섭지 않았다."(48쪽)

늙어간다는 것은 세월이 우리에게 빌려준 시간을 조금씩 갚아나가는 일과 같다. 자식이 어릴 때는 부모가 대신해주고, 부모가 노쇠하면 자식이 대신해야 한다. 그러지 않으면 비정한 세월은 우리 인간에게 빌려준 것을 하나 빠짐없이 다 받아낼지 모른다. 소설을 읽고, 생명의 순리를 따르고자 하는 나의 다짐을 담아 곡을 쓰고 동명의 제목을 붙였다.

봄빛 생떼난 아이처럼 천지사방
흩날리는 흙먼지를 오냐 오냐 다독이고
새 생명을 싹틔우기 위해 흙을 들이받는

새싹의 여린 손을 오냐 오냐 잡아당긴다

봄빛 닮은 그들이 내 생명 키워냈듯

이제는 내가 그들을 품어야 한다네

누구나 세월 앞에 무릎 꿇어도

아버지만큼은 언제나 높은 산일 거라 믿었지

비정한 세월이 우리 남은 시간 수금하러 오지만

그 옛날의 아버지가 그랬듯 나 역시 무섭지 않다

봄빛의 온기가 내게 있으니

늙음은 영원의 생으로 이어지는 길이다

내 할머니는 내가 태어나기 훨씬 전에 돌아가셨다. 그 시절 여
인들이 겪었을 생의 고초를 하나도 빠짐없이 겪은 할머니는 아
직 젊은 나이에 큰 병을 얻었다. 당시 시골에서는 암이라는 병
명도 모른 채 많은 이들이 죽어갔다. 다행히 아버지의 사업이
어느 정도 될 때여서 큰 병원에서 암 진단을 받았다. 할머니는
명을 따라 살다 가면 된다고 한사코 거부했지만 아버지는 할머
니의 수술을 강행했다. 대구에서 가장 큰 병원도 암 수술의 경
험이 거의 없었던 때였다. 의료진들은 수술을 해도 회복 불가능
할 거라고 미리 통보해왔다. 하지만 아버지의 마음은 자식으로
서 해야 할 마지막 남은 도리를 다해야 한다는 마음뿐이었다.

수술을 끝내고 얼마 남지 않은 날들이나마 편히 지내게 하라는 병원의 권고에 따라 할머니를 집으로 모셔왔다. 그날부터 병간호를 넘어선 아버지의 2차 치료가 시작되었다. 구할 수 있는 모든 약초가 약탕기 안으로 들어갔다. 어머니는 주야로 아궁이 앞에서 살았고, 역한 냄새가 나는 재료들을 끓이며 밤새 구역질하는 날도 많았다.

아버지와 어머니의 지극정성에도 불구하고 할머니는 얼마 못 가서 세상을 떠났다. 넋이 나간 아버지에게 동네에서는 효자상을 수여했다. 그때부터 아버지의 애창곡은 〈불효자는 웁니다〉가 되었다. 오랜 세월이 흘러도 친구들과 대청마루에 앉아 술잔을 기울이는 날이면 어김없이 젓가락 장단에 그 노래를 먼저 불렀다. 어린 나로서는 왜 이미 가버린 사람을 눈앞에 있는 듯 그리도 불러대는지 이해가 되지 않았다. 이제야 아버지의 마음을 조금 알 것도 같다.

아마도 할머니 간병에 쏟았던 아버지의 열심은 무조건적인 효와 더불어 '다가올 자신의 늙음에 대한 존중' 같은 것도 있지 않았을까. 아버지뿐 아니라 그 시대 사람들 모두가 많게든 적게든 그런 의식을 가지고 있었다. 그 존중을 덜 가지고 있다 하더라도, 거의 모든 이들이 다가올 자신의 늙음에 대해 대비를 하고자 했다. 내가 아버지에게 배운 것은 늙음은 대비에 앞서 존중하는 것이라는 점이다. 나 자신의 늙음과 내가 사랑하는 사람들의 늙음을 아끼는 마음, 그것이 늙음에 대한 존중이다. 아버지는 내게 효에 대해 직접적으로 가르친 적이 없지만, 자신의 늙음에 대한 존중을 잘 지켜왔기에 내게 충분한 가르침을 준 셈이다. 그것은 재물로 늙음을 대비하고 자식이 효도하도록 시스템화해놓는 것과는 다른 차원의 것이다.

천운영 소설 『명랑』(문학과지성사, 2004)에서 늙음은 인생의 종말이 아니라 영원의 생으로 이어지는 길임을 발견한다. 발마사지사로 일하고 있는 주인공은 매일 사람들의 발을 만지지만, 자기 할머니의 발만큼 작고 아름다운 발을 본 적이 없다. 젊은 그녀는 일상이 너무나 고단한 나머지, 시간을 훌쩍 건너뛰어 할머니처럼 바로 늙어버렸으면 좋겠다고 생각한다. 지친 청춘이 평온해 보이는 할머니에 대한 동경을 가지면서 문득 발견하게 되는 늙음의 아름다움이 이 소설의 백미다. 할머니의 시선은 어디를 보는지, 간절한지 무심한지도 분명치 않다. 그녀는 할머니의 시선이 가진 자유로움이 좋다.

할머니는 매일같이 진통제 '명랑'을 먹는다. 그녀에겐 그 흰가루가 육신의 부패를 막는 방부제처럼 보인다. 나중에 할머니가 하얀 뼛가루로 남았을 때, 그녀는 뼛가루를 납골당에 넣기 전에 조금 덜어내어 따로 보관한다. 힘들게 사람들의 발을 만지고 들어온 날 할머니의 발이 생각나면 그 흰 가루 상자를 열어보거나 조금 찍어 혀에 대보기도 한다. 명랑의 약효가 배어 있을 흰 가루는 또 하나의 '명랑'이 되어 일상에 지친 그녀에게 진통제와 방부제가 되어준다. 이로 인해 할머니가 죽어서도 자신의 몸속에 살고, 자신이 죽으면 또 누군가의 몸속에 살아가게 되는 생명의 영속성을 부여받는다. 내일이 없는 오늘은 허무할 수밖에 없는 것처럼, 한 번 죽으면 끝이라는 인생관은 필연적으로 허무를 불러온다. 영속성에 대한 신념은 지금 여기의 삶에 한층 의미와 생기를 부여한다.

영화 〈쎄시봉〉을 본 사람들은 모두 초반에는 괜찮은데 중반 넘어가면서 재미가 없어진다고 말한다. 이해되지 않는 바는 아니다. 초반부는 주인공들의 젊은 시절 이야기이고, 후반부는 중년이 된 주인공들의 이야기라서 아무래도 연애의 설렘과 아픔 같은 흥미로운 요소들은 전반부에 몰려 있다. 중년이 된 김윤석과 김희애가 서로를 공항에서 물끄러미 바라보며 건조하게(그러나 실제로는 아프지 않은 척) 몇 마디를 주고받는 장면들이 영화의 긴장을 떨어뜨리는 것처럼 보인다. 하지만 이것을 알아야 한다. 빛나는 청춘은 돌아보는 늙음에 가서야 완성된다는 것을. 내가 영화 후반부를 훨씬 마음 아프게 받아들였던 이유가 그것 때문이다. 이 영화의 애잔함은 중년의 남녀가 있는 자리로 청춘의 때를 가져오는 대목에서 극에 달한다.

인생을 풍성하게 만드는 공식이 여기에 있다. 청춘의 때에 늙음을 조금이라도 당겨올 수 있다면 그것은 청춘을 비추는 거울이 된다. 또한 늙음의 시점에서 청춘을 다시 가져온다면 자신의 늙음이 잘 익은 생의 과실임을 확인하고 기쁨을 얻게 된다. 앞을 보는 상상이나 뒤를 보는 기억은 인생이라는 동전의 앞뒷면이다. 어느 쪽이 위로 보이게 내놓아도 그 가치를 인정받아 행복한 인생을 구매할 수 있다. 늙음은 젊음과 늘 함께 반죽되어 있다. 오늘은 어제의 늙음이요, 내일의 젊음이다. 젊음이 빛나는 것이라면 늙음도 똑같이 빛나는 것이고, 젊음이 중요하다면 늙음도 똑같이 중요하다. 늙음을 가벼이 여기는 것은 자기 생을 가벼이 여기는 것이다. 하여 늙음은 사랑받아 마땅하다.

유쾌한 노인이 많아져야 한다. 길지 않은 인생 중에서 상당 시간을 노인으로 보내게 되는 우리는 노년의 시간을 청춘보다 유쾌하게 보내야 한다. 늙음은 그 자체로 가치가 충분하기 때문에, 구태여 가르치려 들지 않아도 된다. 그냥 품위 있게 걸어가면 따르는 젊은이들이 그 품위의 족적을 디딤돌로 밟게 된다. 우리 사회의 암울함은 미래가 밝지 않은 데 기인한다. 늙음을 빈곤과 외로움 속에 방치해놓은 결과 젊은 세대는 희망을 잃었다. 자신의 미래가 고개만 돌리면 쉽게 보이니까 그렇다. 이제 문학도 대중매체도 밝고 품위 있고 유쾌한 노년에 대해 많이 이야기해야 한다.

언젠가 한지수의 소설 『빠레, 살라맛 뽀』(작가정신, 2015)를 재미있게 읽었다. 필리핀에서 반건달처럼 살아가는 주인공에게 한 재벌 노인을 죽여달라는 청부살인 제안이 들어온다. 하지만 어설픈 악당인 주인공은 죽음 앞에서도 여유와 유머를 잃지 않는 노인에게 오히려 설득당해간다. 그 과정에서 노인이 주인공에게 건네는 인생의 소중한 지혜를 건져내는 재미가 많은 작품이었다. 우리가 흔히 늙음이라는 주제로 봐온 소설들은 무겁고 진지한 데 반해, 이 소설은 늙음이 가진 지혜를 경쾌하게 흩뿌리는 미덕을 지녔다. 노래하러 다니다 보면 노년층도 많이 만난다. 아이들과 있는 시간보다 즐겁고 노래도 잘 된다. 나는 잘 늙을 준비가 얼추 되어가는 건지도 모르겠다. 기쁘다.

극장에서 만났던 나의 화양연화 (2)

_이청준, 『벌레 이야기』

영화관의 문으로 들어갈 때마다 생각한다. 이만큼 비현실감을 주는 장소도 드물다. 이제 두 시간 동안 나는 내가 아니다. 오늘은 어떤 인물이 되어 새로운 인생을 맛볼까. 나는 영화를 볼 때 영화 속으로 완전히 걸어 들어가버리는 편이다. 영화관은 내가 일상에서 접하는 가장 초월적인 공간이다.

　조조 영화를 즐겨본다. 토요일 이른 아침의 영화관은 무척 여유 있고 한가롭다. 원래 조조 상영시간에는 사람들이 거의 없을 뿐 아니라, 내가 주로 찾는 한국 영화들은 비인기 품목이라 관객이 더 없다. 몇 명의 관객이 큰 극장을 전세 내어 관람하는 경우가 많다. 예매할 때 맨 뒤 구석 자리를 끊는다. 내 주위에는 아무도 없다.

  며칠 전 임권택 감독의 〈화장〉을 보러 갔다. 김훈의 원작소설 (「화장」, 『강산무진』, 문학동네, 2006)을 읽고 강렬한 느낌이 남아 있었는데 영화로 만들어졌다니 반가운 마음이 앞섰다. 굵은 심을 가진 연필로 극도의 세밀한 드로잉을 해놓은 듯한 김훈의 문장은 임권택 감독의 영상과 아주 잘 어울렸다. 소설을 읽을 때 내가 상상으로 만들어내던 이미지보다 몇 단계 더 나아가버린 영화를 보며, 원작소설을 따라갈 영화는 없다는 말은 더 조심스레 해야겠다고 생각했다. 원작을 읽었던 몇 년 전에 이해할 듯 말듯했던 주인공 남자의 심리와 행동이 영화를 보는 지금 사무치도록 이해가 된다. 그만큼 내 몸은 소멸을 알게 된 것인가. 무너져버린 아내의 육체와 정점으로 피어오른 젊은 여자의 육체 사이에, 조금씩 쇠퇴해가는 남자의 육체와 욕망이 위치하고 있다. 그것 자체가 비극은 아니다. 비극은 남자의 육체와 욕망이 같은 보폭으로 걷지 않는다는 것에 있다. 아내를 병간호하는 어둠의 공간과 직장에서 젊은 여인과 함께하는 빛의 공간을 오가는 남자. 존재의 소멸과 욕망의 생성 사이에서 방황은 계속된다.

  영화 막바지. 남자는 젊은 여자의 앞길이 열리도록 도와주고 아내의 유품을 정리하러 떠난다. 얼마간의 고마움과 얼마간의 연정으로 여자는 남자를 찾아온다. 그러나 남자는 어쩌면 욕망이 실현될 수도 있는 여건을 피해버린다. 그런 뒤 이어지는 마지막 장면은 평범해보여도 내게는 매우 강렬했다.

남자는 일상으로 복귀했다. 바쁘게 길을 걷고 있는 남자에게 부하 직원의 전화가 걸려온다. 그는 단호하게 업무를 지시하고 정면을 향해 걸음을 내딛는다. 아내의 마지막을 지켜보는 가운데 나타났던 구원과도 같은 욕망을 뒤로하고 남자는 일상에 육체를 내던진다.

이것이 내겐 인생을 뜨겁게 사는 방법으로 읽혔다. 욕망의 그물을 바람처럼 통과하는 것이 가장 큰 욕망의 실현으로 가는 길일지 모른다. 사람들은 대개 과녁에 흔적이 남는지, 또 어떤 흔적인지에 관심이 많은데, 그보다는 바람의 모습으로 '지나가는' 것이 중요하다. 바람이 굳이 과녁을 뚫거나 부수며 통과하지 않듯이, 바람처럼 불어온 욕망이 과녁을 비껴가는 것을 그저 바라보는 그 설정이 참으로 마음에 들었다. 어쩌면 내가 원하는 바가 영화 속에 녹아 있어서 그랬는지도 모른다.

욕망을 다 실현한다고 생이 충만해지는 게 아님을, 우리는 먼저 살아간 인생들이 남긴 회한을 통해 알고 있다. 『은교』(박범신, 문학동네, 2010)의 노인이나, 『내 슬픈 창녀들의 추억』(가브리엘 마르케스, 민음사, 2005)의 노인 모두에게서 그런 형태의 욕망의 실현을 보았다. 오히려 거기서 쇠퇴해가는 인생의 깊은 맛을 느끼기도 했다. 선악이나 시비의 잣대는 예술을 이해하는 아주 작은 먼지에 불과하다. 오직 인생의 목소리를 듣기 위해 예술을 들여다보면 된다.

흑백영화 같은 인생에 색을 입혀준 영화들

책 속에 머물던 문학을 책 밖에서도 살아 움직이도록 해준 영화들이 있다. 나는 이런 영화들을 소장해놓고, 사는 게 흑백영화 같아질 때 꺼내본다. 모두에게 좋은 영화라고 할 수 있을지는 모르겠으나, 적어도 내가 살면서 상실을 극복하고 인생과 예술을 껴안고자 애쓸 때 힘이 되어준 영화들이다.

우선 이창동 감독의 〈밀양〉(2007)을 이야기하고 싶다. 이창동의 영화는 문학과 영화의 완전한 합체다. 알려진 대로 이 영화는 이청준의 『벌레 이야기』(열림원, 2002)를 토대로 만들어졌다. 모든 빛을 잃어버린 여자가 있다. 인생에는 별처럼 많은 상실이 있지만, 아이를 잃은 상실은 그 모든 것을 합친 것보다 크다. 그리고 여자 옆에 작은 조각 빛이라도 되고 싶어 서성이는 남자가 있다. 여자는 자신 앞의 어둠을 향해 '왜'라는 질문과 반항을 끝없이 하다가 결국 아주 작은 한 줄기 빛을 바라보게 된다.

이 영화는 용서의 문제보다 구원의 문제를 다룬다. 영화를 보며 다시 깨달았다. 구원은 삶과 죽음의 경계에 설 만큼 아파한 사람에게만 찾아온다는 것. 그리고 거대한 파도의 모습으로 다가오지 않고 보일 듯 말 듯한 빛의 모습으로 다가온다는 것. 그 빛은 사람에게 묻어서 다가오며, 그 '사람'이라는 단어는 '사랑'이라는 단어와 같은 의미라는 것.

〈밀양〉은 내가 가장 깊숙이 걸어 들어갔다가 겨우 빠져나온 영화로 남아 있다. 밀도 높은 태양 아래서 다들 살고 있지만, 빛을 조금 혹은 완전히 잃고 사는 사람들의 세상이다. 이 영화는 그런 사람들과 세상을 위해 한 줌의 은밀한 볕으로 다가오는 최고의 작품이라 생각한다. 〈초록물고기〉에서 〈박하사탕〉을 거쳐 〈시〉에 이르기까지 이창동은 문학과 영화의 균형을 단단하게 유지하고 있다.

다음은 송해성 감독의 〈파이란〉(2001)이다. 잔인한 시간과 친절한 운명이 교차로에서 만난다. 비록 한국 국적을 얻기 위해 위장결혼을 했지만, 여자는 이름을 빌려준 남자를 사랑했다. 한국에서 힘들고 외롭게 살면서도 남자와의 사랑을 꿈꾸었다. 여자는 남자를 세상에서 가장 친절한 남자라고 불렀다. 여자가 남자를 찾아가서 만나려는 순간, 남자는 어둠의 세력들에 이용당하며 감옥에 가게 된다. 친절할 수도 있었던 운명들은 잔인한 시간의 엇갈림에 짓밟히고 만다.

남자가 출소했을 때 여자는 병으로 세상을 떠나고 없었다. 사망신고를 하기 위해 여자가 살았던 곳으로 간 남자는 마침내 여자의 사랑을 알게 된다. 몇 개의 단어로 사망신고서를 완성한 남자는, 도장을 찍으며 건조한 어조로 내뱉는 파출소 직원의 "다 됐습니다" 하는 말에 분노를 표출한다. "다 됐다니? 사람이 이렇게 죽었는데 다 됐다니!" 잔인한 시간의 발길질에 짓눌려 사랑의 기회를 놓쳐버린 남자의 울부짖음이 내 가슴에 아직 메아리치고 있다. 〈파이란〉은 일본 소설가 아사다 지로의 소설을 영화화한 것이다. 일본 문학이 원작이지만, 사랑은 무엇이며 어떤 모습이어야 하는지를 가르쳐주는 영화로 남아 있다.

임권택 감독의 〈천년학〉(2007)은 이청준 소설 「선학동 나그네」(『서편제』, 열림원, 1998)를 영화로 만든 것이다. 그리 흥행하지는 못했지만 나는 앞서 나왔던 〈서편제〉보다 좋았다.

"소리에는 길이 있다. 오랜 세월 숱한 광대들이 사람 사는 이 길을 내질르고, 또 내질르고 혀서 길을 낸 것이여." 주인공의 말처럼 소리를 포함한 모든 예술은 사람과 같은 길을 걷는다. 인생은 어딘지 모를 곳을 향해 그치지 않는 발걸음을 떼고, 예술도 고단함을 마다하지 않고 인생을 따라나선다. 예술은 매끄럽게 다듬어진 도로에서는 나오지 않는다. 예술은 정밀한 톱니의 맞물림도 아니다. 예술은 돌부리가 걸리는 비포장길에서 나오는 먼지이며, 거친 톱질에서 뿜어져 나오는 톱밥의 모습을 하고 있다.

진정한 소리는 방향 없이 울려 퍼지지 않고, 가야 할 곳을 향해 천 년이라도 날아간다. 그 소리가 담겨야 할 마음으로 날아가 학처럼 날개를 내린다. 세게 울린다고 음악이 아니다. 사람의 마음에 내려앉아야 하고 그래서 하나의 아름다운 풍경이 되어야 비로소 음악이고 예술이다. 방송매체에서 앞다투어 내놓는 오디션 프로그램이 좋은 면도 있지만, 부정적인 면이 더 많아 보인다. 매체는 '꿈장사'를 하고 큰 수익을 올리겠지만 청소년들은 헛바람을 품게 되었다. 사람의 마음에 따뜻한 불씨 하나 던지겠다는 마음으로 노래하는 도전자들은 잘 보이지 않는다.

예술이 없으면 인생은 사막이 되고, 결국 생명은 사라질 것이다. 자라나는 세대에게 예술의 참뜻을 가르치고 진정한 예술에 도전하도록 권해야 한다. 무대 위의 찬란한 빛과 사람들의 환호를 향해 달려가는 예술은 거짓으로 변질되기 쉬우며, 사람의 마음을 향해 날아가는 예술만이 참되다. 〈서편제〉와 〈천년학〉은 예술을 이해하기 위한 매우 좋은 지침서다.

영화는 영상으로 쓰는 시다

문학은 오직 활자 안에서 숨 쉰다. 활자는 읽는 이의 상상을 통해 영상으로 변한다. 문학을 읽는 행위는 자기만의 영화를 찍는 일과 같다. 영화는 문학보다 좀 더 배려가 있다. 활자를 영상으로 바꿔야 하는 수고를 덜어준다. 활자를 상상력을 동원해 영상으로 전환하는 과정이 꽤 힘들기도 해서 사람들은 문학 읽기보다 영화 보기를 좋아한다. 그렇다고 영화가 문학보다 급이 낮거나 쉬운 문화생활이라고는 할 수 없다. 대체로 활자가 영상보다 섬세한 묘사를 할 수 있지만, 수많은 활자로 표현해야 겨우 가능한 것을 단 한 컷으로 표현할 수도 있는 것이 영상이다. 분명한 것은 활자를 많이 접하면 영상에서 더 많은 것을 얻어낼 수 있다는 점이다. 영화는 태생적으로 시를 닮아 있을 수밖에 없다. 활자는 이야기의 흐름을 빠짐없이 다 풀어놓을 수 있지만, 영상은 어쩔 수 없이 건너뛰어야 한다. 어쩌면 영화의 여운은, 편집되어서 우리 눈에 보이지 않는 수많은 장면들의 환영이 채우는 것인지도 모른다.

평소 문학에 접근하기 힘들어하는 독자들은 문학에 뿌리를 둔 영화들을 보고 원작 읽기에 흥미를 가져보는 것도 좋겠다. 일란성 쌍둥이의 인생이 완전히 다르듯이, 같은 이야기라도 문학과 영화는 다른 운명으로 나아간다. 문학의 맛을 잘 살려낸 영화는 활자 이상으로 오래 우리 마음에 머문다. 한적한 날, 조조 영화관을 찾아 그 어둠에 몸을 던져보길 바란다. 자신도 모르는 사이 흑백이 되어버렸던 일상에 다시 색이 입혀질 것이다.

문학평론가 강유정은 비평집 『오이디푸스의 숲』(문학과지성사, 2007)에서 이렇게 말한다. "영화가 선택적이고 회고적이며 자기 반영적인 즉 상당히 능동적인 소비의 '대상'이자 반성의 매개였다면 텔레비전은 다양성과 상호작용을 가장한 '주체'이다. (중략) 거기에는 영화관의 어둠 속에서 마주 보았던 우울한 자아도 없고, 닮고 싶은 좌절의 포즈도 없다."(285쪽)

현대사회에서 텔레비전은 우리로 하여금 소비에 매달리도록 조종하는 주체가 되었지만, 영화는 아직 우리에게 권력을 양보하고 있다. 우리는 영화를 능동적으로 소비한다. 영화를 골라서 극장을 찾아가거나 선택적으로 내려받은 후 봐야 한다. 리모컨을 돌리다가 한나절이 가버리는 텔레비전과 다른 점이다. 영화는 우리에게 그리 위협적인 존재가 아니다. 좋은 영화를 선정하여 극장을 찾는다면 책 이상의 영양분을 공급받을 수가 있다.

우리 집 4남매 중 형은 유독 영화를 좋아했다. 여름방학이 되면 엄마가 대구의 큰 시장에 가는 날 우리도 따라나섰다. 구경만 하던 버스도 타고, 시장 지하에서 자장면을 점심특선으로 먹고, 엄마에게 마구 졸라대면 영화 한 편을 보고 올 수도 있었기 때문이다. 분지의 치솟는 온도 때문에 아스팔트 냄새가 진동하던 어느 날, 시장만 따라가고 다른 건 절대 요구하지 않는다는 약속을 하고 형과 나는 엄마를 따라나섰다. 시장 보는 일이 끝나기가 무섭게 형은 엄마를 졸라 결국 우리는 시내의 큰 극장으로 갔다. 엄마는 극장 앞에 가서도 망설였는데 그날따라 엄마취향의 영화는 하나도 없고, 무더위를 식혀줄 공포 영화만 있었기 때문이다. '오늘은 집으로 가자'와 '아니다, 오늘만 날이다'

두 주장이 팽팽한 가운데 결국 엄마는 형의 소원을 들어주었다.

그날 우리가 봤던 영화는 〈홀리데이 킬러〉였다. 스필버그 제작의 〈죠스〉가 세상을 강타할 즈음 생긴 다소 조잡한 해양 스릴러 영화였는데, 영화의 처음부터 끝까지 가슴이 서늘해지는 시퍼런 바닷물이 큰 화면에 출렁대고 있었다. 형은 몸을 앞으로 당겨서 즐겁게 보고, 나는 쪼그라드는 심장을 진정시키며 크나큰 스크린 속 신기한 세상에 넋을 잃고, 엄마는 조금 무료한 표정으로 앉아 있었다. 영화가 끝난 뒤 식인 문어의 징그러운 다리처럼 일그러지는 뜨거운 세상으로 다시 걸어 나오면서 형은 엄마 눈치를 보며 재밌었냐고 물었다. 버스를 기다리던 엄마가 말했다. "자다가 잠깐 눈을 뜨면 한 사람 죽고, 또 자다 눈 뜨면 한 사람 죽고, 그게 몇 번인가 반복되니까 영화가 끝나더라." 우리 가족에게 영화와 관련된 가장 또렷한 추억을 남겨준 작품이니 꽤나 의미 있는 영화라고 해야 할지 모르겠다.

나는 그때까지 실제 바다를 눈으로 본 적이 없었는데, 그날 화면에서 본 것보다 실제 바다는 작을지도 모른다는 생각을 했다. 영화 속에 깊숙이 들어가서 보는 습관이 그때부터 생긴 것 같다. 성장해서 바다 한가운데 배를 타고 나가봤을 때도 그 영화 속 바다만큼 무섭지는 않았다. 어쩌면 영화는 현실을 살짝 이기는 때도 있는 것 같다.

깊고 멀리 흐르는 인생을 위해

_황석영, 『장길산』
_조정래, 『태백산맥』
_박경리, 『토지』

1980년대에 학교를 다닌 것은 내 인생이 우연히 거둔 가장 소중한 수확 중 하나라고 생각한다. 1970년대까지가 개인이 겪는 일은 개인의 일로 묻히는 시대였다면 1980년대는 개인의 일이 모두의 일로 인식되기 시작한 시대였다. 80년대 한가운데에 들어간 학교는 이제껏 내가 보던 세상과는 다른 세상을 보여주었다. 입학한 지 두 달 만에 광주의 기록을 보았는데, 불과 5년 전에 이 나라에서 그런 일이 있었다는 게 도저히 믿기지 않았다.

  5년 전 그때 나는 중학교 2학년이었고 수학여행을 떠났었다. 탬버린을 치며 목청껏 유행가를 부르는 중에 우리가 탄 버스는 광주로 가는 어느 진입로에서 멈춰 섰다. 버스 앞에는 장갑차와 군인들이 중무장하고 있었다. 선생님이 내려서 군인들과 얘기를 나누더니, 버스가 방향을 틀어 다른 여행지로 향했다. 선생님은 중요한 군사훈련 중이라 광주로 들어갈 수 없다고 했다. 신나게 노래를 하던 우리도 그랬지만, 선생님도 그런 비극이 벌어지고 있으리라고는 상상도 못했을 것이다. 그 후 그 누구도 그때의 일에 대해 말해주는 사람이 없었는데, 5년 만에 대학 교정에서 그 기록들을 보게 된 것이다. 이어 근대화의 그늘에 있던 노동자의 삶에 대해서도, 이념에 대해서도 조금씩 알아갔다.

가장 충격적이었던 것은 해방전후사에 대한 새로운 인식을 접한 것이다. 그동안 교실에서 배웠던 역사가 결코 무결점의 답은 아니었음을 알게 되었다. 내가 그동안 배운 지식 중에 가장 왜곡되고 부족했던 부분이 근현대사였다. 지난 일은 오늘의 뿌리인데, 뿌리가 건강하게 뻗어 있지 못하니 오늘 풍성한 잎과 열매를 내밀지 못하는 것이었다. 사회 전체가 혼란스러웠지만, 나의 내면이 가장 혼란스러웠다. 내가 몰랐던 세상, 내가 눈여겨보지 못했던 인간사를 이해하고 다시 보기 위해 가능한 한 다양한 방법으로 지식을 습득했다. 한쪽으로 바짝 눌렀던 용수철이 반대쪽으로 강하게 튕겨 나가듯 친구들은 급진적 생각의 틀을 빠른 속도로 받아들이기도 했다.

이제 갓 문학을 읽기 시작했던 나는 친구들과 달리 책의 힘을 믿어보기로 하고 다양한 분야의 책들을 읽어나갔다. 문학이든 사회과학이든 내가 수긍할 수 없는 생각을 담은 책들도 반감없이 차분히 읽었다. 읽기는 당연히 사유를 낳고, 사유는 크든 작든 행동을 부르고, 그것은 결국 생의 방향을 조금씩 틀어가기 마련이다. 인생은 실로 깊고 넓어서 평생을 두고 탐구할 가치가 있었다. 방대한 독서와 사유는 그것을 깨닫게 해주었다.

첫 대하소설 『장길산』

대학에 들어간 첫 여름방학에 『장길산』(전10권, 황석영, 현암사, 1984)을 읽었다. 처음으로 접해보는 대하소설이었다. 3주 가까운 시간을 꼬박 집에 틀어박혀 이 소설만 읽었다. 대하소설은 많은 인물들이 등장하고 벌어지는 사건들도 무궁무진해서 인물 계보도를 그려놓고 수시로 봐가면서 읽는 게 흐름 파악에 도움이 되었다. 그리고 하루 이틀 안 읽다가 다시 이어 읽으면 맥이 끊기는 느낌이어서 가급적 쉬지 않고 읽었다. 많은 사람들이 대하소설에 쉽게 접근하지 못하고 주변을 서성이는 이유가 여기에 있을 것이다. 우리는 하루 중 얼마 나지 않는 시간을 쪼개어 책을 읽는다. 그런데 단편도, 한 권짜리 장편도 아니고 열 권이 넘는 대하소설을 읽으려면 몇 달이 걸리기도 할 테니 어지간한 인내로는 대하소설을 손에 들기 힘들다. 흐름이 끊기는 게 싫어서 조금 더, 조금 더 하다 보면 자야 할 시간을 뺏기니 다음 날 생활에도 영향을 받는다. 이래저래 대하소설은 접근이 어렵다.

3주 정도 하나의 소설만 파고 있으면 자연스레 그 소설에 깊이 들어가게 된다. 『장길산』을 읽던 기간 내내 그 속의 등장인물만 생각하다 보니 꿈조차 장길산 꿈을 꿀 정도였다. 수없이 많은 밑줄을 긋고, 울분과 다짐을 여백에 적으며 읽어나갔다. 마지막 권을 다 읽던 날, 열 권 전체를 빠르게 넘겨보았다. 한 등장인물이 했던 말에 굵은 줄과 여러 개의 별표가 붙어 있었다. 정확히 기억나지 않지만 '내 힘은 비록 크지 않으나, 백성이 올바른 길로 나아갈 물꼬를 트는 일을 평생의 과제로 삼을까 합니다'라는 내용의 말이었다. 그 문장을 마음에 새기면서 나도 이 주인공처럼 살면 좋겠다는 생각을 했다.

당시 신문에는 책 광고가 자주 실렸는데, 어느 날 『장길산』 광고가 실린 것을 보고 오려내서 책갈피로 쓰기도 했다. 그 광고 문구는 "이 책을 가보로 물려주려고 합니다"라는 어느 독자의 편지 내용이었는데, '나도 이렇게 광고에 등장하는 날이 있었으면 좋겠다'라고 생각했다. 그 소원은 약 20년이 지나 내 독후감의 일부가 신문 광고에 실림으로써 이루어졌는데, 공교롭게도 해당 작품은 황석영의 『바리데기』(창비, 2007)였다.

나는 친구들에게 『장길산』을 내 인생의 책으로 삼겠다고 말했다. 1년이 채 안 된 독서 이력으로 '내 인생의 책' 운운하는 것이 지금 생각하면 부끄러운 일이지만, 그만큼 그 소설이 내게 주었던 충격이 컸다. 그 후 대하소설을 읽을 때마다 내 인생 최고의 책은 자꾸 바뀌었다. 앞서 말했듯이 대하소설은 많은 시간의 투여를 요구하고, 그 시간만큼 빠져 있다 보니 마음에 큰 자국이 생기기 때문이 아닐까.

『태백산맥』과 함께 지리산으로

군에서 전역을 하고 복학하기까지의 기간에 『태백산맥』(전10권, 조정래, 한길사, 1989)을 읽었다. 문학적 감수성을 유지하기에 군대는 너무나 척박한 곳이었다. 휴가 나올 때마다 서점에 들러 소설책을 사고 부대에도 갖고 들어갔는데, 읽을 시간과 여건이 전혀 주어지지 않았다. 아무리 쉬는 시간이나 휴일이라 할지라도 책 읽는 '한가한' 꼴을 못 보는 부대 내 분위기 때문에 휴가 복귀 전 부대 앞에 버리고 들어가는 일이 많았다. 계급도 어느 정도 되고 요령도 생긴 후부터는 아예 방수 비닐로 겹겹이 싸서 뒷산에 묻어두고 일요일에 조금씩 읽기도 했다. 그 정도로 간절함이 있었으니, 전역 후 가장 먼저 달려든 일은 당연히 소설 읽기였다.

80년대의 순수한 열망들은 90년대에 접어들면서 조금씩 수그러들었다. 젊은이들은 이념과 새로운 세상을 향한 기대를 조금씩 멀리했다. 복학 후 학교 분위기는 많이 달라져 있었다. 거의 매일 우리를 울게 만들던 최루탄은 특별한 날에만 터졌다. 문학을 읽을 때 감동이 차오르면 우스갯소리로 말하던 "최루가스가 눈에 들어갔나봐"라는 핑계를 더 이상 댈 수 없게 되었다. 복학한 친구들은 빠르게 현실 감각을 회복해갔지만, 내가 걸어갈 인생은 그들과 달랐다. 나는 평생토록 인간과 세상을 탐구하고 싶었고, 그 시간으로 인해 현실적인 부분을 손해본다 해도 좋았다. 종국에는 내가 더 완전한 행복에 도달할 자신이 있었다.

『태백산맥』을 중반쯤 읽던 때 배낭을 짊어지고 지리산으로 떠났다. 소설 내용의 흐름을 따라 순창과 벌교를 거쳐 지리산에 올랐다. 마음으로 아팠던 부분이 몸으로 아프기 시작했다. 이 아름다운 산천이 한때는 죽음으로 얼룩져 있었다니. 더 안타까운 일은 그 얼룩진 인간사가 조금씩 사람들의 기억에서 지워져가고 있다는 사실이다. 이 소설이 나오지 않았다면, 역사책 몇 권으로 내가 이런 인간사의 아픔을 느낄 수 있었을까. 역사책은 본분을 다하기 위해서는 감정을 배제하고 이성과 논리로 지난 날을 말한 것이지만, 문학은 누군가가 가졌을 구체적인 감정을 토대로 이야기하는 역사가 아니겠는가. 문학은 책으로 보는 역사가 아니라 사람의 음성으로 듣는 역사라 해도 좋겠다. 나로서는 『태백산맥』에 등장하는 인물들의 어느 한쪽 편에 서지는 못했지만, 그 모든 이들의 아픔과 생생한 절망과 희뿌연 희망에 마음을 같이할 수는 있었다.

한여름이었지만 지리산은 예상했던 것보다 추웠다. 텐트 속에서 몸을 떨며 밤을 지새웠다. 그래도 새벽의 햇살은 벅찬 환희였다. 오래전 산에 몸을 숨겼던 그들도 새로운 세상에 대한 소망을 저 해에 담지 않았을까 싶었다. 그날의 아픈 일들을 저 산은 알고 있다. 서로 맞섰던 모든 이들의 못다 한 꿈을 저 능선은 품고 있다. 많이 알고 많이 느낄수록 바로잡을 가능성이 커진다. 세상을 바로 세울 힘까지 주어지진 않더라도 적어도 내 인생 하나 바로 잡을 힘은 가질 수 있다.

소설 속에 양쪽의 사람들로부터 비난을 받았던 김범우라는 인물이 있다. 김범우는 늘 생각했다. 그 어떤 이념이 인간 위에 있을 수 있는가. 나는 김범우에 마음을 많이 실어 읽었다. 염상진과 염상구 형제의 대립은 우리 민족의 모습을 그대로 보여주는 축소판이었다. 등장인물 모두의 인생이 안타깝고 소중하고 아름다웠다. 작가는 아마 악역도 사랑했을 것이다. 그들의 행동은 격한 시대에 대한 격한 반응이었을 테니까. 『태백산맥』은 다른 시각에서 봐야 할 역사가 있다는 것을 가르쳐주었고, 게다가 그 역사를 따뜻하게 품어야 한다는 것도 가르쳐주었다.

당시 내가 즐겨 찾던 소설가 조성기는 『태백산맥』보다 『지리산』(전7권, 이병주, 기린원, 1985)에 더 큰 충격을 받았다고 했다. 그 말을 듣고 바로 『지리산』을 사서 읽었다. 일본 작가 나쓰메 소세키의 소설처럼 인간 내면의 흐름을 잘 포착한 작품이었다. 주인공인 지식인 이규의 마음을 따라 읽노라면, 이러지도 저러지도 못하고 혼란스러웠던 그 시대 사람들의 고민이 잘 전달되어 왔다. "역사는 산맥을 기록하고 나의 문학은 골짜기를 기록한다"라는 유명한 말을 남긴 바 그대로 이병주의 작품은 세밀한 역사적 고증을 통해 표현되고 있었다. 문학으로 해방전후사를 접근하기 위해 『태백산맥』과 『지리산』을 읽고 나니, 『녹슬은 해방구』(전9권, 권운상, 백산서당, 1991)도 부담 없이 읽을 수 있었다.

인간이 가져야 할 존엄과 우아함을 가르쳐준 『토지』, 『혼불』

시대 상황을 보다 직접적으로 서술하는 이런 대하소설들과 달리 『토지』(전16권, 박경리, 솔, 1994)와 『혼불』(전10권, 최명희, 한길사, 1996)은 지극히 섬세한 결로 인간사를 느끼게 해주었고, 인간이 가져야 할 존엄과 우아함이 어떤 모습이어야 하는지 가르쳐주었다. 『토지』는 꼼꼼하게 인물을 정리하며 읽지는 못했다. 몇 번은 더 읽어야 작품이 갖고 있는 많은 정서를 내 안으로 옮겨올 수 있을 것 같은데, 다시 읽을 기회가 또 언제 올지 모르겠다. 이 작품에 도전해보려는 사람은 그저 주인공 서희의 행적을 한번 따라가보겠다는 가벼운 마음으로 접근하는 게 좋겠다.

대하소설들의 공통점은 읽고 나서도 안 읽은 책처럼 느껴진다는 것이다. 줄거리를 말해보라면 정돈해서 말할 자신이 없다. 주인공 이름들도 잘 기억나지 않는다. 책을 군데군데 들춰보면 '맞아, 이런 이야기가 있었지. 이 이야기가 이 책에 있는 거였구나' 하고 다시 알게 된다. 나 이거 읽었네, 하고 자랑하거나 자부심을 가질 일도 아니다. 그만큼 더 인생을 알았으면 겸허해질 일밖에 남지 않는다.

오늘 일어난 일은 오늘의 잣대로 평가 가능하다. 그러나 10년 전에 일어난 일은 그 이후 10년간 인류가 쌓아올린 지혜의 잣대로 평가를 할 수 있다. 그렇기에 오늘 일어난 일보다 10년 전에 일어난 일이 우리에게 더 많은 교훈을 줄 가능성이 크다. 그것이 시사와 역사의 차이다. 거칠게 표현하면 시사는 어린아이의 말과 같고 역사는 어른의 이야기와 같다. 큰 흐름을 알아야 지금을 더 넓고 깊게 알 수 있다.

대하소설을 읽으면 꼭 그 배경이 된 곳에 가고 싶어진다. 실제로 그곳들에 가보면 활자는 한층 생명을 얻는다. 벌교의 부용교에 서서 좌우익의 복수극이 분출시켰던 피의 흔적들을 살피거나, 남원의 서도역이나 하동의 평사리 들판을 찾아가 고요히 걸어보는 것은 작품을 내가 소화할 수 있는 만큼 소화하는 가장 좋은 방법의 하나다. 문학관에 가보는 것도 좋다. 태백산맥문학관에 가서 사람 키만 한 육필원고 앞에 섰을 때, 소설을 읽을 때보다 더 큰 감동에 휩싸였다.

별처럼 많은 인간 군상이 등장하고 소멸하는 가운데 세월은 잔인하게 흘러간다. 그러고 나면 새로운 시간이 무심히 그 자리를 차지하고 있다. 대하소설을 다 읽고 나면 마음에 스산한 바람이 부는 것은 왜인지. 아마도 인생의 맛을 깊이 보았기 때문이리라. 대하소설에는 단편이나 장편이 줄 수 없는 큰 호흡이 있다. 오늘을 사는 데는 짧은 호흡들이 필요하지만 깊고 멀리 흐르는 강물 같은 인생을 살기 위해서는 큰 호흡이 필요하다. 깊은 강이라야 멀리 흐른다. 내 인생의 강바닥을 깊이 파면 세상을 가득 담고 멀리 흐를 수 있다. 대하소설 읽기는 우리 인생의 깊이와 길이를 더하는 참 좋은 방법이다.

"내 인생을 소설로 쓰자면 열 권은 넘을 것이야"라고 말하는 어른들을 대하면 내가 읽는 문학을 다시 생각하게 된다. 문학은 그저 이 숭고한 인생들이 비치는 거울일 뿐이다. 소설은 계속 쓰여야 한다. 숭고한 인생들이 불멸의 이야기로 남아 이어져서 계속 아름답고 숭고하도록 도와야 하지 않겠는가.

3장

내 노래가 위로가
될 수 있다면

시집의 활자를 훅 불어서 날릴 듯이 또박또박 천천히 읽었다.

시를 명봉역에 뿌리고 저 멀리 철로의 끝을 바라보았다.

잠시 후 비현실적이게도 기차가 들어왔다.

정차하지 않고 무정하게 떠나가는 기차의 뒷모습을

사라질 때까지 바라보았다.

"네 앞에 빙판길 있다. 잘 살펴거라."

혼잣말이 나왔다. 한겨울의 햇살도 목에 감아보았다.

나는 늙어 있었다.

지금 이별을 하면 언제 다시 만날지 기약할 수 없는,

어쩌면 이것이 마지막 이별이 될지도 모르는 운명을 지닌 아버지였다.

「명봉역에서 만난 아버지」 중에서

예술과 인생

_권지예, 『붉은 비단보』

그 사내의 색소폰

2013년 여름. 지방 출장을 마치고 고속도로를 타고 집으로 오는 길이었다. 이미 깊은 어둠이 내려앉아서 자동차 전조등은 내가 가야 할 길만 겨우 비추고 있었다. 밤의 고속도로는 단순 반복되는 풍경 속에 많은 것을 품고 있었다. 먼 길을 달려온 나른함과 집으로 간다는 기대감, 같은 모습으로 눈앞에 밀려오는 차선과 곳곳에 숨은 굴곡진 길, 그리고 다른 누군가의 실수로 인해 내게 닥칠 수도 있는 위험. 이 모든 것들을 헤치며 나는 앞으로 나아갔다. 이윽고 밤의 오아시스처럼 휴게소가 보였다.

평소 즐기는 자판기 커피를 뽑아들고 차로 왔을 때, 어디선가 악기 소리가 들려왔다. 깊은 밤의 질감을 닮은 부드럽고 두터운 색소폰 소리였다. 차 문을 열다 말고 소리의 진원지를 찾아보았다. 주변에 악기를 연주하는 사람은 보이지 않았다. 11시를 넘긴 깊은 밤이었다. 휴게소에 들어온 사람들은 악기 소리 따위에는 관심을 둘 여유가 없는 듯 용무를 마치자마자 다시 차에 올라 갈 길을 서둘렀다. 나는 바쁠 게 없었다. 급하다면 이 소리의 주인공을 찾는 일이 더 급했다. 소리는 저 멀리 구석에 서 있는 커다란 탑차에서 나오고 있었다. 방해가 되어 소리가 끊기는 일이 없도록 살며시 접근해보았다. 탑차의 화물칸 문이 열려 있었고 화물이 반 정도 차 있었다. 그리고 화물들 사이에 한 사내가 박스에 앉아 색소폰을 불고 있었다. "눈을 감고 걸어도 눈을 뜨고 걸어도 보이는 것은 초라한 모습 보고 싶은 얼굴."

사내가 나를 전혀 의식하지 못할 만큼 거리를 두고 이어지는 연주를 들었다. 내가 아는 한 예술은 순간의 아름다움을 영원의 것으로 붙잡으려는 몸부림일진대, 나는 이 순간을 영원처럼 붙잡고 싶어졌다. 이것이 예술이 아니면 뭐가 예술일까. 사내의 색소폰 소리에서 생의 굴곡이 느껴졌다. 음악은 겪은 만큼 연주할 수 있고, 살아낸 만큼 들린다. 그의 기량이 뛰어난지는 모르겠으나, 생의 맛을 제대로 연주하고 있다는 것은 알 수 있었다. 저 사람은 어디를 가는 길일까. 얼마나 더 가야 할까. 가야 할 길만큼 음악은 깊어진다. 그의 음악은 깊었고 나는 그가 아직 가야 할 길이 멀다는 것을 알 수 있었다. 나는 저 사내의 마음으로 나의 예술을 지켜갈 수 있을까. 차도 몇 대 없는 늦은 밤, 고속도로 휴게소에서 누구에게 자랑하기 위해 연주를 하는 것은 아닐 것이다. 아마 스스로에게 위안의 꽃과 한 줌의 빛을 던지기 위함이 아닐까.

연주는 그렇게 30분 가까이 이어졌고, 나는 내 차 트렁크에 올라앉아 식은 커피를 아껴 마시며 그의 앞에 남겨진 길의 소리를 들었다. 윤시내의 〈열애〉를 끝으로 탑차의 문은 닫혔다. 차는 출발하지 않고 그대로 서 있었다. 아마 사내가 잠시 눈을 붙이는 듯했다. 손에 힘을 주자 종이컵이 오그라들었다. 귀에 마지막 노래가 메아리친다. "불꽃을 피우리라 태워도 태워도 재가 되지 않는 진주처럼 영롱한 사랑을 피우리라." 다시 한 번 주먹을 움켜쥐며 차 문을 열고 시동을 걸었다.

악착같이 삶에 붙어 있는 예술

예술이 어떤 모습으로 우리 곁에 있어야 하는가를 생각할 때 늘 권지예의 장편소설 『붉은 비단보』(이룸, 2008)를 떠올린다. 이 작품은 예술을 삶과 똑같이 살아낸 한 여인의 일생을 다루고 있다. 주인공 항아는 여성을 향한 온갖 형태의 굴레들이 만연하던 조선시대에 뛰어난 예술적 재능을 갖고 태어난 인물이다. 그림을 잘 그리는 항아에게는 춤에 재능을 가진 초롱과 문장에 능한 가연, 두 친구가 있었다. 소녀 시절 그들은 각자의 재능과 꿈을 나누며 우정을 키워갔다. 그러나 시대적 여건은 그들이 뛰어난 예술을 펼칠 공간을 주지 않았다. 가연은 당대 최고 권력자의 집안으로 시집간 뒤 숨어서 글을 쓰다가 스스로 생을 마감하고, 초롱은 아버지가 역적으로 몰려 관기가 되었다가 나중에는 부와 권력을 가진 영감의 첩으로 살게 된다. 항아는 평범하게 혼인을 하고 아이를 낳고 시부모를 모시면서도 끝까지 그림을 멀리하지 않는다.

항아가 죽기 전까지 그림을 놓지 않을 수 있었던 것은 평온한 삶 때문이 아니라 맺어지지 못한 사랑 때문이었다. 항아는 어릴 적 마주쳤던 초롱의 오빠 준서와 사랑에 빠졌었다. 하지만 불행하게도 준서는 명문가 여식인 항아와는 연을 맺을 수 없는 서자 신분이었다. 게다가 나중에 준서의 아버지는 역적으로 몰려 집안 자체가 풍비박산이 나버린다. 준서는 항아의 행복을 위해 그녀를 떠나 방황하다가 역적의 아들로 처형당한다. 준서와 항아는 가시나무처럼 서로에게 가까이 갈수록 상처가 되는 존재들이었다. 항아는 그 상처를 예술로 분출시켰다. 항아의 예술은 상처를 먹고 자라났고, 상처가 아플수록 그녀는 더욱 예술을 욕망했다. 깊은 상처는 깊은 예술을 낳고, 그것은 결국 항아의 생에 깊이를 더했다.

오랜 세월이 흘러 30년 만에 초롱과 항아가 만난다. 권력자의 첩이 된 초롱은 겉으로는 귀부인의 모습을 하고 있었고, 항아는 먹고사는 일에 찌든 아낙네의 모습을 하고 있었다. "나는 초롱의 섬섬옥수가 결코 부럽지 않았다. (중략) 나의 손은 가난한 양반가로 시집와서 떡을 만들고, 삯바느질하느라 바늘도 잡고, 일곱 아이들의 똥 기저귀도 빨던 손이었다. 그러면서도 평생 붓을 놓지 않았던 손이었다. 애써서 살았고 부끄럽지 않은 손이다. (중략) 부귀영화보다 중요한 것은 자신을 지켜내고 살며, 사랑하는 사람들에게 상처를 주지 않는 것이다. 나는 그렇게 살려고 노력했고 후회는 없다."(337쪽)

이 대목에서 항아가 지향했던 예술의 진면목을 본다. 그녀는 작가의 말처럼 '운명적 예술가'였다. 현대사회는 직업적 예술가가 넘쳐난다. 그것이 좋고 나쁨을 논하기 전에, 모든 예술가는 운명적 예술가가 되어야 한다고 생각한다. 나 역시 예술 활동으로 사람들과 생의 아름다움을 나누며 그 과정에서 돈도 번다. 운명적 예술가를 추구하면서 직업적 예술가의 외형도 갖고 있다는 말이다. 다만 내가 지금까지 몸을 쓰는 원초적 형태의 노동을 하고 있는 이유는 나의 예술이 삶과 격리되는 것을 경계해서다. 물론 예술 활동을 업으로 한다고 해서 삶과 동떨어지는 것이 아님을 이제는 안다.

사람은 누구나 예술적으로 살아야 한다. 직장인이라서, 가장이라서, 엄마라서, 아이가 있어서, 나이가 많아서, 경제적으로 여유가 없어서 등 수없이 많은 이유들이 우리를 예술과 떼어놓는다. 그러나 세파에 밀리지 말고 맞서야 한다. 가시돋힌 운명은 우리로 하여금 생의 아름다움을 찾아내는 행위인 예술을 못하도록 막는다. 살아가는 모든 순간에서 아름다움을 찾으려고 노력해야 한다. 니코스 카잔차키스는 "빛이란 모든 어둠을 바라보는 것, 행복은 모든 불행을 살아내는 것"이라고 했다. 밝고 따뜻하고 행복한 것만이 아름다움은 아니다. 기쁨은 슬픔을 묻혀 오고, 아름다움은 상처와 함께 온다. 생의 모든 모습을 사랑하고 껴안아야 예술은 꽃피고 아름다움을 찾을 수 있다.

2009년 초 강남구립도서관 주관으로 '우리문학콘서트'를 매달 열었다. 열악한 조건 속에서 실무진들은 3년 가까이 그 멋진 행사를 밀고 나갔다. 특히 우리는 우리 문학의 앞날을 책임질 젊은 작가 섭외에 무척 열심이었는데, 그해 6월에는 중견작가 권지예를 섭외했다. 팬층이 두텁다 보니 관객을 모으려고 애쓸 필요도 없이 예약이 차버렸다. 주제 도서가 『붉은 비단보』로 정해졌기에 나는 반강제적으로 그 작품을 읽게 되었는데, 몇 쪽 안 읽고 확 빠져버렸다. 내가 추구하는 인생이 거기 가득 들어 있었기 때문이다. 내가 예술에 대해 세상에 외치고 싶은 말들이 다 들어 있었다. 소설을 읽는 동안 나는 항아를 진정 사랑했다.

항아의 예술을 깊어지게 한, 준서와의 이루지 못한 사랑을 노래로 풀어냈다. 제목은 본문 내용을 따라 〈사랑, 내게 없고 늘 있는〉이라고 정했다.

가슴을 아무리 꼭 여며도 빼앗길 마음은 빼앗기나요
파문 이는 호수에 그리움들이 멀리 멀리 퍼져만 갔죠
흐르는 물처럼 끊을 수 없고 안개처럼 가둘 수 없는 이 마음
잡지도 못하는 바람으로 나의 곁을 맴도는 당신
마음 문 꼭 닫고 인연의 고리 끊으면
몹쓸 사랑의 꿈에서 깨어나려나
하지만 흩어버릴수록 마음 깊은 데서 울려오는 당신이란 북소리
내겐 없었고 또 내게 늘 있었던 당신
세상 끝에서라도 기다려줘

항아에게 인생을 뒤흔든 사랑이 없었다면 예술은 꽃피지 못했을 것이다. 예술은 사랑의 열병이 남긴 잔해다. 사랑이 불타버린 흔적이다. 한 사람을 사랑하거나, 가족을 사랑하거나, 인류를 사랑하거나 어떤 사랑을 하더라도 거기서 예술은 태동한다. 사랑에 빠지면 한 세상이 열리기도, 닫혀버리기도 한다. 나는 콘서트 현장에서 관객과 그런 사랑에 빠지기를 소원한다. 그게 내 인생이 아름다워지는 방법이라고 믿는다.

"내가 죽을 때 관속에 가져갈 것은 내가 치료한 사람들의 명부다"라는 말을 했던 의사가 있다. 나는 콘서트 현장에서 문학과 음악을 매개로 나누던 관객 한 사람 한 사람의 눈빛과 함께 생의 마침표를 찍고 싶다. 내 인생에서 가장 아름다웠던 순간이 거기에 다 모여 있기 때문에. 그 예술의 순간들이 있어 내 인생이 인생다울 수 있었기 때문에.

예술로 이어지는 인생

예술에서 생의 많은, 혹은 모든 의미를 발견한 사람은 예술을 위해 다른 모든 것을 기꺼이 잃는다. 영화 〈서편제〉와 〈천년학〉의 원작으로 유명한 이청준의 연작소설 「남도 사람」(『서편제』, 열림원, 1998)을 읽으면 인간이 왜 자신의 모든 것을 던져 예술에 집착하게 되는지 조금이나마 이해하게 된다. 이청준 선생이 말한 그 '한'이라는 것은 아직은 알 듯 말 듯하다. 영화보다 소설은 더 잔인하게 주인공들을 예술의 길 위에서 방황하도록 버려둔다. 내겐 그것이 더 예술적이고 인간적이었다. 우리는 누구나 생을 더 이해하려 들수록 예술에 빠져들 수밖에 없다.

전라남도 장흥을 방문해 곳곳을 걸었다. 처마 밑으로 비가 뚝뚝 떨어지는 〈천년학〉 영화세트장에 앉아서 소설 『선학동 나그네』를 읽는 재미를 선물로 얻었다. 이청준 선생의 생가에 앉아 그가 평생에 걸쳐 역설했던 인생과 예술에 대해 생각했다. 마루 한 켠에 방명록이 보였다. 누군가 정갈한 글씨로 이렇게 써놓았다.

"오래전 선생님에게 편지를 썼지요. 선생님은 어린 학생이었던 저에게 자상하게 문학이 이러하다 인생이 이러하다 답장을 써주셨어요. 저는 선생님의 편지를 고이 간직하면서 시간이 흘러 국어선생이 되어 아이들에게 문학을 가르치고 있습니다. 감사의 인사를 드리러 오래전부터 여기 오고 싶었습니다."

나처럼 선생의 영향을 받아 생의 방향이 바뀐 사람이 또 있구나 싶어 반가웠다.

아직은 눈이 내리지 않은 소설 속의 '눈길'을 걸었다. 눈이 내리는 날 다시 걷고 싶었다. 장흥을 떠나오기 전 선생이 누우신 곳을 찾았다. '선생님, 보세요. 나약하지만 그나마 선생님 때문에 생긴 정신의 척추 몇 조각을 보여드립니다. 한 번도 직접 얼굴을 마주하지 못했으나, 문학과 예술을 통해서 우리는 숱하게 만났습니다. 앞으로도 제 정신의 뼈들을 잘 지켜주세요.'

길 위에 어둠이 내렸다. 전조등을 켜고 차선을 따라 달렸다. 서울까지 400킬로미터가 남아 있었지만 그 길은 힘들지도, 지루하지도 않았다. 항아의 붓이 있고, 선학동 나그네의 발길이 있고, 내일 만나게 될 객석의 눈빛이 나와 함께 있다. 사랑이 있고 예술이 있고 그리하여 인생이 있다. 외로울 틈이 없다. 그것들을 껴안느라 내 팔이 쉴 틈이 없다. 기쁘고 슬픈 일이 항상 내

옆에 있다. 예술은 언제나 우리 가까이에 있다. 저 앞에 휴게소
가 보였다. 끈질기게 인생을 붙잡는 예술을 오늘 또 보게 되지
않을까 기대감에 차머리를 밀어 넣었다.

상실에 대하여

_신달자, 『나는 마흔에 생의 걸음마를 배웠다』

상실은 인생의 그림자다. 인생이 있는 어느 곳이든 상실이 있다. 원래 인생은 빈손으로 왔다가 빈손으로 가는 것이 맞다. 이 사실을 단단히 마음에 새기면 행불행의 시소를 탈 일이 없지만 인간은 신이 아니다. 살다 보면 조금씩 발생하는 소유를 온전히 내 것으로 여기고 그 소유가 영원할 것으로 생각하게 되는데, 그 순간부터 상실은 우리를 아프게 한다.

  가끔 들르는 온라인 동호회에서 한 사연을 접했다. 이제 쉰을 조금 넘긴 A씨는 젊어서부터 열심히 일한 덕분에 현재는 사회에서도 인정받고 경제적으로도 여유를 가지게 되었다. 그는 앞만 보고 달려온 자신을 위한 선물을 찾다가 평생의 로망이었던 포르쉐 자동차, 그중에서 지붕이 열리는 컨버터블 모델을 구입했다. 원래 잘사는 집안이 아니었고 맨손으로 일군 인생이었기에 그의 손에 쥐어진 포르쉐 열쇠는 인생의 가장 큰 사치이자 감격의 선물이었다. 남은 생을 아내와 함께 아름다운 우리 땅 구석구석을 찾아다니려는 계획을 세우고 하나씩 실행에 옮겼다. 머리 위를 스쳐가는 바람과 풍경들은 지난 세월의 땀과 눈물을 모두 보상해주는 듯했다. 그런데 어느 날부터 햇빛의 쨍한 느낌이 덜하고 나뭇잎의 푸르름이 덜 느껴졌다. 피곤해서 그런가 하며 병원을 찾았다. 의사는 조심스럽게 "당신의 눈은 서서히 어두워져서 몇 달 안에 거의 모든 시력을 잃을 겁니다"라는 진단을 내렸다.

그는 주변을 정리하기 시작했다. 사업체를 정리하고, 전원주택으로 거처를 옮기고, 시력을 완전히 잃었을 때 생활할 수 있도록 모든 준비를 했다. 그리고 푸른 하늘을 얼마 담지 못했던 포르쉐 컨버터블을 마지막으로 정리했다. 더 이상 시력을 잃기 전에 게시판에 글을 써둔다면서 그동안 즐거웠다고 회원들에게 인사를 했다. 위로와 격려의 댓글이 수도 없이 달렸다. 댓글이라면 하루 저녁에 수백 개라도 쓸 자신이 있는 나였지만, 아무 말도 달지 못하고 게시글을 읽고 또 읽으며 계속 눈물만 흘렸다. 그것이 그를 위한 최선의 글이라고 생각했기 때문이다.

끝없는 상실에도 불구하고

상실과 상처는 문학의 영원한 테마다. 모든 문학의 뿌리를 파고 들어가면 가장 깊은 곳에 상실의 아픔이 있다. 상실이라는 뿌리 세포가 없으면 생을 영위하기 위한 영양분은 흡수되지 않는다. '상실의 인생' 하면 신달자 시인이 가장 먼저 떠오른다. 공연 활동 초기 시인의 강연회에서 노래를 하게 되었다. 당시 지명도도 낮고 일간지에 한두 번 소개된 정도였던 내가 유명 시인의 행사에 초대받으니 마음에 큰 부담이 되었다. 한 달 동안 수십 개의 곡을 써서 그중 주제 도서와 가장 잘 어울리는 곡을 선택했다.

행사장은 수백 명의 관객이 들어찬 큰 강당이었다. 맨 앞줄에 앉아 1부 강연을 들었다. 2부에 내가 부를 노래를 잘 준비했어야 하는데, 강연을 듣다 보니 저절로 빨려 들어갔다. 강연 제목은 '영원히 싸우고 사랑해야 할 것은 오직 인생뿐'이었다. 책으로 읽어서 그 굴곡진 인생은 상당 부분 알고 있었지만, 육성으로 들으니 슬픔을 감당하기 힘들었다. 결국 내 순서가 되어 무대에 올랐을 때는 두 눈이 퉁퉁 부어 있었다. 신달자 시인의 자전 에세이 『나는 마흔에 생의 걸음마를 배웠다』(민음사, 2008)에 곡을 붙인 노래를 발표했다. 제목은 에세이의 그것과 같은 〈나는 마흔에 생의 걸음마를 배웠다〉이다.

딩신, 생이라는 거대한 얼굴이 조금씩 보이는가

어느 순간 받아 안은 운명에 무너지듯 앉아 있나

가슴 썩는 냄새를 처음 알겠지

몇번이나 죽고 다시 죽는 절망도 알겠지

나는 안다 나는 안다

누구에게도 쏟아낼 수 없어

소나기 퍼붓는 길에서 홀로 울부짖는 소리를

모든 걸 꿀꺽 삼키며 입 닫는 당신의 눈물겨운 침묵을

당신을 보니 알겠다

영원히 싸우고 사랑할 것은 삶이란 것을

(중략)

당신과 나 서로에게 사는 이유가 되자

우리 마흔에 생의 걸음마를 배워도 좋으리

　여러 곡의 노래를 부르고 무대를 내려오려는데, 관객들이 이 노래를 한 번 더 불러달라고 요청했다. 오래전부터 신달자 시인의 소설과 시를 좋아했던 나는 강연을 듣고 나서 그 인생을 마음 깊이 존경하게 되었다. 이만한 굴곡을 겪고 이겨낸 인생은 결코 흔하지 않다. 이후로 신달자 시인의 행사에 참여 요청이 오면 앞뒤 안 보고 수락했는데, 당혹스러웠던 적이 한 번 있었다.

　중앙박물관에서 신달자 시인 행사가 있으니 공연해달라고 연락이 왔다. 기꺼이 가겠다고 했더니 앞으로 3일 남았는데 곡 작업에 문제없겠냐고 물어왔다. 그것도 괜찮다고 했더니, 사실은 세 분의 시인이 출연하니 창작도 세 곡을 해야 하는데 괜찮겠냐고 물어왔다. 그건 좀 힘들겠다고 말했다. 시간에 맞춰 대강 작업해갈 수는 있겠지만 음악적 자존심이 허락하지 않았다. 그런데 전화 너머 담당자의 한마디가 나의 결단을 부추겼다. "제갈인철 씨가 이 부분(어떤 상황에서도 그에 딱 맞는 곡을 납기 내에 만들어 낸다는 의미로 들렸다)에 상당히 강하시다고 들었어요." 아마도 신달자 시인이 그렇게 이야기했을 것이다. 순간적으로 그리하겠다고 대답했고, 3일 동안 하루 세 시간씩만 자고 작업에 매달렸다. 하루에 한 곡씩 만들었고 악보를 안 보고 연주할 정도로 외웠다. 행사가 끝나고 과분한 출연료가 들어왔다.

힘들긴 했지만 한계에 도전하는 자의 푸념은 한계를 넘어서 버린 자에 비하면 배부른 소리다. 나는 신달자 시인이 인생의 한계를 안방 문지방 넘나들 듯했다는 걸 알고 있었기에 군말 없이 작업을 했다. 시인은 시어머니와 남편의 병간호로 인생을 다 보냈다. 그 시간을 조금씩 떼내어 자식들을 키웠다. 이야기를 들어보면 여기까지도 이미 한계를 넘어선 인생이었다. 그런데 그 와중에 문학 공부를 늦게 시작하여 『물 위를 걷는 여자』(자유문학사, 1990) 등 여러 작품으로 문학계, 영화계를 뒤흔들었다. 신달자 시인의 강연은 사는 동안 한 번은 들어봐야 한다. 한 번 듣고 나면 자신의 인생이 행복하고 아름다운 이유를 수백 가지 발견하게 된다.

상실 이후의 인생에 대해 가르침을 얻고 싶다면 작은도서관 만드는사람들의 김수연 대표의 자서전 『내 생애 단 한 번의 약속』(문이당, 2008)과 그의 강연도 꼭 접해봐야 한다. 아무리 문학이 위대하다고 해도 결코 인생 위에 있지 않다. 그를 알고 난 뒤, 내 인생이 잘 가고 있는가 의문이 들 때에는 그의 인생을 나침반으로 마음에 놓아본다. 그러면 문제가 싹 정리되고 길이 선명하게 보인다. 김수연 대표는 몸이 허락하는 한 전국을 뛰어다니며 도서관을 개관하고 있는데, 기회가 닿아 노래를 선물해준 적이 있다. 노래 제목은 책과 마찬가지로 〈내 생애 단 한 번의 약속〉이다.

작아도 기적은 늘 곁에 있고 그것이 우릴 살게 한다네
우리가 포기하지 않으면 삶은 우릴 포기하지 않아
언젠가 누군가 해야 할 일이라면 지금 우리가 해야 하리
하나의 씨앗은 수천수만이 되어 마른 땅에 꽃을 피우리
내 생애 단 한 번의 약속이 있기에 빛나는 눈동자 만나러
오늘도 걷고 또 걷는다 어린 꿈이 피어나는 길
당신의 인생은 한 권의 책이지 외롭고 어두운 밤에도
그대가 삶을 읽을 수 있도록 등불로 켜지고 싶어라

모든 것을 잃어본 사람은 다른 사람이 잃은 것에 대해서도 통곡할 줄 안다. 상실이 없는 사람은 사랑할 줄 모르는 사람이다. 물론 상실이 하늘의 선물은 아니다. 하지만 상실은 사명을 가져다준다. 남은 생애에 무엇을 해야 할지 가르쳐준다.

문학은 무엇을 할 수 있나

세월호가 가라앉은 며칠 후, 밤 시간을 택해 진도로 갔다. 그곳에 있는 사람들에게 방해되지 않도록 하기 위함이었다. 밤낮을 가리지 않고 현장은 정신이 없었다. 하얀 천막들이 늘어선 곳을 지나는데 갑자기 사람들이 몰려들었다. 구조대원들이 익사자를 데려온 모양이었다. 태어나 그리 처절한 통곡을 들어본 적 없다. 나는 천막 뒤에 힘없이 주저앉았다. 시간이 한참 흘렀고 내 속의 모든 물도 두 눈으로 다 빠져나온 듯싶었다. 기억하리라, 그리고 꼭 고쳐 나가리라. 입을 앙다문 나의 다짐은 끝이 없었다. 만약 이 일이 사회 국가적으로 마무리가 잘 된다고 해도, 가족의 문제로 와서는 영원히 매듭지어지지 않는다. 자식이 먼저 떠나면 그 후 부모의 인생은 모두 사라지는 것이다. 가족 울타리 안의 기쁨이나 슬픔의 무게는 울타리 밖의 누군가가 아무리 저울질을 해도 측정할 수 없다.

목포의 숙소에서 파도처럼 몸을 뒤척이며 생각했다. 나는 이 아픔에 대해 무엇을 할 수 있는가. 기껏 눈물 몇 방울 떨어뜨리고 시대의 아픔을 함께하는 척하는 건 아닌가. 지금의 이 아픔을 두고 어떤 이들은 옳고 그름을 밝혀내려 할 것이고, 어떤 이들은 자신의 과오를 덮기 위해 안간힘을 쓸 것이다. 과연 나는 그동안 읽고 배우고 다짐한 대로 어떤 상황이 와도 진실 앞에 나를 세울 수 있을까. 내가 저질렀고 앞으로 저지를 잘못에 대해 온당한 사과를 하고 책임질 수 있을까. 세월호가 준 상실이 여전히 회복되지 않고 있는 이유는 '적어도 이것만큼은 내 책임이다'라고 말하는 사람이 없기 때문이다. 혹 그렇게 말하는 사람이 있다면 그 마음의 진실은 이후의 행동을 보면 안다. 아직은 잘 보이지 않는다.

세월호 침몰과 조금이라도 관련 있는 사람들아, 먼저 하늘을 보며 울어라. 강요는 못하지만 나를 비롯해서 큰 슬픔을 가슴에 나누어 가진 국민이라면, 내가 먼저 울었으니 관련자인 당신들도 진심을 다해 울어보라고 권해볼 자격은 있지 않겠나. 하늘을 두고 눈물이 나오거든 사람을 향해 울어라. 나는 관련이 없고 당신은 관련이 있다 해서 하는 말도 아니요, 나보다 당신이 더 책임이 크다 해서 하는 말도 아니다. 인간 세상에서 일어나는 모든 일은 모두의 책임이다. 좋은 일에 '우리 이렇게 하자'라고 앞서서 말하는 자가 있을 수 있고, 또 안 좋은 일에 '내가 이런 잘못을 했다'라고 앞서서 말하는 자가 있을 수 있다. 그 차례에서 당신과 내가 조금씩 다를 뿐이다. 각자의 상황과 처지에 따라 마음이 시키는 말을 하면 된다. 그리고 사회의 규범이 정한 대로 책임을 지고 과제를 해결하면 된다. 그리하면 자신이 가졌던 많은 것을 잃을 수도 있다. 하지만 그것은 회복될 수 있고, 그 회복 과정에서 이전보다 더 큰 행복을 거두게 될 것이다.

상실의 수치는 인간이 존재하는 한 영원히 사라지지도 줄어들지도 않는다. 다만 상실의 정도는 마음과 마음이 만나면 크게 줄어든다. 혼자 슬퍼하면 상실이고 함께 슬퍼하면 위안이다. 혼자 기뻐하면 다른 누군가에게 상실을 주고, 함께 기뻐하면 모두의 축제가 된다. 함께할 때 비로소 우리는 참된 인간이 된다. 문학이 내게 가르쳐준 것도 이것이다. 누군가의 슬픔과 기쁨의 홀씨를 떼어내 활자의 바람에 실어 다른 사람의 마음에 옮겨주는 일, 그게 문학의 사명이고 문학을 읽은 자의 사명이다. 오늘의 상실에 대해 문학은 무엇을 할 수 있는가. 소설『투명인간』(창비, 2014)에서 성석제 작가는 이렇게 말한다. "소설은 위안을 줄 수 없다. 함께 있다고 말할 수 있을 뿐. 함께 느끼고 있다고, 우리는 함께 존재하고 있다고 써서 보여줄 뿐"이라고. 문학이 건네는 나약한 변명같이 들릴지 모르지만, 이것이야말로 상실을 이기는 가장 큰 힘이라고 나는 믿는다.

얼마 전 다시 찾은 진도는 더욱 쓸쓸한 풍경이었다. 마음이 그날의 배처럼 자꾸 가라앉아서 박완서의『한 말씀만 하소서』

(세계사, 2004)를 읽었다. 사실 '읽었다'라는 표현은 내겐 맞지 않다. 선생의 통곡을 '들었다'라고 해야겠다. 생애 가장 큰 상실을 겪고 쏟아내는 각혈의 언어들은 찢어지는 슬픔과 동시에 얼마의 위안을 안겨주었다. 선생은 아들을 잃은 슬픔을 "구원의 가망이 없는 극형"이라면서, 왜 그래야 했는지 신에게 "한 말씀만 해보라고 애걸"했다. 신의 침묵이 계속되고 선생은 먹는 것마다 토해냈다. 수많은 길을 돌아 선생은 신과 인간 세상이 주는 위안들을 만났다. 그것은 수도원에 있는 젊은 수녀의 무덤이기도 했고, 청빈과 극기와 소외된 자에 대한 봉사에의 열망으로 사는 수녀들이기도 했고, 유치원에서 뛰어노는 아이들이기도 했다. 그리고 무엇보다 사랑하는 가족들이 있었다.

선생은 상실의 뜨거운 불판에 맨발을 딛고 서서 작품을 계속 써냈고, 그것들은 나를 비롯한 수많은 사람들에게 저마다 가진 상실 후의 세상을 껴안을 힘을 주었다. 책 마지막 부분의 한 구절이 마음에 북소리를 낸다. "내 아들이 없는 세상도 사랑할 수가 있다니."

크고 작은 상실이 찾아올 때마다 나는 생각해본다. 이건 나를 위한 물갈이일지 모른다. 마치 어항의 물을 갈아주듯이 내게 더 중요한 것을 채우기 위해 지금의 것을 비우는, 인생의 배려일 수도 있다.

아무리 용기를 내봐도 한 해가 넘도록 아직 끝까지 읽지 못한 책이 하나 있다. 도저히 세상을 용서할 수 없을 것 같은 마음이 일어서였다. 정호승 시인과 다른 행사를 진행하는 중에 그 소년 이야기를 하다가 슬픔에 잠시 말을 이어가지 못한 적도 있었다. 소년의 이야기는 임지영의 『세상에서 가장 길었던 하루』(형설라이프, 2012)에 담겨 있다. 그 아이가 옥상으로 올라가는 엘리베이터에서 쪼그려 앉아 옷소매로 눈물을 닦고 있는 모습은 가슴에 불도장으로 찍혀서 지워지지 않는다. 중고등학교에서 강연 요청이 오면 교통비도 필요 없다고 열 일 제치고 달려가는 것은 이 아이의 울음에 대한 나의 대답이기도 하다. 이 글을 쓰면서 다시 용기를 낸다. 이제 그 책을 다 읽고, 아이에게 내 마음 한 켠에 큰 자리를 마련해줘야겠다. 내가 가진 상실의 공을 그 아이와 같이 푸른 하늘에 튕겨 올리며 활짝 웃어야겠다.

문학이 청춘에게

_장정일, 『구월의 이틀』

좌충우돌 청춘 1라운드

신은 누구에게나 공평하게 청춘이라는 선물을 주었다. 경이와 환희로만 가득 차 있을 것만 같은 청춘. 하지만 청춘의 시기에 우리는 이상과 현실의 경계를 처음 만난다. 가장 꿈 많은 시기에 실전 인생을 맞이하는 것이다. 그러니 혼란이 없을 수가 없다. 나 역시 여느 청춘들의 고민과 다를 바 없었다. 무엇보다 문학의 기초 위에 세운 나의 이상을 사회 속에서 잘 지켜내고 실현해낼 수 있을지가 궁금했다. 책가방 속에 언제나 절반은 문학, 나머지 반은 전공서적을 채워서 다니던 나는 졸업이 다가와도 크게 두렵지는 않았다. 친구들은 조금이라도 더 이름 있는 회사에 들어가려고 분주하게 뛰어다녔지만 나로서는 스스로의 이상을 실현하며 사는 게 더 중요해 보였기 때문이다.

동사무소 하급공무원으로 일하며 아침 아홉 시에 출근하고 오후 다섯 시에 퇴근해 발 씻고 침대에 드러누워 새벽 두 시까지 책을 읽는 하루를 원했던 장정일의 소망. 그 정도까지는 아니어도 낮에는 열심히 일하고 저녁에는 정신을 일구며 살고 싶었다. 대기업에 들어가면 많은 월급과 많은 일이, 중소기업에 들어가면 상대적으로 적은 월급과 시간의 여유가 있을 것이라는 막연한 판단으로 졸업 후 바로 중소기업을 선택했다. 지금 생각하면 어쩌나 순진한 결정이었는지…. 왜 먼저 사회에 진출한 선배들은 사회의 명암을 후배들에게 잘 알려주지 않았는지 모르겠다. 그랬더라면 후배들도 시행착오를 많이 줄일 수 있었을 텐데 말이다.

서울 북쪽에 옥탑방을 하나 구하고 서울역 인근의 회사로 출근하기 시작했다. 출근하며 보니까 서울역 지하에 서점이 있었다. 오호, 퇴근길에 들러야지. 출퇴근길에 서점이 있다니, 신의 직장이 따로 없었다. 나는 휘파람을 불며 회사 빌딩으로 들어갔다. 그런데 그날 퇴근을 하기는 했는데, 집에는 못 갔다. 마시지 못하는 술을 있는 대로 받아 마시는 바람에 회사 선배가 나를 회사 옆 여관에 끌고 갔던 것이다. 밤새도록 두통에 시달리며 생각했다. 이게 사회의 쓴맛인가? 내일은 나의 꿈, 나의 일상을 회복해야지.

다음 날. 머리는 많이 아팠지만 신입사원답게 여기저기 분주히 다니며 일을 배웠다. 축구 경기에서 교체 투입된 선수처럼 뛰어다니니까 사람들이 다 좋아했다. '나를 안 좋아하셔도 돼요. 오늘 저녁에는 빨리 바이바이 하자구요.' 퇴근 시간이 되니 사람들이 하나둘 책상을 정리하고는 문을 열고 나갔다. 그런데 내일 보자는 인사를 안 해서 이상하다 싶더니 다들 식당에 모여 있었다. 그들을 따라 저녁을 먹고 다시 회사로 와서 밤늦도록 일했다. 사무실 불이 꺼지고 허겁지겁 뛰어갔더니 서점은 문을 닫아버렸다. 아니, 책 한 권 읽기도 힘든 세상이라니.

같은 일상이 반복되었고, 첫 주말 오전 근무를 마치고 겨우 서점에 들렀다. '이제 돈도 버니까 하루 한 권씩 살거야.' 생각하며 그동안 놓쳤던 며칠 분을 샀다. 덜컹거리는 전철을 타고 낭만의 대학로를 지나 집 부근에 내릴 때까지 달콤한 독서가 이어졌다. 밀린 빨래를 옥탑방 밖에 널어놓고 의자에 앉아 책을 읽었다. 나의 꿈은 드디어 이루어지는가. 그러나 행복은 거기까지. 일은 점점 많아졌고 주말에는 그냥 쓰러져 자기 바빴다. 토요일마다 사오는 책들은 읽지 못한 채 쌓여갔다. 몇 달 후 나는 서점에도 발을 끊었다. 직장생활 자체는 할 만했고 재미도 있었다. 하지만 내 정신세계를 노동에 전부 갖다 바치는 현실은 바꾸고 싶었다. 결국 1년이 못 되어 사표를 던졌다.

좌충우돌 청춘 2라운드

이번에는 시행착오를 하지 말아야지, 다짐하면서 다음 해에 대기업에 들어갔다. 더욱 타이트한 생활이 이어졌지만, 한 번 당해봤기에 잽싸게 적응해갔다. 어떤 일이 있어도 노동과 예술의 균형에 실패하지 않으리라. 대기업 빌딩은 아예 지하에 서점도 들여놓고 있었다. 이것 봐, 역시 업그레이드는 좋은 거야. 점심 시간에 서점을 들러 찜해놓고 저녁에 책을 받아 퇴근하는 이 계획된 생활의 즐거움.

회사에 조금 적응해갈 즈음 여러 가지 예술문화 이벤트를 스스로 만들었는데, 그중 하나가 재즈댄스 학원 등록이었다. 남영동의 댄스학원 2층 계단 입구에 들어서면 귀를 찢는 음악 소리가 나를 휘감았다. 쿵따리 샤바라 빠빠빠. 이 순간만큼 가슴 뛰는 삶을 살 수 있다면 내 생이 얼마든지 단축되어도 좋으리. 온몸이 땀에 젖고 숨이 턱까지 차오르는 그 한 시간은 완전한 일탈이었다. 일탈은 상상만으로는 결코 주어지지 않는다. 생채기를 얻으며 그 고지를 쟁탈해야 한다. 희한하게도 일탈은 현실을 더욱 껴안게 해주었다. 다음 날 노동이 더 재미있었다.

재즈댄스를 가거나 영화를 예약해놓거나 빨리 보고 싶은 책을 산 날은 꼭 회식과 겹쳐서 처음에는 미운털도 좀 박혔다. 하지만 그때 지면 계속 지기 마련. 나는 하기 싫은 애교를 떨어가며 무리에서 벗어났다. 월화수목금금금의 직장생활. 그 와중에 나만의 예술을 지켜내야 하는 작은 전쟁의 일상이었다. 매일같이 회사 사람들은 회식을 하거나 당구를 치러 몰려다녔다. 무엇이 저들을 삭막한 인생으로 몰아넣었을까. 균형 있는 삶을 위해 몸부림치는 나도 측은하고, 나를 압박하는 그들도 측은했다. 지금에 와서는 그들이 더 가치 있고 지혜로운 삶을 살았을 수도 있다고 생각하지만, 당시에는 문화도 예술도 인생의 멋도 챙기지 못하는 그들처럼 살면 안 되겠다는 생각뿐이었다. 두 번째 직장에서의 책 읽기는 첫 번째 직장보다는 나았다. 환경이 좋아서라기보다는 세상의 틈새를 찾아 내 것을 채우고 그것을 넓혀가는 방법을 터득했기 때문이라고 봐야겠다.

　나는 그 당시까지 문학이 재미없다는 사람을 이해할 수 없었는데, 그것을 깨닫는 기회가 왔다. 일에 지치다 보니 저녁에 집에 들어와서 책을 읽는 일이 고통인 날들이 많아졌다. 내가 그렇게 숭배해오던 문학에 대해 조금 불만이 생겨났다. 스트레스로 몸과 마음이 찌들어 있는데 소설을 펼치면 온통 심각한 내용이니 읽으면 더 기운이 빠지는 것 같았다. 밝고 명랑한 일본 소설들이 있었지만 경박해서 마음이 가지 않았다. 왜 우리 문학은 재미있는 이야기, 읽으면 기분 좋아지는 이야기가 많이 없는가.

사회가 점점 우울해져서 그런가. 그럴수록 문학이 경직된 사회를 풀면서 이끌고 가야지, 같이 말려 들어가면 어떡하냐고. 『삼미 슈퍼 스타즈의 마지막 팬클럽』(박민규, 한겨레출판, 2003) 같은 소설이 넘쳐나야지.

내가 불만을 가져보니 왜 사람들이 일상에서 책을 읽기가 그리 어려운지 이해하게 되었다. 지금의 청춘들은 내가 고군분투하던 그때보다 훨씬 열악한 환경에 있는 것 같다. 앞날은 불투명하고 시간은 빠르게 흘러가는 상황에서 문학이라니, 쉽지 않을 것이다. 북콘서트 현장에서 젊은 세대에게 문학을 권할 때 좀 미안한 생각이 들기도 한다. 그동안 문학은 청춘들이 세상을 힘차게 헤쳐나갈 동력으로 작용하지 못했다. 이제부터라도 문학이 이 시대 청춘들의 고단함을 살피고, 그 자리에서 벌떡 일어나 달려가도록 힘을 주는 일을 더 많이 하면 좋겠다.

> "언젠가 아빠가 너무너무 외로울 때, 이 세상이 무섭고 막막한 태평양처럼 느껴질 때 말이에요."
> "응."
> "그때 제가 아빠의 호랑이가 되어드릴게요."
>
> 『두근두근 내 인생』, 김애란 지음, 창비, 2011

이 대목이 좋아서 외워두고 한 번씩 중얼거린다. 그러면 없던

힘도 생긴다. 주인공 소년의 이 약속처럼, 문학이 청춘들에게
호랑이가 되어주면 좋겠다.

청춘은 낮은 음 '도'이자 인생의 이틀이다

학원에서 처음 배운 것은 도를 짚는 법이었다. 첫번째 음이니
까. 첫 번째 손가락으로도. 내가 건반을 누르자, 도는 겨우 도-
하고 울었다. (중략) 낮은 음과 높은 음을 함께 눌렀을 때 낮은
음이 더 오래간다는 사실은 나중에 알았다.

「도도한 생활」, 김애란 지음(『침이 고인다』, 문학과지성사, 2007)

김애란의 경쾌한 소설은 거친 세상에 맞서 있는 청춘들에게
적지 않은 설득력을 가질 것이라 생각한다. 주인공은 가진 것
없는 초라한 청춘이다. 집안 사정이 어려워지자 어릴 때부터 함
께 해온 피아노를 처분해야 하는 상황이 왔다. 엄마는 집 안의
마지막 자존심인 피아노를 처분하지 않고 주인공의 서울 자취
방으로 옮겼다. 폭우가 쏟아지던 밤, 반지하 방의 피아노는 다
른 잡동사니들과 함께 빗속에 잠겨가는데, 그때 주인공은 오랫
동안 잊고 지냈던 "도-"를 울린다.

나는 이 대목을 줄 그어가며 몇 번이나 읽었다. 첫 번째 음인
도는 초라한 시작점이다. 화려한 화음을 달고 있지도, 현란한

움직임을 갖고 있지도 않다. 지금의 청춘도 다들 그런 모습이겠지. 하지만 그 소탈하고 담백한 순수함이 주는 아름다움을 우리는 다시 찾아내야 한다. 또한 낮은 음 도는 가장 오래 울리는 음이다. 청춘이 가졌던 인간과 세상에 대한 아름다운 생각, 도와 닮은 그 생각을 오래 울리도록 지켜내야 한다. 자기 안의 도를 힘차게 누르는 청춘, 멋지지 않은가.

청춘의 때에 꼭 해야 할 일이 있다. 그것은 자기만의 그곳, 자기만의 그날을 만드는 일이다. 청춘의 하루는 인생의 다른 시기의 하루와 같아서는 안 된다.

문학은 내 삶을 구구절절이 받아 적는 다큐멘터리가 아니라, 내 삶이 망각해버린 이틀, 혹은 내 무의식 속에 숨어 있는 2인치를 찾아내는 겁니다. (중략) 이 시를 쓴 시인에게는 모란이 져버린 5월 어느 날, 그 '하루'만 살아 있는 날일 뿐 나머지 삼백예순날은 아무런 뜻도 없는 날입니다. (중략) 나머지 삼백예순날은 「구월의 이틀」을 썼던 시인이 말한 것처럼 아무런 의미 없는 빙하시대, 짐승들이 춤추며 몰려오는 야만적 시간에 불과합니다. 「구월의 이틀」에 나오는 이틀과 「모란이 피기까지는」에 나오는 하루는 같은 겁니다. (중략) 나의 어머니는 늘 말씀하셨습니다. '삶의 어느 한 때를 가리켜 인생이라고 할 뿐, 일평생이 인생은 아니다.' 다시 말해 인생이란 20대의 어느 한때를 가리킬 뿐이랍니다. (중략) 지금 막 여러분을 찾아온 청춘, 열여덟이거나 열아홉 혹은 스무 살일 나이인 바로 이때가, 저 두 시에 나오는 하루이거나 이틀에 해당한다는 것입니다. 막 대학교에 입학한 여러분, 빙하시대를 불태워버릴 열정으로 이틀 혹은 하루뿐인 당신의 인생을 사십시오.

『구월의 이틀』, 장정일 지음, 랜덤하우스코리아, 2009

청춘은 아직 잘 모른다. 크고 작은 야만의 날들이 삶의 길목마다 숨어 있다는 사실을. 그 짐승과 마주쳐서 생의 한순간이 상처로 얼룩지는 날을 맞이할 수도 있다. 그런 순간이 오면 자신만의 '구월의 이틀'을 그 자리로 불러와야 한다. 상처를 구월의 나뭇잎으로 감싸고 마른 목을 구월의 우물로 축여야 한다. 내가 가장 맑을 때, 내가 가장 깊을 때 나만의 우물을 만들고, 내 걸음이 가장 경쾌할 때 나만의 오솔길을 내야 한다. 어쩌면 인생은 자신만의 구월의 이틀을 늘려가는 과정일지 모른다. "청춘이란 인생의 어떤 기간이 아니라 마음가짐을 말한다"라는 사무엘 울만의 시처럼, 그 짧은 물리적 청춘을 인생 전체로 확장하려면 청춘의 어느 날 인생의 베이스캠프를 세워야 한다. 다음은 장정일 선생의 장편소설에 내가 곡을 붙인 것이다. 제목은 소설과 같은 〈구월의 이틀〉이다.

소나무 숲과 길이 있는 곳 그곳에 구월이 있다

숲이 오솔길을 감추고 구름이 나무를 감추는 곳

높고 낮은 나무들 아래로 새와 저녁이 함께 내리고

젖은 나뭇잎 흐르는 구름

삶을 즐기며 걷는 숲길

길은 갈라졌다 모이고 언덕은 부서져 구름이 된다

강물이 돌들을 날라 그 어디서 한 도시를 이룬다 해도

구월의 이틀 지나 새 태양이 빛나고

빙하와 짐승들이 몰려온다 해도

나는 오직 숲이 감춘 그 오솔길

내 구월의 이틀을 본다

장정일 선생의 성대모사 대회가 열린다면 1등은 내 것이다. 톤만 조금 높이면 똑같아진다. 비결은 같은 고향에 있다. 북콘서트 관객들은 다들 뒤로 넘어간다. "안녕하세요. 저 소설 쓰는 장정일입니다. 내 소설은 뭐, (잠시 틈을 두고) 그런데 아직도 소설 읽는 사람 있습니까?" 하고 유머스럽게 시작하면 분위기가 급상승한다. 앞으로 예능 프로그램보다 더 재미있는 북콘서트를 만들고 싶다. 사람들이 내게 붙여준 '문학계의 트위스트 킴'이라는 별명도 그래서 반갑기 그지없다.

『구월의 이틀』 북콘서트를 마치고 우리는 맥줏집을 돌며 밤새 가요 반세기를 부르다 선생의 집으로 장소를 옮겼다. 빽빽이 들어찬 책과 음반, 화집들, 세밀한 음을 내는 오디오. 소설 『아담이 눈뜰 때』(김영사, 2005) 주인공이 원했던 모든 것이 거기 있었다. 그 새벽의 작은 낙원, 우리의 노래는 끝이 없었다.

가족, 굴레이자 자유

_조경란, 「나는 봉천동에 산다」
_성석제, 「투명인간」

2008년 1월, 서둘러 퇴근길에 나선 나는 행여 늦을까봐 택시를 탔다. 손에 든 꽃다발이 딱딱하게 얼 정도로 추운 날이었다. 길이 막히자 마음이 급해졌다. 좋아하는 작가의 방송 녹화가 있는 날이고, 시작 부분부터 놓치고 싶지 않았다. 다행히 제시간에 맞춰 KBS에 도착했다. 관객석 구석진 곳에 자리를 잡고 앉았다. 큐 사인이 들어오고 무대가 조금씩 밝아졌다. 무대 배경에는 동그란 달이 떠 있었고, 옥상 모양으로 만든 조형물 위에서 조경란 작가는 낭독을 시작했다.

봉천의 하늘 한가운데로 휘영청, 보름달이 떠올라 있었다. 키
가 큰 아버지가 한번 껑충 뛰어오르면 정수리에 달이 닿을 것
만 같았다. (중략) 노란 달빛이 봉천동 일대로 한껏 쏟아지고
있었다. 우리 집은 봉천동에서도 높은 지대에 있다. 게다가 내
방은 옥상 위 높고도 높은 옥탑방이다. 달도 태양도 이웃이다.
봉천동은 하늘에서 가장 가까운 동네다.

   ─「나는 봉천동에 산다」, 조경란 지음(『국자 이야기』, 문학동네, 2004)

   하도 읽어서 거의 외우다시피 한 부분이었지만, 작가의 목소
리로 방송국 스튜디오에서 듣는 것은 전혀 새로운 감동이었다.
녹화가 끝나고 방청객들이 작가의 사인을 받을 때, 나는 살며시
다가가 준비해온 꽃다발을 건넸다. 훗날 〈낭독의 발견〉 제작진
이 펴낸 『인생낭독』(달, 2008)에서는 조경란 작가와 나의 첫 만
남을 이렇게 묘사했다.

   "녹화가 끝나고 사인을 받으려는 긴 행렬 끝에, 보라색 셔츠
의 사내가 수줍은 미소를 띤 채 서 있다. 한참 후 스튜디오 조명
이 꺼질 무렵, 작가가 다가오자 사내는 종이백을 펼쳤고, 그 안
에서 빨간 종이 한다발을 꺼내 작가에게 건넸다. 문학과 음악을
지독히 사랑하는 삼십대 중반의 회사원. 좋아하는 소설을 모티
브로 혼자 자작곡을 읊조리는 센티멘털리스트."

   나중에 나는 그 프로그램의 출연자로 무대에 서서 노래 〈나

는 봉천동에 산다)를 불렀다. 제작진은 문자 메시지로 "지금 당신의 작품이 스튜디오에서 노래로 울려 퍼지고 있어요"라고 작가에게 전했다.

봉천동에서 탄생한 가족 소설

내가 이렇게 조경란의 열혈독자가 된 이유는 그녀가 가족의 의미를 가장 잘 설명하는 작가 중 한 명이기 때문이다. 특히 중편 『움직임』(작가정신, 1998)을 읽고 나서, 가족의 의미가 주는 힘을 받아들이며 길었던 체념과 우울의 날들로부터 벗어나기 시작했고, 동시에 10년간 손에서 놓고 있었던 문학 읽기를 재개하는 계기도 되었다. 나에게는 최인호와 더불어 문학 읽기의 중요한 기점이 된 작가인 것이다.

『움직임』의 등장인물들은 모두 지긋지긋한 가족에게서 벗어나려고 발버둥을 치고 있다. 주인공 소녀는 엄마가 세상을 떠나자 외갓집으로 들어간다. 방 한 칸에 외할아버지, 이모, 외삼촌, 주인공 이렇게 넷이 생활해야 하는 집이다. 이모는 악몽 같은 현실에서 벗어나기 위해 안간힘을 쓴다. 외삼촌과 소녀 역시 매일 기차역에 나가 서성이다가 집으로 돌아온다. 결국 이모는 부정한 방법으로 돈을 챙겨 집을 떠나버리고, 할아버지는 태풍이 불던 날 자신이 만들어 팔던 벽돌에 깔려 세상을 떠난다. 이런 가정인데도 구성원으로 들어오고 싶어서 매일같이 찾아오는 삼촌의 여자가 있다. 삼촌과 소녀는 그녀를 받아들인다. 가족 구성원은 각자의 방식으로 조금씩 움직이고, 그 움직임은 새로운 가족을 만들어간다.

왜 이모가 그토록 가족을 떠나고 싶어 했는지, 또 왜 삼촌과 소녀는 떠나기를 갈망하다가 머물게 되었는지, 오직 가족이라는 단어 속에서만 이해될 수 있다. 책 뒤편에 실린 해설에는 "가족은 신학이다"라고 쓰여 있는데, 정말 공감한다. 가족은 인간 세계에 존재하지만 인간의 언어로는 설명이 안 된다. 단편 「나는 봉천동에 산다」에서 작가는 좀더 직접적으로 자신의 가족에 대해 이야기하고 있다. 봉천동 키드로 자라나 지금도 봉천동에서 소설을 쓰고 있는 그녀에게, 가족은 평생의 숙제였나 보다.

> 그러나 이러한 역사와 상관없이 나는 지금껏 봉천동을 떠나기 위해 필사적으로 노력했다. (중략) 여기보다 더 먼 곳. 지방이라면 더더욱 좋을 것이다. 내 꿈은 수없이 바뀌었지만 집을 떠나야겠다는 꿈만큼은 시간이 흘러도 변하지 않았다.
>
> 「나는 봉천동에 산다」, 조경란

가족이라는 울타리를 두고 평생 떠남과 머묾 사이에서 머뭇거리던 작가 자신의 마음이 저 문장 속에 녹아 있다. 결국 소설의 주인공은 봉천동에 남기로 한다. 떠나지 못한 것이었을까, 떠나지 않은 것이었을까. 아마도 둘 다였으리라.

가족은 언제나 떠나고 싶은 곳이면서 동시에 영원히 머물고 싶은 곳이기도 하다. 그런 점에서 가족은 사랑과 닮았다. 남인수의 〈청춘고백〉이라는 오래된 노래에서 "헤어지면 그리웁고 만나보면 시들하고 몹쓸 건 이내 심사"라는 가사가 나오는데, 가족이 딱 그렇다. 그러고 보니 인생 자체도 그렇다. 힘겹고 지겹지 않은 인생이 없다. 그런데도 모두들 무섭도록 생에 집착한다. 가족도 사랑도 인생도, 모두 벗어버리고 싶은 굴레이자 부둥켜안고 싶은 자유다.

나 역시 2남 2녀의 막내로 자라면서 빨리 어른이 되어 고향과 가족으로부터 벗어나고 싶어 했다. 서울로 오면서 소원이 이루어졌지만, 성취한 만큼 행복으로 이어지는 건 아니었다. 좁은 집에서 부대끼던 형제들과 부모는 이제는 매일같이 보고 싶고 궁금하다. 가장 무서웠고 멀리하고 싶었던 형은 가장 그리운 사람으로 바뀌었다. 그러나 옛날로 돌아가라 하면 또 서로를 할퀴며 살게 될 것 같다. 결국 가족이라는 문제는 '떠나서 그리워하는 것'밖에 다른 답은 없는 것인지.

조경란 작가와는 지금까지 여러 번 함께 북콘서트 무대에 섰다. 그때마다 나는 대놓고 조경란 팬클럽 회장을 자처한다. 10년의 암흑에서 나를 벗어나게 해준 작가였으니 그 보답을 해야

마땅하다. 그녀의 작품은 모두 다 읽었고, 동인문학상을 받을 때는 독자 대표로 찾아가서 축하해줬다. 7년간 공연을 하면서 「나는 봉천동에 산다」로 만든 노래를 가장 많이 부르지 않았나 싶다. 소설의 실제 배경인 봉천동 소재 관악구청에서 불렀을 때는 그 어떤 관객보다 나 자신이 받는 감동이 컸다. 노래 제목은 소설과 같은 〈나는 봉천동에 산다〉이다.

봉천동에 달이 뜨면 들려오는 속삭임
생의 한 조각이 빠져나간 구멍
나의 빛으로 채워줄게
그 달빛 아래 대문을 열고 골목길을 달린다
방황의 달음질 끝엔 언제나 나를 기다리는 늘 봄길

하늘의 위로를 제일 먼저 받는 곳
달빛의 속삭임을 제일 먼저 듣는 곳
아버지의 머리 위에 달이 얹혀져 있는
하늘과 가장 가까운 곳
나는 봉천동에 산다

이 소설이 탄생한 곳은 봉천동에서 가장 높은 지대에 위치한 옥탑방이다. 노래를 만들면서는 봉천동 골목을 구석구석 걸어

보았다. 표면적으로 보면 가장 힘겨운 인생 조건이라고 할 수 있지만, 문학의 눈은 그곳을 하늘의 위로와 닿아 있는 곳으로 본다. 그리고 하늘이 내려주는 위로와 힘은 가족이라는 그릇에 먼저 담긴다고 문학은 말해준다.

모든 집에는 투명인간이 산다

성석제의 『투명인간』(창비, 2014)은 가족이 인생의 전부였던 한 남자의 이야기이다. 실로 깊은 감명과 함께 읽었다. 내가 소설 속 시간을 주인공과 같이 살아낸 듯 몸이 뻐근하다. 문학이 아니면 어떤 장르도 이렇게 옛 시간을 완벽하게 지금 여기로 가져오지 못한다.

　주인공 김만수는 평생을 가족에게, 또 인연이 닿는 모든 사람에게 최고의 선을 베푼다. 김만수에게 고마움을 느끼는 사람도 있지만, 그렇지 않은 사람이 대부분이었다. 그래서 김만수는 평생 '투명인간'으로 살았다. 지금의 세상은 그와 같은 사람을 '멍청이'라고 부를 것이다. 그러나 나는 김만수를 닮고 싶다. 조금이라도 더 투명하게, 잘 안 보이도록, 그래서 사람들이 편하게 때로는 막 대하도록 그렇게 살아보고 싶다. 모두가 서로에게 투명인간이 될 수 있다면 어떤 세상이 될까. 평생 가족들에게 자기 것을 내어주기만 했던 김만수는 이렇게 말한다.

나는 우리 형제들이 나를 디디고 밑거름으로 삼아서 훌륭하게
되기를 바랐지. 혹시 나중에 뭔가 잘 안되어서 높은 자리에서
떨어지게 되면 어떻게든 떠받쳐서 재기하도록 도울 생각이고.
그런데도 나는 형제들, 식구들한테 분에 넘치는 사랑을 받았
어. 그냥 형제라고, 가족이라고 말이에요.

『투명인간』, 성석제 지음, 창비, 2014

　내가 그랬듯이, 이 소설을 읽으며 독자들은 저마다의 김만수
를 떠올리게 될 것이다. 우리 형은 지방 소도시에서 택시 운전
을 하며 살고 있다. 약삭빠른 면은 애초 없고 한없이 성실하다.
어릴 때부터 형은 나 때문에 가족들 사이에서 투명한 존재로 지
냈다. 내가 좀더 머리가 좋다는 이유로 형은 항상 뒷전이었다.
나는 어떤 일을 해도 칭찬을 받았고 형은 어떤 경우든 좋은 소
리를 못 들었다. 초등학교 갓 들어갔을 때쯤, 내가 저금통을 어
디 두었는지 못 찾겠다고 말했을 뿐인데, 어머니는 이유 불문하
고 형의 종아리를 사정없이 때렸었다. 결백을 주장하며 굵은 눈
물을 뚝뚝 떨어뜨리는 형을 보면서도 심약한 나는 아무 말도 하
지 못했다. 어린 마음에도 형의 결백이 느껴졌지만, 내 부주의
로 어디 두었는지 못 찾는다는 말을 용기 있게 하지 못했다.
　형은 사춘기를 지나면서 쌓였던 불만을 내게 조금씩 쏟아 붓
기도 했는데, 그 당시 내 마음은 형이든 나든 둘 중 하나는 집을

멀리 떠나는 게 좋겠다고 생각했다. 그럼에도 형은 내가 번듯한 대학에 장학생으로 입학했을 때, 자기가 못한 효도를 다하는 동생이라고 그렇게도 고마워했다. 그리고 졸업 후 대기업에 들어갔을 때 형은 일터에서 만나는 사람마다 '내 동생이 대기업 해외사업부에서 매일 영어로 일한다'고 자랑하며 다녔다. 내가 사업에서 크게 무너졌을 때는 그 가난한 살림 중에 모아둔 돈을 손에 잡히는 대로 들고 뛰어온 사람이 형이었다. 『투명인간』의 많은 페이지가 나의 눈물로 얼룩졌던 것은 김만수에게서 내 형의 인생을 읽었기 때문이다.

나는 소설 속 가족 모두의 총애를 받고 있는 맏이 '백수'와 같았고, 형은 모두의 관심에서 뒷전인 '만수'와 같았다. 아마도 형이 이 소설을 읽는다면 자기는 약삭빠른 인물 '석수'를 닮았다고 할 게 틀림없다. 김만수와 닮았다고는 생각조차 않을 사람이니까. 아버지가 돌아가시는 것을 상상도 할 수 없지만, 그때 무너질 내 마음을 형이 받쳐줄 것이라는 생각이 든다. 형은 그 순간부터 나의 아버지가 될 것이기에 나는 지금 아버지에게 하는 것과 똑같이 형에게 하려고 마음먹고 있다.

문학은 어쩌면 신앙의 세계와 비슷하다. 아무리 좋은 가르침이 있어도 그것이 개인의 구체적이고 인격적인 결단으로 스며들어가지 않으면 신앙의 힘은 발휘되지 않는다. 그처럼 문학도 누군가의 이야기가 아닌 나의 이야기로 스며들어오면 인생의 본질이 회복되는 기적이 일어난다.

나로서는 도저히 이 가슴 뜨거워지는 작품을 한낱 소설이라고 쉽게 말할 수 없다. 우리가 생이 다하도록 미처 못 볼 수도 있었던 소중한 일, 소중한 사람, 소중한 가족을 문학은 계속 찾아내고 있다.

『투명인간』을 읽고 나서 어느 행사장을 가든지 이 책을 꼭 추천하고 있다. 평소처럼 이 책 역시 읽고 나면 공연 현장에서 선물로 나눠줄 생각이었다. 하지만 그러기에는 어지러운 밑줄과 메모가 온 페이지를 점하고 있고, 너무나 많은 눈물 자국이 책 모양을 흐뜨려놓았다. 그냥 새로 몇 권 사서 나눠주고 있다.

소설 속 가족들은 김만수를 이용할 수 있는 대로 다 이용했지만, 김만수는 기꺼이 가족을 위해 자신의 인생을 지워나갔다. 지우고 지우다 보니 어느새 투명인간이 되어 있었다. 적게든 많게든 우리는 사랑하는 가족을 위해 하루의 얼마쯤, 인생의 얼마쯤 투명인간이 된다. 우리는 누구나 김만수를 조금씩 닮아 있다. 그렇기에 우리 앞에는 행복의 문이 빼꼼 열려 있는 것이다.

명봉역에서 만난 아버지

_문정희, 「명봉역」

낡은 안경

'문정희 귀하'라고 적힌 국제 소포가 도착했다. 외교관 생활을
하던 오빠가 보내온 소포였다. 시인은 천천히 포장지를 풀었다.
한쪽 다리가 부러진 안경이 들어 있었다. 아프리카, 남미, 카리
브 해를 오빠의 짐과 함께 떠돌던 안경. 오빠가 큰 수술을 앞두
고 이제는 동생이 보관했으면 좋겠다고 보내온 아버지의 유품
이었다. 렌즈는 오랜 세월의 흔적을 담아 뿌옇게 변해 있었다.
안경을 소중하게 받쳐 든 시인의 손바닥 위로 눈물이 두두둑 떨
어진다. 희뿌연 안경 너머 시인의 어린 시절이 보인다.

소녀는 기차 안에 앉아 있다. 대도시로 향하는 기차는 출발을 예고하는 기적을 울린다. 아버지는 플랫폼에 서서 기차 안을 바라보고 있다. 간이역에 쏟아지던 은소금 햇살은 조금씩 스러져, 이제 저녁노을이 아버지의 목에 목도리로 감겨 있다. 모두에게 엄하지만 유독 막내딸에게는 인자했던 아버지, 손을 흔든다. 그것이 신호인 것처럼 기차가 덜컹 움직이기 시작한다. 그때 새 한 마리가 운다. 잘 가거라 아가, 네 앞에 빙판길 있다. 잘 살피거라. 새는 아버지의 가슴 속 말을 소녀에게 전한다. 넘어지지 않도록 잘 살피거라. 아버지가 멀어져간다. 아버지의 안경이 반짝 빛나는가 싶더니 시야에서 사라진다. 그것이 건강하게 서 있던 아버지의 마지막 모습이었다. 그때 그 아버지의 안경이 오늘 시인의 손에 놓여 있다.

2010년 겨울, 문정희 시인과의 북콘서트 현장. 창밖에는 탐스러운 눈발이 흩날리고 있었다. 북콘서트의 분위기가 무르익어갈 무렵, 나는 무대에 나가 시인의 시 「명봉역」(『다산의 처녀』, 민음사, 2010)을 낭독하고는 그것을 다시 노래로 불렀다. 노래 제목은 〈새가 우는 역〉이다.

아직도 은소금 하얀 햇살 속에 서 있겠지
서울 가는 상행선 기차 앞에 차창을 두드릴 듯
나의 아버지 저녁노을 목에 감고

벚나무들 슬픔처럼 흰꽃 터뜨리겠지

지상의 기차는 지금 막 떠나려 하겠지

아버지와 나 마지막으로 헤어진 간이역엔

눈앞에 빙판길 미리 알고 봉황새 울어주던 그날

거기 그대로 내 어린 날 눈 시리게 서 있겠지

아버지와 나 마지막으로 헤어진 새가 우는 역

시에는 문정희 시인이 어린 시절 고향역에서 아버지와 이별하는 장면이 담겨 있다. 명봉역은 전남 보성군에 있는 간이역으로, '봉황새가 우는 역'이라는 뜻이다. 노래가 끝나자 관개들은 무대로 환호와 박수를 보내오는데, 정작 그날의 주인공인 시인은 굳은 모습이었다. 사회자가 한 말씀을 부탁하자 시인은 천천히 입을 열었다. "그 시는 나의 아킬레스건이에요. 왜 많은 시들 가운데 「명봉역」을 고른 거죠?"

나는 이유를 대지 못하고 어물거렸다. 그냥 읽자마자 내 마음을 완전히 무너뜨린 시였고, 내 인생을 설명하는 시였기에 그랬다. 그 시는 나 자신이었다. 대답은 해야겠기에, 그 시만 자꾸 읽히더라고 궁색한 변명을 했다. 시인은 잠시 굳어 있던 이유를 말했다. "입을 떼면 눈물이 같이 쏟아질 것 같아서 이를 물고 있었어요. 지금은 아버지가 사라진 시대죠. 이 시에서 자신의 아버지를 찾아내고, 나아가 자신의 인생을 찾아내는 마음, 귀하군요. 오늘 밤 이 전율을 어떻게 표현하면 좋을까요."

2012년 여름. 교통방송 주최 콘서트에서 시인과 다시 한 무대에 섰다. 그날은 아예 테마가 「명봉역」이었다. 시인이 먼저 낭독을 한 후 무대 뒤로 퇴장했고, 이어 내가 노래를 불렀다. "거기 그대로 내 어린 날 눈 시리게 서 있겠지" 코러스를 넣는 이가 북을 둥둥 울렸다. 관객들은 자신만의 명봉역으로 달려가고 있었다. 노래가 끝나고 무대 뒤로 갔을 때, 시인은 어두운 커튼 뒤에서 한껏 슬픔에 젖어 있었다.

그곳에서 새의 울음을 듣다

2014년 1월, 전남에서 공연을 마치고는 차를 몰아 명봉역을 찾아갔다. 상상 속의 명봉역을 훼손하기 싫어서 미뤄왔지만, 이제는 직접 봐도 괜찮을 자신이 생겼다. 간이역은 바로 앞에 다가갈 때까지 그 모습을 나타내지 않을 정도로 작았다. 바로 앞에 다가서도 앞마당의 나무가 역보다 더 커 보였다.

문을 열고 대합실로 들어섰다. 왼쪽에는 햇살이 드러누운 긴 나무의자가 있고, 오른쪽에는 열차시간과 운임이 적힌 안내판이 걸려 있다. 그러나 승차권 판매창구는 막혀 있고, 역무원도 없다. 창구 옆으로는 조그만 책장이 하나 놓여 있을 뿐이다.

적막한 플랫폼. 미리 챙겨온 시집을 꺼냈다. 「명봉역」은 다 외우고 있지만, "아직도 은소금 하얀 햇살 속에 서 있겠지…" 시집의 활자를 훅 불어서 날릴 듯이 또박또박 천천히 읽었다. 시를 명봉역에 뿌리고 저 멀리 철로의 끝을 바라보았다. 잠시 후 비현실적이게도 기차가 들어왔다. 정차하지 않고 무정하게 떠나가는 기차의 뒷모습을 사라질 때까지 바라보았다.

"네 앞에 빙판길 있다. 잘 살피거라." 혼잣말이 나왔다. 한겨울의 햇살도 목에 감아보았다. 나는 늙어 있었다. 지금 이별을 하면 언제 다시 만날지 기약할 수 없는, 어쩌면 이것이 마지막 이별이 될지도 모르는 운명을 지닌 아버지였다. 인간의 갈망은 유한에서 온다. 영원히 유지할 수 없기 때문에 지금의 모든 것이 간절하고 절박하다. 나는 그 누구라도, 모르는 사람이라도 보고 싶어졌다. 명봉역은 내게 또 하나의 그리움을 안겨주었다. 그리움을 잊은 자여, 명봉역의 플랫폼에서 다시 그리움의 기차를 기다려보시기를.

역사 뒷마당 담벼락 밑으로 잔설이 있었다. 한 움큼 손에 쥐어보았다. 세월이 흘러도 한겨울의 눈은 어김없이 다시 명봉역을 찾아온다. 하지만 사람만은 다시 오지 않는다. 아, 유한자有限子의 쓸쓸함이란. 다시 대합실에 들어와 문고 앞에 섰다. 못난 나무가 산을 지킨다더니, 사람들의 관심을 덜 받을 책들이 꽂혀 있었다. 책들 사이에 내가 가져온 시집을 꽂았다. 누군가 이곳 명봉역에 와서 책장을 물끄러미 보다가 이 시집을 발견하고 가져가겠지. 나의 선물이니 기꺼이 가져가시라. 책장아, 다음에 올 때는 두 권을 꽂아줄게. 차 안의 거울에 담긴 명봉역이 점점 작아지고 있었다. 잠시 아버지의 안경이 은소금 햇살에 반짝였던가. 나는 이제 떠나는 소녀가 되어 있었다. 길은 조금 미끄러웠고 그럴수록 새 울음소리는 더 크게 들려왔다.

명봉역을 다녀온 후로 내게 하나의 변화가 생겼다. 전에는 봉사라고 생각되던 일이 이제는 그리움을 찾아가는 일로 변한 것이다. 기회가 닿으면 쓸쓸한 아버지, 어머니들과 노래하는 시간을 즐긴다. 다녀보면 자식과 물리적, 심적 거리를 두고 사는 사람들이 이렇게나 많다는 것을 알게 된다. 도대체 어떤 일이 있어야 부모와 자식이 서로 안 보고 살게 되는지 모르겠다. 쓸쓸한 아버지들이 노래로 한시름 잊는 모습을 대할 때면 내가 무엇을 할 때 가장 행복한지를 발견하게 된다.

문정희 시인은 「쓸쓸」에서 "길을 걸으면 마른 가지 흔들리듯 다가드는/ 수많은 쓸쓸을 만나네/ 사람들의 옷깃에 검불처럼 얽혀 있는 쓸쓸을/ 손으로 살며시 떼어주기도 하네"라고 노래했다. 내 사는 날 동안 인생의 쓸쓸을 떼어주는 노래를 부르고 싶다. 그리고 기차를 떠나보낸 아버지의 마음을 전하는 새의 노래를 부르고 싶다. 듣는 누군가는 그 옛날 자기만의 플랫폼을 다시 찾아와 그리움을 회복할 수도 있지 않겠는가.

아버지의 뒷모습

일본 영화감독 고레에다 히로카즈의 초기 작품 〈환상의 빛〉을 보면, 아내와 갓난아기를 둔 평범한 남자가 빛을 따라 사라진 이야기가 나온다. 여느 날처럼 남자는 자전거를 타고 퇴근하는 길이었고, 옆 철로에는 전조등을 밝힌 기차가 달리고 있었다. 기차가 저만치 앞서가기 시작하자 남자는 페달을 힘껏 밟으며 기차의 불빛을 따라 달리기 시작했다. 그리고 남자는 돌아오지 않았다. 영화는 왜 남자가 기차와 함께 사라져갔는지, 왜 사랑하는 아내와 아기를 두고 인생의 선로를 벗어났는지 설명하지 않는다. 다만 영화 내내 여러 모습으로 명멸하는 빛들을 보여주기만 할 뿐이다. 남자는 생의 의미를 상실하여 어둠으로 달려간 것일까, 아니면 생의 또 다른 빛을 향해 달려간 것일까.

박범신의 장편소설 『소금』(한겨레출판, 2013)에도 사라지는 아버지의 뒷모습이 있다. 사회적으로 성공한 남자 선명우는 어느 날 퇴근길에 집 앞까지 왔다가 언덕길 위의 집을 물끄러미 바라보고는 발길을 돌린다. 그러고는 영원히 집으로 돌아오지 않는다. 그 누구도 심지어 가족들도 그가 사라진 이유를 모른다. 분명한 사실은 그가 자신의 의지로 집의 반대 방향을 향해 걸어갔다는 것이다.

나는 책장을 넘기지 않고 그의 뒷모습을 한참이나 바라보았다. 그 뒷이야기는 어떻게 되어도 좋았다. 내가 읽고 싶은 이야기는 그의 뒷모습에 다 들어 있었다. 그를 떠나게 한 사소한 이유들은 몇몇 있었다. 하지만 정말 그의 등을 떠민 것은 아무도 자기 마음을 모른다는 절망감이었다.

주위를 둘러보면 아버지의 마음속에 깊이 들어가는 가족 구성원이 드물다는 것을 어렵지 않게 알 수 있다. 그동안 우리는 아버지에게 권력과 의무 두 가지를 부여해왔다. 그 두 단어는 필연적으로 구성원과의 거리감을 동반한다. "가까이에 있어도 다가서지 못했던 그래 내가 미워했었다, 긴 시간이 지나도 말하지 못했던 그래 내가 사랑했었다"라는 인순이의 노래 〈아버지〉의 가사처럼 가족은 아버지와 멀리 떨어져 있었다. 우리는 아버지란 이름에 끝없는 존경을 표하면서도, 그 개인의 인생에 대해 애정을 표하지 않았다. 그래서 아버지는 고독했다. 외로운 장거리 주자였던 아버지와, 응원이 최고의 선물인 줄 알았던 우리. 이제 우리는 관중석을 내려와서 아버지와 같이 트랙을 뛰며 서로의 페이스 메이커가 되어야 한다.

내 아버지는 어머니와 결혼할 즈음 지역에서 잘나가는 청년 실업가였다. 규모 있던 방직공장에 세차를 두고 세 번이나 불이 나자, 아버지는 더 이상 버티지 못 하고 몸져누웠다. 영정사진을 찍어놓고 바닷가에서 수년간 요양하던 아버지는 다시 집으로 돌아와 몸을 쓰는 노동을 시작했다. 그게 막걸리 배달이었다. 극도의 부에서 극도의 가난으로 이동하면서도 가장의 자리를 지켜준 아버지. 내가 어른이 되어서야 그 고마움을 제대로 깨닫는다. 우리 4남매는 구김 없이 자라났다. 4남매의 반듯한 성장을 위해 얼마나 많은 당신 속의 구김을 껴안고 살아야 했을까. 그래서 나는 아직 막걸리를 목으로 잘 넘기지 못한다.

얼마 전 아버지가 속이 많이 불편하다고 해서 병원에 모시고 갔다. 실로 오랜만에 아버지의 배를 보았다. 생명의 습기가 거의 다 빠져나간 피부. 내 눈에는 그것이 말라붙은 막걸리 자국으로 보였다. 평생 아버지의 옷에 덕지덕지 붙어 있던 막걸리 자국을 쏙 빼닮아 있었다.

고향 집에 가서 자는 날 밤이면 여든이 넘은 아버지의 힘겹고 고통스러운 기침 소리를 듣게 된다. 기침은 아버지를 놓아주지 않고 깊은 밤의 긴 시간을 괴롭힌다. 눈을 뜬 채 그 기침소리를 듣는다. 생의 가장 깊은 아픔이 바로 이런 순간에 찾아온다. 나는 아버지가 없는 세상을 상상할 수 없다. 과연 아버지와의 이별을 감당할 수 있을까. 나만의 명봉역을 아름답게 마음에 남길 수 있을까.

밥을 먹으면 몸을 움직일 힘이 생기고, 문학을 읽으면 마음을 움직일 힘이 생긴다. 기차를 타고 어느 간이역을 지나게 된다면 당신만의 명봉역을 떠올려보라. 시장에서 하얀 소금을 보면 아버지의 뒷모습을 떠올려보라. 시간을 놓친 그리움은 회한을 남기지만, 곁에 있는 사람에 대한 그리움은 생의 가장 큰 행복을 남긴다.

문학을 읽으며 답을 찾으려고 애쓰거나 이야기의 결말에 얽매이지 말라. 그저 '왜'라는 질문이 끝없는 메아리로 다가와 잠을 설치게 만들면 그것으로 모든 답을 얻은 것으로 알라. 그 질문에 답하려고, 답을 찾으려고 길을 나서는 당신은 이미 생의 답을 받은 것이다. 『소금』을 읽고 아버지의 뒷모습이 떠올라 뒤척이는 밤을 맞이해보라. 문학은 뒤척이기 위해 읽는 것이다. 거기, 누군가의 아버지여, 이제 월계관을 받으소서.

문학의 다른 이름은 어머니

_공선옥, 『자운영 꽃밭에서 나는 울었네』

지금은 어쩌다 보니 '북뮤지션'이라는 과분한 타이틀을 갖게 되었지만, 무작정 문학이 좋고 노래가 좋아서 창작을 하기 시작한 2007년의 나는 지금보다 훨씬 순수했다. 블로그의 가까운 이웃들과 책 이야기를 하고 함께 노래를 나누고자 매일 즐겁게 창작에 몰두했다. 내가 읽고 싶은 책을 골라 읽었고, 감동에 떠밀려 그 책을 노래로 만들었다. 지금의 창작은 그때만큼 순수하지 못하다. 행사가 정해지고 그에 따라 노래를 만들어야 하기 때문이다. 하지만 반대로 생각하면 내 취향대로만 읽고 창작하던 것에서 벗어날 기회도 되었다고 본다. 작가와 주제 도서가 정해져도 해당 작가의 작품 여러 개를 읽고 그중 가장 많이 내 마음을 흔든 작품을 노래로 만들고 있다.

2007년 10월, 그러니까 지금부터 딱 7년 전이다. 블로그를 열었더니 이웃 B의 안부글이 올라와 있었다. 그즈음 내가 블로그에 올린 창작곡을 들었는데 아주 좋았다면서, 책 한 권을 추천할 테니 그걸 노래로 만들면 아름다운 작품이 나올 것 같다고 했다. 그 책이 소설가 공선옥의 에세이『자운영 꽃밭에서 나는 울었네』(창비, 2000)다. 그렇게 쉬워 보이면 당신이 한번 해보라고 장난삼아 댓글을 달려고 했는데, 이어지는 몇 줄이 내 마음을 움직였다.

B에게는 하루 벌어 하루 사는 싱글맘 친구가 한 명 있었다. 하루는 그 친구가 울먹이며 B에게 전화를 했단다. B가 놀라서 "왜 그러니, 무슨 일 있니" 했더니 아무 일도 아니고 그저 책 한 권 읽었는데 이렇게 됐다고 답해왔단다. 싱글맘이 힘든 일을 마치고 집에 오는 길에 우연히 그 책을 사와서는 아이를 재우고 읽기 시작했는데, 밤새 눈물이 멈추지 않았고 다음 날 아침 B에게 전화를 한 것이었다. B도 그 책을 사서 읽었는데 꼭 나에게 추천해주고 싶어서 글을 남긴다고 했다. 왠지 마음이 움직여서 알았다고 했다.

자운영 꽃밭에서 느낀 엄마의 품

다음 날, 주문한 책이 도착했다. 다들 퇴근하고 혼자 남은 사무실에서 책을 폈고, 조금만 읽고 간다는 것이 밤늦도록 읽게 되었다. 「자운영 꽃밭에서 나는 울었네」는 그 책에 담긴 여러 산문 중 하나였는데, 분량이 얼마 안 됐기 때문에 그 자리에서 여러 번을 반복해서 읽었다. 그치지 않는 눈물 탓에 책을 덮어놓고 잠시 서성이다가 사무실 문을 잠그고 지하철을 탔다. 내 앞에서 흔들리는 지하철 손잡이들을 보고 있으니 자운영 꽃들이 센 바람에 흔들리는 것 같아 또 눈물이 나려 했다. 손잡이는 그 싱글맘의 인생처럼, 그리고 월급 대부분이 채무변제로 빠져나가던 당시 내 상황처럼 마구 흔들리고 있었다.

섬진강에 가보고 싶었다. 하지만 나에겐 그런 호사스러운 여행을 위한 돈이 없었다. 자운영을 닮은 손잡이는 계속 흔들렸다. 그때 멜로디가 떠올랐다. 딱 네 마디의 짧은 멜로디. 조금이라도 시간을 끌면 바로 잊어버릴 수도 있기에 몇 번이고 되뇐 후 녹음기를 꺼내 허밍으로 녹음을 해두었다.

이틀에 걸쳐 수십 번을 더 읽으며 가사를 뽑아냈다. 아주 좋은 가사에는 이미 곡이 들어 있다. 그래서인지 곡은 불과 한 시간 만에 써졌다. 지하철 안에서 흔들리던 자운영이 내게 건넸던 한 소절의 멜로디에 살을 조금씩 붙여나간 것뿐이었다. 그만큼 창작에서 핵심이 되는 한 소절의 힘은 크다. 이후로 글을 쓰든 작곡을 하든 나는 어느 한 소절에 매달린다. 전체를 잘 구성하겠다는 욕심이 앞서면 창작은 엄청난 부담으로 다가오지만, 빛나는 한 소절을 얻겠다는 가벼운 마음을 가지면 최고의 결과가 나온다.

가사와 곡을 완성하고 녹음을 하는데, 일요일 오후 집 앞의 놀이터를 쩌렁쩌렁 울리는 아이들의 노는 소리가 들려왔다. 닫힌 창문 너머 놀이터는 자운영 꽃밭으로 변해 있을 것만 같았다. 그 속에 어린 내가 뛰놀고 우리 엄마는 내가 이해할 수 없는 세상사 때문에 울고 있는 모습이 보이는 듯했다. 녹음된 노래를 들고 가서 지인에게 들려주었다. 책이나 가사에 대한 아무런 사전 정보도 주지 않고 그냥 이어폰을 귀에다 꽂아주었다. 노래를 듣고 난 그녀는 엉엉 울었다. 곧바로 노래를 블로그에 올렸다. 다음 날 이웃 B가 친구에게 들려주었다고 했다.

문학의 위안이 모두를 감싸는 것을 우리는 함께 경험했다. 이후로 많은 공연장에서 이 노래는 단골이 되었다. 남들은 모르는 자기만의 슬픔을 갖고 있는 사람들은 이 노래에 깊이 마음을 기대왔다. 무대 위의 나도, 객석의 그들도 슬픔에 젖었지만 그 슬픔이 곧 또 다른 인생의 다짐으로 전환되는 것을 느꼈다. 양귀자 소설의 제목처럼 "슬픔도 힘이 된다"는 것을 우리는 함께 경험했다. 다음은 『자운영 꽃밭에서 나는 울었네』에 내가 곡을 붙인 노래이고, 제목은 에세이 제목과 같다.

섬진강변 자운영 꽃밭 누워 있으면

학교에서 배운 노래 부르며 어린 내가 옵니다

집에 가면 배고프고 자운영은 아름다워

즐거운 노래 끝에 눈물꽃 피어납니다

싱그럽고 안타까운 오월 저녁 냄새는 울 엄마 냄새

구슬프게 울어쌓는 쑥국새 소리는 울 엄마 소리

황량히 메마른 우리 집에도 뭔가 흐드러졌으면

온 들에 피어있는 자운영처럼

즐거이 노래 부를수록 눈물이 나는 건

자주 구름 꽃밭이 너무 아름다워서일까요

나 이 세상 떠난 그때 우리 아이들도

이 꽃밭에 얼굴을 묻고 제 아이들 몰래 울까요

가난한 제 어미와 함께 놀던 섬진강가의 한 때

꽃들과 함께 울었던 엄마가 못 견디게 그리워서요

오월의 들녘엔 불붙는 슬픔이 가난한 가슴 흔드네

자운영 꽃밭에서 나는 울었네

자운영 꽃밭에서 나는 울었네

이 노래를 만들고 몇 년이 지나서야 섬진강에 가볼 수 있었
다. 때는 5월이라 책 속에 있던 풍경대로 자운영이 흐드러져 있
었다. 자줏빛 구름을 닮은 꽃밭에 팔베개를 하고 누웠다. 오월

의 자운영 꽃밭은 엄마 품 같았다. 엄마와 나는 다음 세상에서 만나게 될까. 제발 다음 세상이란 것이 있어야 할 텐데. 반짝이는 내 유년을 만들어주기 위해 엄마는 얼마나 많은 눈물을 내 머리 위에 부었을까.

자식은 콩나물이다. 엄마의 눈물을 붓고 또 부어서 키가 자라는 콩나물. 어릴 때 내 머리맡에는 콩나물 항아리가 놓여 있었고 엄마가 물을 붓는 소리가 잠결에 아스라이 들리곤 했다. 콩나물 위에 부어지는 물은 금방 빠져서 콩나물을 잠깐 적실 뿐이었다. 그래도 콩나물은 잘 자랐다. 엄마는 잠이 깰 때마다 어리디 어린 콩나물에 물을 부었다. 콩나물도 나도 엄마 덕분에 쑥쑥 자랐다.

내가 만나게 된 문학은 콩나물에 물을 주는 엄마의 손길과도 같았다. 문학은 현실에서 큰 효용성이 없는 듯 보인다. 사람들은 우선 먹고사는 데 도움이 되는 책을 먼저 찾는다. 그러나 나는 콩나물을 키우는 물 같은, 그 물을 붓는 엄마의 손 같은 문학의 효용성을 잘 알고 있다. 물질에 휩쓸리던 우리의 제자리를 회복시켜주고, 물질을 다스리며 살 지혜와 힘을 문학은 제공한다. 지친 사람에게는 위안이 곧 힘이다. 엄마는 자식에게 위안이고, 문학은 인생의 위안이다. 오늘의 파도를 헤칠 힘을 우리는 어디서 찾고 있는지. 다시 엄마를 불러볼 일이다. 다시 문학을 펼쳐볼 일이다.

몇 달 후, 이 노래를 공선옥 작가 강연회에서 부를 기회를 가졌다. 행사가 끝나자 공선옥 작가는 어쩌다 이렇게 신파극을 만들었느냐고 놀렸고 우리는 함께 웃었다. 애처로운 인생들을 향한 연민으로 가득한 그녀의 화장기 없는 얼굴을 보며 나는 감사의 속말을 했다. 이렇게 아름다운 글에 작가님 인생을 받쳐줘서 고맙다고. 우리는 그 영양분으로 산다고.

그 어떤 문학도 엄마의 인생보다 위대하지 않다

한때 문화예술계에는 '엄마' 열풍이 불었다. 소설도 연극도 영화도 모두 엄마를 무대로 불러냈다. 힘든 세상살이에 위안과 격려가 필요해서였을 것이다. 거의 모든 예술 장르에서 엄마 시리즈는 계속 쏟아져 나왔다. 사회가 힘들어졌다는 증거였다. 자식들은 힘든 때가 아니면 엄마를 잘 찾지 않기 때문이다. 우리는 늘 기억해야 하는 엄마의 사랑을 돌아서면 잊는다. 신경숙의 『엄마를 부탁해』(창비, 2008)처럼 엄마가 사라지거나 또는 구효서의 「소금가마니」(『시계가 걸렸던 자리』, 창비, 2005)처럼 엄마가 우리 곁을 영원히 떠났을 때에야 비로소 우리는 그 빈자리를 보며 탄식한다. 엄마가 곁에 있을 때 그 존재의 고마움을 아는 지혜를 갖기 위해 우리는 엄마 이야기를 보고 듣고 읽어야 한다.

어머니는 아이를 들쳐 업었다. 이미 글렀다고 말하는 아버지를 핏발 선 눈으로 노려보았다. 분노와 증오의 찌꺼기로 태어난 아이라서 하나쯤 더 죽어 없어지는 걸 대수롭잖게 여기는 거냐고 소리를 질렀다.

「소금가마니」, 구효서 지음(『시계가 걸렸던 자리』, 창비, 2005)

평소에는 아버지의 폭력에 한 번도 대꾸하지 않았던 어머니가 둘째 딸이 나무에서 떨어져 숨이 붙었다 떨어졌다 하는 지경이 되자 지독한 광기를 표출한다. 이미 늦었으니 포기하라는 아버지의 호령에 평생 처음으로 반항을 한다. 그러고는 아이를 둘러업고 병원이 있는 이웃 마을로 뛰어간다. 이웃 마을로 가는 길은 장마로 불어난 하천이 가로막았다. 어머니는 톱으로 거대한 나무를 잘라 쓰러뜨려 그것을 다리 삼아 강을 건넜다. 온통 피가 맺힌 손바닥으로 아이를 받치며 뛰다 보니 아이가 어느 순간 숨을 쉬기 시작했다.

어머니의 광기가 아이를 살렸다. 이후 어머니는 다시 말없이 폭력을 감당해내는 사람으로 돌아와서 평생을 살았다. 작품 속 어머니의 일생은 어둡고 습한 창고에서 두부를 만들기 위해 간수를 뚝 뚝 흘리고 있는 소금가마니와 같았다. 세상의 어둠과 습기를 자신이 다 빨아들이고, 사랑과 희생의 간수를 흘려 자식들에게 생명의 연속성을 두부처럼 만들어주었던 어머니. 그 어머니의 마지막은 이랬다.

의식이 오락가락하자 자식들은 눈물을 질금거리며 어머니에게 달라붙었다. "가시면 안돼요. 천년만년도 더 살아야 돼요. 어머닌 그럴 자격이 있어요." 어머니는 들릴 듯 말 듯, 입술을 달싹이며 말했다. "너, 희, 들, 이, 살, 아, 있, 잖, 니……."

너희들이 살아 있잖니! 모든 어머니의 마음을 어찌 이리도 잘 표현했을까. 읽은 지 몇 년이 지났어도 이 문장은 마음에서 뽑히지 않고 깊게 뿌리 내리고 있다. 인생이 소멸하지 않고 영원성을 획득할 수 있는 것은 바로 이런 어머니의 마음 때문이다. 자식은 나중에 어머니가 되어 또다시 자기 자식에게 영원을 부여한다. 그렇기에 인간은 한생을 마감했다고 그 자체로 종말을 맞이하는 존재가 아니라, 사라짐에도 영원히 사는 역설을 만들어내는 존재가 된다.

『엄마를 부탁해』로 여러 차례의 북콘서트를 했다. 콘서트장에는 늙은 엄마, 젊은 엄마, 그리고 먼 훗날 엄마가 될 아이들이 모두 몰려왔다. 아주 폭넓은 세대가 모였음에도 작가의 이야기나 책 테마곡은 모든 이들에게 잘 스며들어갔다. 엄마라는 말에는 세대의 차이를 염두에 둔 설명이 따로 필요 없었다. 이 소설로 세 곡의 노래를 만들었는데 그중 하나를 소개한다. 제목은

〈엄마의 세계를 살아갈 거야〉다.

> 한 여자, 태어난 기쁨도 소녀의 꿈도 잊은 채
>
> 결혼을 하고 다섯 아이를 낳고
>
> 아이들이 커가는 동안 점점 사라진 여인
>
> 그럼에도 엄마는 한 세계였다
>
> 끊이지 않고 반복이 되던 엄마의 일상 그 위대한 세계
>
> 내가 마침내 이루고 싶은 세계
>
> 그 세계를 걷고 걸어 살고 또 살아서
>
> 그 여인을 만나고 싶어
>
> 엄마의 모든 일 그걸 해냈던 엄마를
>
> 아무도 기억 않는 엄마의 일생을
>
> 세월의 어딘가에 묻혔을 엄마의 꿈을
>
> 사랑한다고 존경한다고 나는 말해주고 싶어
>
> 엄마의 세계를 살아갈 거야

이 세상에서 가장 두꺼운 소설책은 엄마의 인생이다. 그 어떤 문학도 한 엄마의 인생 앞에 엎드려야 한다. 당연하다. 이 세상 어떤 문학이 우리들의 어머니만큼 위안을 주는가 말이다. 적어도 이 세상에서의 신은 어머니다.

공선옥은 말했다. 모든 유년은 꼭 아름다워야 한다고. 하지만

조금만 눈을 돌려보면 어둡고 추운 유년이 너무나 많다. 문학은 우리에게 '모든 아이의 부모'가 되라고 권한다. 아이들만큼은 그늘 없이 지내게 해주라고 요청한다. 나의 유년은 정녕 아름다웠다. 그 아름다운 빛깔은 어머니가 다 칠해주었다. 유년이 아름다운 사람은 평생을 아름답게 산다. 아름다운 추억은 현실의 상처를 덮고 새살을 돋게 하는 가장 좋은 치료제다.

하명중 감독의 영화 제목처럼 "어머니는 죽지 않는다." 육신의 한계를 넘어서 어머니는 우리와 함께 영원히 살고 있다. 우리는 또 누군가의 어머니가 된다. 그리하여 인생은 영원하다. 문학 덕분에 나의 이런 깨달음은 조금 더 깊어졌다. 문학은 따뜻하고, 부드럽고, 그러면서 때론 슬픔에 잠긴 자를 감싸 안고, 광기 품은 눈으로 울부짖기도 한다. 문학은 활자로 뿌려진 어머니의 마음이다. 지금껏 문학을 멀리했다면 그대여, 이 따뜻한 마음에 그대의 찬 손을 녹여보지 않겠는가. 그대도 누군가의 엄마가 돼보고 싶지 않은가. 인간의 구원이 시작되는 순간을 경험해보고 싶지 않은가.

4장

북콘서트에서
만난 인생들

―――――

나는 노랫말처럼 꿈의 장대를 짚고 저 달로 뛰어오르고 싶었다.

사람들이 그곳에는 황량한 토양만 있을 뿐

바다는 착시현상이라고 알려줘도,

나는 달에 있는 바다를 믿었고 그곳에 첨벙 빠져보고 싶었다.

나를 압박하는 일상의 슬픔을

우주공간에 반짝이는 이슬로 흩뿌려보고 싶었다.

꿈이란 게 비록 다다를 수 없는 거짓이라 해도

그 거짓을 기꺼이 믿고 싶었다.

　　―「꿈이 현실을 만날 때」 중에서

유쾌한 문학

_천명관, 『고령화 가족』
_박민규, 『삼미 슈퍼스타즈의 마지막 팬클럽』

나는 항상 웃는다. 누군가를 만나 이야기를 나눌 때도, 혼자 있을 때도 웃는다. 나는 눈물이 많은 사람이지만 그렇게 우는 것도 잘 웃기 위해서다. 더 정확히 말하자면 보통 사람들보다 훨씬 더 많이 울고 웃는다. 내가 웃음을 생의 동반자로 지니게 된 것은 아버지가 열다섯 살의 나에게 쏟았던 정성 때문이다.

초등학교를 지나 중학교에 들어가서도 내 통지표(요즘의 가정 통신문 정도 되는데, 학생들이 가장 무서워하는 것이었다)에는 늘 "발표력이 부족하고 내성적"이라는 꼬리표가 붙어 있었다. 집에서는 종일 말 없는 아이였다. 친구들과도 잘 어울렸지만 거의 다른 아이들의 말을 들어주는 편이었다. 그런 점이 걱정되었던 아버지가 퇴근길에 오디오 테이프를 하나 사오셨다. 코미디언 서영춘과 백금녀의 만담이 들어 있는 테이프였다. 공부하다 심심하면 그걸 들었는데, 한 달 정도 지나니 그 만담을 토씨 하나 안 틀리고 다 외우게 되었다. 하지만 여전히 집에서는 말이 없었기에, 아버지는 내가 그 테이프를 매일 듣는지 모르고 있었다.

여름방학이 되고 당시 내가 다녔던 성당의 여름 수련회에서 일은 터졌다. 수련회가 늘 그렇듯 조별 장기자랑이 있었는데, 사람들이 짓궂게 내 등을 떠밀어 무대 위로 올라가게 했다. 말도 없고 내성적인 아이가 무대 위에서 진땀 빼는 코미디를 보고자 한 거였다. 30초 후, 200여 명의 사람들이 배를 잡고 나뒹구는 바람에 내 만담은 한참 중단되었다. 이윽고 사람들은 내 이름을 외치며 계속하라고 재촉했고, 나는 약 10분간 서영춘과 백금녀 역할을 번갈아 하며 만담을 끝냈다.

수련회를 끝내고 집으로 온 나는 다시 침묵수행의 일상을 회복했다. 어느 날 밤, 내가 먼저 잠이 든 시간에 아버지가 퇴근했다. 언뜻 잠이 깨어 아버지께 인사하려고 눈을 뜨려는 순간, 술취한 아버지가 흥분한 목소리로 어머니에게 말했다. "며칠 전 성당 수련회에서 신부님이 그랬대. 저 애는 누구 집 애인데 저리 까부냐고. 집에서 속깨나 썩이겠다면서 혀를 찼다는구먼. 집에서만 말 없지, 밖에서는 아주 잘 노는 것 같아." 나는 다시 눈을 감고 자는 척을 했다. 아버지가 나의 이중성을 알아버린 날이었다. 그런 이중성은 지금까지도 유지되고 있어서, 퇴근 후 슈퍼맨으로 변신하는 일상을 한껏 즐기고 있다.

패잔병이어도 웃어라

중학생 때 그 일 이후로 나는 조금씩 남에게 즐거움을 주는 사람이 되어갔다. 스무 살이 지나고 내 정신이 문학에 귀의하게 된 이후에는 그 웃음에 더 많은 의미들을 담기 시작했다. 순간의 즐거움과 인생의 환희를 동시에 담아 웃으려고 했다. 국화 한 송이를 피우기 위해 일찍이 봄부터 소쩍새가 운다고 했다. 한 번의 웃음이 터지기 위해 슬픔과 침묵과 아픔의 꽃망울이 한동안 웅크리고 있어야 한다는 것을 알게 되었다. 사람들은 모두 슬픔과 웃음이 피워낸 꽃이다. 진정 유쾌한 웃음은 깊은 슬픔의 수맥이 피워올린 결과물이다. 뿌리 없는 웃음은 순간의 파열음이며, 뿌리 깊은 웃음은 오래 퍼지는 메아리다. 문학은 우리가 더 큰 메아리로 웃을 수 있도록 해준다.

한국문학은 그동안 웃음을 갖기 힘들었다. 문학은 그 시대의 거울이기에, 나라와 민족이 험한 세월을 보내는 동안 문학 혼자서 웃을 수는 없는 일이다. 문학은 사람들의 상처를 싸매기에도 바빠 웃을 겨를이 없었다. 현대사에서 가장 아팠던 시기에는 참

여문학과 순수문학으로 시대를 담는 모습이 나눠지기도 했다. 그 모두가 사람들 곁에 가까이 있고자 했던 문학의 소중한 몸짓이었다. 사람들은 웃을 날을 기다렸다. 경제적으로 잘살게 되고 민주화가 되면 웃을 날이 올 거라 믿었지만, 경제는 바른 모습으로 성장하지 못했고 평범한 사람이 나라의 주인이 되는 길은 아직 보이지 않는다. 문학은 지금도 혼자 잘 웃지 못하고 있다. 하지만 누군가 먼저 웃어야 한다. 군중은 눈치를 보며 따라 하는데 익숙하다. 선구자가 필요하고 리더가 필요한 세상이다. 문학은 군중의 머리와 입에서 나오기 힘든 말을 해내야 한다. 책은 그래야 책이고, 작가는 그래야 작가다.

모두가 고개 숙인 시대에 유머를 던지는 작품은 더없이 반갑고 소중하다. 천명관의 『고령화 가족』(문학동네, 2010)은 이유를 불문하고 독자를 웃게 만드는 작품이다. 원래 강한 웃음은 도저히 웃을 수 없는 상황에서 터지는 웃음이다. 누군가 감시하고 있는 상황에서 터져 나오는 웃음을 참지 못할 때, 또는 바닥을 디디고 서서 더 이상 두려울 것 없는 상태에서 호탕하게 웃을 때, 그 웃음은 폭발력이 강하다. 이 소설의 주인공 가족은 후자의 경우다.

주인공 오 감독은 영화밖에 할 줄 아는 게 없는 실패한 감독이다. 올인했던 영화는 쫄딱 망했고 아내는 보따리를 싸서 떠났다. 더 이상 기거할 곳 없이 내몰린 오 감독은 엄마의 집으로 들어갔다. 그곳에는 쉰두 살의 형 오함마가 먼저 둥지를 틀고 있었다. 며칠 되지 않아 여동생 미연이 딸 하나를 데리고 엄마 집에 합류했다. 전과(형), 파산(오 감독), 이혼(여동생)의 명패를 하나씩 달고 모인 가족의 평균 나이는 49세. 미연의 딸이 평균을 낮추었음에도 고령화 가족이다. 꿈을 안고 일찍 집을 떠났던 구성원들은 세상과 부대끼며 생긴 상처만 안고 집으로 돌아왔다. 이 흉물스러운 어제의 용사들이 다시 뭉쳤는데도 엄마는 이전보다 활력이 생겼다. 이제라도 힘을 내서 세상과 맞서라는 건지, 어려운 살림에 고기를 자주 사와서 자식들에게 먹인다.

엄마의 응원 덕분인지 자식들이 다시 가닥을 잡는 것도 같다. 미연은 착실해 보이는 새 남자를 데려오고, 오 감독은 삼류 영화 촬영에 들어가고, 오함마는 그럴듯한 업소의 바지사장이 된다. 그리고 엄마는 옛사랑을 다시 만난다. 영화라면 자다가도 일어나 뛰쳐나가는 작가가 쓴 소설은 영화를 잉태했다. 이 소설은 2013년에 영화로 만들어졌다. 물론 원작소설이 몇 배는 재미있다. 이 작품을 읽고 내가 만든 노래 〈고령화 가족〉을 소개한다. 경쾌한 리듬으로 만들어선지 북콘서트에서 인기곡이다.

제때 제때 떠났지만 세상살이에 깨어지고 무너지고 세월에 시들고
어제의 가족들이 다시 한 번 뭉쳤다 우리는 고령화 가족

인생이란 한 편의 영화처럼 쉽게 깔끔히 끝나는 게 아니란 것을
그땐 정말 몰라도 너무 몰랐었지 애초 불가능했던 해피엔딩
이제 남은 건 부서진 희망들 굳이 지난 일 잊으려 애쓰지 마
초라한 대로 자잘한 대로 허용된 시간을 살겠어
세상과는 그다지 안 친해도 세월과는 무척 친한 고령화 가족
천 년을 산 나무도 새싹을 내민다 우리 남은 날들이 청춘보다
도 푸르다

언제나 텅 비어 있는 컴컴한 부엌에서 우리의 모든 끼니를 마
련해준 엄마
"얘들아 여기 고기 한 점 더 먹어라 너희를 굴복시킨 세상에게
카운터 펀치를 날려주렴"
창조는 없고 실패만 있었다 해도 어쨌거나 우린 아직 살아 있
잖아
인생 뭐 있나 그게 제일 중요한 거지 걱정 말고 다시 달려라
세상과는 그다지 안 친해도 세월과는 무척 친한 고령화 가족
천 년을 산 나무도 새싹을 내민다 우리 남은 날들이 청춘보다
도 푸르다

이 소설의 주인공들이 처한 상황은 전혀 웃을 만하지 않다.
그런데도 주인공들은 최소한의 웃음거리를 최대한의 웃음으로

만들어낸다. 어쩌면 조금 비현실적이다. 사실 예술은 일정 부분 비현실적이다. 소설이나 영화를 비롯한 모든 예술작품은, 어떤 존재나 현상에 대해 특정 부분을 확대해서 과장되게 보여주는 비현실성이 있다. 그런데 그 비현실성이 현실이라는 낯선 언어를 해석해주는 아주 끝내주는 번역기가 된다는 게 놀랍다.

한편 비현실은 현실의 바위에 짓눌려 숨이 막히는 인생을 위해 바위를 조금씩 밀어내는 지렛대 역할도 한다. 또 현실을 더욱 즐겁게 바라보게끔 해주기도 한다. 천명관 소설을 읽고 나면 현실이 좀 우습고 만만해 보이는, 즐거운 부작용이 생긴다.

세상이 스트라이크라고 외쳐도 힘껏 배트를 휘둘러라

우리가 삶의 즐거움을 빼앗기는 이유를 박민규의 『삼미 슈퍼스타즈의 마지막 팬클럽』은 이렇게 설명한다.

평범한 야구팀 삼미의 가장 큰 실수는 프로의 세계에 뛰어든 것이었다. 고교야구나 아마 야구에 있었더라면 아무 문제가 없었을 팀이 프로야구라는 실로 냉엄하고, 강자만이 살아남고, 끝까지 책임을 다해야 하고, 그래서 아름답다고 하며, 물론 정식 명칭은 '프로페셔널'인 세계에 무턱대고 발을 들여놓았던 것이다. 마찬가지로 한 인간이 평범한 인생을 산다면, 그것이

비록 더할 나위 없이 평범한 인생이라 해도 프로의 세계에서
는 수치스럽고 치욕적인 삶이 될 것이라 나는 생각했다.

『삼미 슈퍼스타즈의 마지막 팬클럽』, 박민규 지음, 한겨레출판, 2003

평범하게 사는 우리가 웃지 못하는 이유가 바로 여기에 있다.
자본주의 사회가 심화되면서 '프로'라는 사상은 전 인류를 지배
했다. 우리는 늘 쫓기듯 더 잘해야 최소한의 인정을 받는 세상
을 살고 있다. 허리를 펴고 하늘을 보며 웃어야 할 시간이 있다
면, 그 시간마저도 아껴서 허리 굽혀 땅을 보고 달려야 한다고
강요받는다. 그래야 패배자로 낙인찍히지 않는다.

문학 속 주인공에게서 내 모습을 다시 보게 되는 경험을 할
때 짜릿함을 느낀다. 소설의 소재로 쓰이는 삼미 슈퍼스타즈는
활동 내내 성적이 좋지 않았다. 프로 세계에서는 꼴찌라는 이
름을 붙여줬지만, 소설은 삼미의 모습에 다른 의미를 부여한다.
"공을 끝까지 보란 말이야. 물론 심판은 스트라이크를 선언했겠
지. 어차피 세상은 한통속이니까 말이야. 제발 더 이상은 속지
마. 거기 놀아나지 말란 말이야. 내기 보기에 분명 그 공은 이제
부디 삶을 즐기라고 던져준 '볼'이었어."(235쪽)

우리는 '투 스트라이크 스리 볼' 상황을 맞이한 타자처럼 바
짝 긴장하며 하루를 보내고 있다. 그리고 지금 막 우리 앞으로
들어온 공을 보고 세상이 '스트라이크'라고 외치는 소리를 듣는

다. 그 소리에 고개를 떨구고 퇴장한다. 이것이 등 떠밀려 프로의 세계에 합류한 우리의 모습이었다. 소설은 자신의 인생 야구에서 스스로가 심판이 되라고 권한다. 누군가 웃으라고 허용하면 그제야 조금 웃다 마는 것이 아니라, 그것이 웃어야 할 상황인지 고개 숙여야 할 상황인지 따지지 말고 자신의 선택으로 일단 웃어버리라고 한다. 나아가 세상이 만든 프로의 기준 대신, 스스로가 만든 프로의 기준을 가진 뒤 자신이 잡아야 할 공만 잡고 자신이 꼭 쳐야 할 공만 멋지게 쳐보라고 권한다.

지금이야말로 이렇게 유쾌한 이야기를 읽어야 할 시대다. 우리 귀에 들리는 소리, 우리 눈에 보이는 것들은 우리를 프로의 세계로 끌고 간다. 더 잘해야 한다는 강박감과 이 정도밖에 못하냐는 열등감을 동시에 갖게 만든다. 그런 자본의 논리를 비웃어줄 여유가 필요하다. 한국문학 하면 진지하다 못해 우울하다고 독자들은 말한다. 문학이 시대적 책임을 다하다 보니 그렇게 된 결과지만, 이제는 좀더 밝아져야 한다. 나는 공연장에서 객석에 끊임없이 유머를 던진다. 책은 즐거움을 주는 삶의 동반자임을 증명해 보이고자 노력 중이다. 사람들은 책을 이야기할 때 진지해야 한다고 생각하는 모양이다. 그래서인지 북콘서트가 신나게 진행되면 조금 낯설어한다. 그동안 대중매체에서 보여준 책 관련 프로그램이 매우 차분한 분위기였던 영향이 크다. 이제는 좀더 유쾌하게 책을 읽자.

일상도 유쾌하게 살자. 세상은 자신의 프레임으로 밀어붙여야 한다. 스스로를 믿고 당당하게 가면, 눈치 보는 다른 인생들이 나의 것을 프로의 새 기준으로 받아들인다. 그러므로 당신, 아파하지 말고 웃어라. 세상의 어떤 기준도 당신의 생각을 강요하는 정답이 될 수 없다. 가장 좋은 답은 당신 속에 있기 때문이다. 당신 안의 답이 안개 속에 가려져 있거든 책을 펼쳐라. 세상의 기준에 맞설 자신의 기준이 세워질 것이다. 세상의 기준에 아파하지 말고 자신의 기준으로 웃어라.

『고령화 가족』의 주인공들은 세상과 세월 모두에게 패배자였지만, 혈맹을 통해 다시 세상과 맞선다. 더 이상 내려갈 곳 없이 발이 바닥에 닿았다고? 그렇다면 제대로 된 추진력을 얻을 시간이다. 더 이상 흘릴 눈물이 없을 정도로 슬펐다고? 그렇다면 이제 크게 웃을 시간이다. 활짝 웃는 얼굴로 내게 날아오는 공을 끝까지 바라보면서 힘껏 배트를 휘두르자. 스트라이크가 아니라면 미소를 띠우며 볼의 여유도 누리자. 승률은 내가 정한다. 하하하!

소년은 읽지 않는다

_박상률, 『봄바람』

지난 9년간 500회 정도의 크고 작은 공연을 해왔다. 이제는 행사의 주제나 관객층에 따라 프로그램을 구성하는 일이 어렵지 않다. 돌발 상황에도 여유 있게 대처할 수 있다. 그러나 청소년 관객을 상대하는 일은 여전히 어렵다. 공연 활동을 시작한 지 얼마 안 돼 어느 중학교에서 혼자 북콘서트를 진행했던 날, 내가 받은 충격은 지금도 생생하다. 청소년들이 읽으면 좋을 책, 공감대를 형성할 문학 노래, 나의 학창시절 이야기 등으로 콘텐츠를 구성했는데, 그날 학생들은 딱 세 번, 그들이 좋아하는 대중가요 세 곡을 부르는 시간에만 고개를 바짝 드는 게 아닌가.

대개는 친구와 이야기를 하거나 딴 곳을 두리번거렸다. 이야기를 들어주는 몇몇 고마운 학생들에게 용돈이라도 주고 싶은 심정이었다. 내 경험이 부족해서였기도 했지만, 요즘 청소년들이 정말 책을 읽지 않는구나, 실감하는 순간이었다.

서울로 올라오는 내내 자괴감에 짓눌렸다. 내 이야기가 그렇게 재미없었나, 책은 학생들에게 정녕 다가가기 힘든 것인가, 아니면 중고생들은 뭘 해도 답이 없는 건가, 그렇다 해도 재미있게만 진행했다면 이런 참혹한 결과는 피할 수 있지 않았을까… 끝없는 고민이 이어지고 앞으로 공연을 계속해야 하나 그런 생각까지 들었다. 며칠간 깊이 반성했다. 그렇다고 청소년을 피할 수도 없는 일이니, 그에 맞는 콘텐츠를 개발하자고 결심했다.

그런데 며칠 후, 그 치욕의 중학교에서 연락이 왔다. 나는 기어들어가는 목소리로 전화를 받으며, 그날 좋은 진행을 하지 못해 죄송하다고 했다. 그런데 사서 교사는 의외의 말을 했다. 그날 이후 학생들이 학교도서관을 찾아와서 내가 공연 때 소개한 책을 빌려가고 다른 책도 추천해달라고 하더란다. 도서관을 찾는 학생들 숫자도 늘었다고 했다. 반신반의하며 전화를 끊었다. 그 후 여러 번 청소년 대상의 공연을 하면서 안 듣는 것 같아도 들을 건 다 듣는다는 걸 알게 됐다. 물론 그런 사실에 안주하지 말고, 그들이 더 재미를 느끼며 무대로 몸을 기울이도록 해야 한다. 그래야 한 권이라도 더 읽게 할 수 있다.

내 속의 소년을 찾아

시소를 타려면 두 사람의 무게가 비슷하거나 무거운 사람이 가벼운 사람을 위해 무게를 조절해야 한다. 마찬가지로 청소년들과 대화하기 위해서는 그들을 충분히 알아야 하고, 나도 청소년이 되어야 한다. 그러기 위해 청소년소설을 많이 읽었다. 성인문학 위주로 읽어온 나에게는 그 내용들이 착착 달라붙지 않았고, 지금의 청소년들에게 어느 정도의 설득력을 가지는지도 가늠이 안 되었다. 내가 충분히 소년이 되지 못하니 재미를 못 느끼고, 청소년들을 움직일 작품인지도 가려내지 못하는 것이었다. 그러던 중 박상률의 『봄바람』(사계절, 2004)을 만났다. 중학교 교과서에도 실린 이 작품은 1차 독자인 청소년을 넘어 부모 세대에게도 큰 감동을 줄 것이 틀림없었다.

내가 청소년기에 느꼈던 감정들이 그 안에 다 들어 있었다. 주인공 소년 훈필은 자기가 키우던 염소가 죽고, 좋아하던 소녀와도 멀어지게 되자 답답한 섬마을을 벗어나려 한다. 훈필은 바람이 가는 대로 그리움을 찾아 떠나고 싶었고, 바람 따라 흔들리며 자신의 인생을 증명하고 싶었다. 하지만 훈필의 방황을 이해해주는 어른은 아무도 없었다.

"열세 살, 우리 담임 선생님은 아무래도 열세 살을 겪지 않고 어른이 되어 버렸는지도 모를 일이다."(106쪽) 훈필이 보기에 어른들은 다들 자신의 소년기를 지워버린 것 같았다. 마치 인생에서 그런 때가 없었던 것처럼. 예나 지금이나 어른과 청소년 사이의 먼 거리는 이런 데서 연유하지 않나 싶다. 나는 훈필의 말을 마음 깊이 받아들이고 내 안의 소년을 회복해가며 박상률의 성장소설에 곡을 붙여 노래 〈봄바람〉을 만들었다.

오늘 부는 바람은 어제와 다르다
오늘의 내가 어제의 내가 아니듯
내 마음 부풀게 했던 모든 것들이 하나둘 사라져간다

바람이 보이지는 않지만 흔들리는 것으로 알게 되지
인생을 이해할 수 없지만 흔들리는 나로 알게 되지

계절과 계절 사이에 외로운 바람
사람과 사람 사이에 외로운 마음
그리움 더해 미움 되고 보고픈 만큼 야속해져

인생의 비밀 어디에서 만날까
걸어도 걸어도 그 길이 그 길 같아
하지만 지금은 나의 꿈이 맑아지는 시간

이런 아름다운 작품을 줄거리를 요약하고 핵심 주제를 파악

해야 할 대상으로 생각하고 읽는 현실이 안타깝다. 따라서 책과 청소년이 만나는 자리를 많이 만들어야 한다. 청소년소설을 가지고 북콘서트를 하면 좋은 점이 많다. 청소년들은 그 작품이 나오기까지의 이야기를 작가한테 들으면서 작품이 주는 감동 이상의 것을 얻는다. 교과서에서 밑줄을 그어가며 단 하나의 답을 뽑아내는 것이 아닌, 문학작품이 가진 생명력에 각자의 정신을 접붙일 수 있다. 때로 작가의 한마디는 듣는 이의 인생을 흔들어놓을 수도 있다. 작가 역시 청소년들과 직접 부대끼며 그들의 목소리를 더 가까이서 듣게 되고, 그것을 다음 창작의 밑거름으로 삼을 수 있다.

강원도 인제 만해마을에서 열렸던 북콘서트에서 한 소녀에게 『봄바람』을 낭독하게 했다. 죽은 염소가 불쌍해 훈필이 잠 못 이루는 장면을 제대로 읽어내지 못했다. 슬퍼서? 아니, 하도 웃어서다. 그 나이 때는 바람에 소똥만 굴러가도 웃는다더니, 한 쪽을 제대로 낭독하지 못해 친구가 대신 읽어주었다. 객석의 아이들은 덕분에 실컷 웃었는데, 공연 후 그 코너가 가장 재미있었고 감동을 받았다고 했다. 그 소녀는 연기하듯 진지하게 낭독하는 것이 쑥스러워 웃었을 것이다. 그러나 그랬기에 순수하고 아름답고 감동적인 낭독이 되었다. 청소년과의 콘서트에는 항상 이런 재미와 감동이 있다.

박상률 작가를 실제로 만나면 더 재미있다. 책 추천 좀 해달라고 하면 톨스토이를 소개하면서 부록으로 〈선데이서울〉을 갖다 붙인다. 뭐지? 학생들이 갸우뚱 하고 있을 때, 진행하는 우리는 웃음을 참느라 혼난다. 어떤 책이든 자신에게 흥미로운 책부터 읽기 시작하면 무게 있는 책들도 쉽게 정복할 수 있다. 무게 잡고 책 읽을 것 없다. 독서뿐 아니라 청소년들 생활 전반에 무게가 느껴진다. 한 번이라도 더 웃고 감사하고 행복하자고 사는 인생인데 짓눌려 있을 필요 없다. 부모 세대는 어릴 때 밥 때 놓쳐가며 놀았어도 어른이 되어 저마다 중요한 역할을 잘 해내고 있다. UN 사무총장까지 거뜬히 해낸다. 지금 아이들은 왜 그럴 수 없다고 생각하는가. 좋은 책들이 사교육을 밀어내는 세상을 위해 책 불도저의 시동을 걸어볼 때가 아닐까.

소년은 읽게 되리라

청소년소설 하면 떠오르는 주제들은 대체로 학업성적 비관, 학교폭력, 부모와의 소통 단절 등이다. 그만큼 우리나라 교육 현실이 가혹함을 증명하는 부분이다. 이경화 소설 『죽음과 소녀』(주니어김영사, 2012)에는 엄마의 기대에 못 미쳐 늘 자신을 질타하는 소녀가 주인공으로 나온다. 질타가 계속 쌓이면서 자신을 이 세상에 없으면 더 나은 존재로 생각하게 되고, 결국 극단적인 생각에 빠지기도 한다. 다행히 주인공은 친구와 아빠의 보살

핌으로 악마의 유혹을 이겨낸다. 다 읽고 나니 내가 잘 몰랐던 그들만의 고통과 절망이 느껴졌다. 많은 청소년들이 이 무거운 추를 마음에 달고 흔들리는 하루하루를 살겠지. 그 생각을 하며 이 작품에 나오는 친구와 아빠의 응원을 노래로 만들어 현장에서 불러주고 있다.

미소를 지으며 읽은 작품도 있다. 바로 김선영의 『시간을 파는 상점』(자음과모음, 2012)인데, 소재와 이야기의 흐름이 흥미롭다. 여고생 온조는 인터넷에 시간을 파는 상점을 연다. 사람들은 시간을 좀더 잡아두고 싶은 간절함 때문에 이 상점을 찾아온다. 어려움에 처한 친구를 돕는 일, 가족과의 화해를 위한 이벤트, 자신이 세상을 뜨고 난 뒤에도 편지가 배달되도록 하는 일 등과 같은 다양한 의뢰가 접수된다. 시간을 파는 과정에서 상점 주인과 의뢰인들은 서로의 결핍을 채우는 작은 기적을 경험한다. 나의 결핍이 네 삶의 응어리를 푸는 열쇠가 되는 기적, 잔인하게 흘러가는 크로노스의 시간을 삶의 의미와 행복을 연장하는 카이로스의 시간으로 바꾸는 기적들을 그들은 만들어간다.

김선영 작가는 얼마 전 함께했던 북콘서트에서, 실제로 자신의 결핍을 창조의 디딤돌로 삼았다고 말했다. 어릴 적 학교에서 특별활동 과목을 선택해야 했는데 집이 워낙 가난해 교재비가 부담스러웠다고 한다. 결국 연필과 원고지만 있으면 되는 문예반에 들어가게 됐고, 그 선택이 오늘의 김선영 작가를 있게 했다. 가난과 아버지의 부재는 오히려 주위 사람들을 향한 따뜻한 시선을 키워주었고, 그것이 타인의 생을 위로하고 응원하는 작가로서의 덕목을 길러주었다는 이야기를 들으며 청소년들은 환호와 박수를 보냈다.

이 작품 역시 쉽고 경쾌한 리듬으로 한 번 들으면 같이 부를 수 있도록 노래를 만들었는데 반응이 괜찮았다. 노래 한 줄에서 아이들이 작은 희망이라도 건져낼 수 있도록 열심히 불러주고 싶다. 외치는 자가 없으면 들을 기회가 그만큼 줄어드는 것 아니겠는가.

늘 시간이 있을 거라 생각했지만
그 시간은 예고 없이 사라져버렸어
다시는 그렇게 시간을 보내지 않을래
소중한 사람과 함께할 거야
희망은 여기저기에 널려 있어
발길에 차이는 희망 줍는 자의 것
어두운 터널이라도 열심히 걷다 보면
행복은 어느새 다가올 거야

시간은 지금의 날 어디로 데려갈까
내 모습은 어떻게 변해갈까 궁금해

내일은 새로운 바람이 또 불겠지

내게 오는 시간이 처음인 것처럼

어서 와요 여기는 시간을 파는 상점

당신의 간절한 부탁 모두 들어드려요

이 세상엔 아무것도 영원한 건 없어요

스스로가 삶의 주인 돼야죠

    성인문학이 근래 들어 정체된 분위기라면, 청소년문학은 이제 시작 단계이고 앞으로 많은 열매가 기대되는 분야다. 그렇지만 아직은 씨를 뿌리는 단계다. 청소년들은 중고등학교 내내 대학에 들어가기 위한 공부만 하고 있으니 뭐든 읽을 여력이 없다. 독자가 없으니 시장도 커지지 않는다. 지금으로부터 몇 백 년이 지나, 문제집으로 가득했던 이 시기를 돌아볼 때 얼마나 어리석게 느껴질까. 나라의 미래가 이들에게 달려 있다. 위대한 정신을 갈구하고 이타적 삶을 숭배하고 인류에 선한 영향력을 행사하는 사람으로 성장하게 하려면 책이 정답이다.

    우선 내가 더 많은 청소년문학에 빠져보려고 한다. 그리고 좋은 문학을 열심히 퍼나르는 수레가 되어볼 작정이다. 열정을 가지고 청소년문학을 찾아보니, 좋은 작품들이 많이 보인다. 쉽지 않겠지만, 작가들은 청소년에게 잘 보이기 위한 작품보다는 청소년들이 그 작품에게 잘 보이고 싶어 하는 그런 작품을 많이 써줬으면 좋겠다. 또 청소년들한테 영화배우보다 더 인기 있는 작가도 많이 나오면 좋겠다. 나 같은 사람들이 트렁크 가득 청소년문학을 싣고는, 그걸 노래하며 놀고 싶어서 여기저기 달려가게끔 좋은 책을 펴내기를 바란다.

내가 청소년이었을 당시 교회나 성당에서는 '문학의 밤'이라는 행사를 많이 했다. 좋은 시와 수필을 낭독하거나 자작시를 발표하고 노래도 하는, 지금의 북콘서트와 약간 닮은 행사였다. 그러나 그 행사는 이제 찾아보기 힘들다. 온갖 현란한 매체가 청소년들을 끌어당기고 있기 때문이다. 책 자체가 그들에게 다가가기 힘들지만, 그중 문학이나 인문학은 더더욱 힘들다. 이대로 둘 수는 없다는 위기감을 느낀다. 그래서 청소년들을 위한 북콘서트를 더 많이 기획하고자 한다. 무엇보다 재미가 있어야겠다. 스마트폰이나 컴퓨터 게임을 던져두고 콘서트장에 나올만큼 흥미로워야 한다. 북콘서트에 예능적인 요소를 더 많이 투입했으면 한다. 교육이 놀이와 합쳐지면 효과가 폭발적이다.

청소년들과의 북콘서트가 거듭될수록 아이디어가 늘고 진행이 매끄러워지는 것 같다. 요즘은 아이들이 고개를 덜 숙인다. 건조한 교육에 지친 청소년들이 소리치며 즐기고, 책을 앞에 둔 채 배꼽 잡고 웃는 콘서트를 만들기 위해 지금도 내 머리와 가슴은 용암처럼 들끓고 있다. 즐거워서 미칠 지경이다.

아이의 행복을 지켜주는 동화

_고정욱, 『엄마의 등 학교』

아이들이 주 관객이거나 조금이라도 섞여 있는 현장에서는 내가 프로그램에 우선적으로 넣는 노래가 있다. 고정욱의 동화 『엄마의 등 학교』(이은천 그림, 꿈틀, 2013)를 읽고 만든 노래 〈엄마의 등 학교〉다. 그 노래를 들려주기 전에 무대 위 화면에는 작가의 어린 시절 사진이 한 장 떠 있다. 아버지가 어린 고정욱을 안고 있는 사진이다. 나는 관객들에게 묻는다.

"이 사진 속 아이 얼굴 밝아 보여요, 어두워 보여요?" "어두워 보여요." "왜 어두운 얼굴을 하고 있을까요?" "……."

답을 찾고 있는 객석의 아이들에게 사진의 의미를 설명해준다. 그다음 보여주는 사진 두 장에는 작가를 향해 수십 명의 아이들이 90도로 깍듯하게 인사를 하는 모습과, 넓은 방바닥에 빼곡히 깔아놓은 동화책들이 들어 있다. 앞서 보여준 사진 속 그 아이가 이렇게 모든 아이들에게 존경받는 어른이 되었고, 그가 쓴 작품은 머지않아 기네스북에 오를 정도로 많아져서 사진에 다 담을 수 없을 정도라고 설명해주면 객석에서는 박수 소리가 터져 나온다. 그때 노래가 시작된다.

세상에서 가장 소중한 한 사람과의 약속이 있었기에
그 많았던 절망과 눈물 아름다운 진주가 되어 여기 빛나네
엄마 나 이거 다 못하면 어쩌지?
걱정마라 넌 할 수 있다 절대 못 한다 생각하지마

비 오는 날 눈 오는 날에도 엄마는 학교를 다녔어요
그 등에서 세상을 배우며 바위 같은 결심을 했죠
꼭 훌륭한 사람이 되어 엄마의 슬픔을 씻어줄게요
걱정 말아요 나중엔 세상이 내 도움을 받을 거예요

이 세상에 많은 학교가 있지만 엄마의 등이 가장 큰 학교였어요
내가 정말로 소중한 존재란 걸 가르쳐준 학교
걱정 말아요 나중엔 세상이 내 도움을 받을 거예요 기대하세요

자꾸 아파서 병원에 갔더니 평생 걸을 수 없다는 진단을 받은 아이. 엄마는 그 아이를 등에 업고 학교를 다녔다. 사람들이 수군댔다. "쟤는 왜 다 큰 애가 업혀 다녀." 아이는 이미 차가운 세상을 알아버렸다. 세상에는 따뜻한 곳이 딱 한군데밖에 없었다. 그건 엄마의 등이었다.

아이는 엄마의 등 너머로 세상을 바라보며 다짐했다. 나중에 꼭 훌륭한 사람이 되어서 엄마의 눈물을 씻어줘야지. 비도 많이 오고 눈도 많이 왔다. 하지만 아이도 엄마도 개근상을 받았다. 아이의 결심은 바위보다 단단했고, 그 어떤 친구보다도 자기 마음을 감싸주고 힘이 되어주는 책이라는 친구를 가까이하면서 결국 작가가 되었다. 그냥 작가가 아니라 대한민국에서 가장 인기 있고 영향력 있는 동화작가가 되었다. 나는 『엄마의 등 학교』 노래 작업을 계기로 책을 노래로 만드는 일에 동화도 포함시키게 되었다.

모범생보다는 모험생이 될래요

지금 웃음이 많은 사람은 지나간 날에 울음이 많았던 사람임이 틀림없다. 고정욱 작가는 항상 유쾌하다. 웬만한 슬픔에는 미동도 하지 않고 웃어넘길 힘이 있다. 내가 아이들과 콘서트를 하면서 꼭 가르치고 싶은 것이 바로 이것이다. 굳이 가르치지 않

아도 슬픈 일에 울고 기쁜 일에 웃다 보면 삶이 주는 모든 것을
알아갈 것이지만, 그래도 웬만한 슬픔은 웃어넘길 줄 아는 사람
에게 생의 아름다운 가치는 더욱 빛난다는 걸 얘기해주고 싶다.
한 사람의 아름다운 인생은 아이들에게 가장 좋은 교과서다. 나
는 콘서트장에서 그 빛나는 교과서들을 활짝 펼쳐 아이들에게
보여준다.

아이들이 존경하고 따라야 할 표본은 성공한 인생이 아니라
아름다운 인생이다. 고정욱 작가에게 아이들이 그런 도전을 할
수 있게끔 노래를 하나 만들자고 했더니, 제안하기가 무섭게 바
로 가사를 써서 문자로 보내주었다. 운율이 딱딱 들어맞아서 글
자 하나 수정할 필요 없이 노래가 완성되었다. 고정욱 작가가
가사를 쓰고 내가 곡을 붙인 〈꿈 따라 걷는 길〉은 그렇게 만들
어진 노래다.

너의 꿈은 뭐냐고 어른들은 묻지요
연예인 기업인 과학자 의사 정치인 외교관 대통령
하지만 그런 꿈 하나 재미없지요
내 꿈은 남들이 아닌 내가 정할 거니까
슬픈 사람에게 웃음을 주고 세상에 좋은 일 많이 하는 꿈
그게 바로 진짜 나의 꿈 나의 희망이지요

그런 꿈은 별로라고 엄마 아빠 말해요

돈도 많이 많이 벌면서 유명해지래요

남들이 좋다는 꿈 그건 내 것 아니죠

가슴 속에 품은 나의 꿈 그게 정말 멋지죠

불의를 보면 참지 못하고 어려운 사람 일으켜 세워주는 꿈

그게 바로 진짜 나의 꿈 나의 희망이지요

모범생보다는 모험생이 될래요

엄마 아빠 곁에서 지켜봐주세요

내 길은 나 혼자 갈 수 있도록 랄라라라랄랄라

꿈을 따라서 걷는 길 보물섬으로 가는 길

꿈 따라 걷는 길은 아름다운 길

"모범생보다는 모험생이 될래요" 부분은 랩으로 처리했는데, 아이들에게 이 노래를 가르쳐주면 목이 쉬도록 고함을 지르며 랩을 한다. 아이들도 쌓인 게 많은 모양이다. 모범생은 아무나 될 수 있어도 모험생은 용기 있는 아이만이 될 수 있다. "지금 그 용기가 간절히 필요한 친구 있어요?"라고 물으면 한두 명의 아이가 손을 든다. 앞으로 나오라고 한 뒤 나는 고정욱 작가의 책 한 권씩 그 아이들에게 선물한다. 그리고 "작가님처럼 꼭 용기 있고 훌륭한 사람이 돼야 해." 당부의 말도 잊지 않는다.

그 책을 읽고 난 뒤 아이들에게 일어날 긍정적인 결과들을 나는 확신한다. 용기 있는 사람이 될 것이고, 그 용기로 다른 사람을 일으켜 세우는 사람이 될 것이다. 적은 돈을 써서 아이들에게 책을 선물하는 행동은 아무것도 아닌 것처럼 보일지 모르지만, 나는 책 한 권의 나비효과를 강하게 믿는 사람이다. 우선 내가 『안내견 탄실이』(2002), 『아주 특별한 우리 형』(2008, 이상 대교출판), 『책 할아버지의 행복도서관』(꿈꾸는달팽이, 2013) 등 고정욱 작가의 여러 작품을 노래로 만들면서 어떤 견고한 행복을 선물 받았고 그대로 실천하고 있기 때문에 그 확신은 흔들리지 않는다.

동화를 책 노래극으로 구현하다

동화는 아이들만 읽는 게 아니다. 어른들도 좋은 동화를 읽으면 성인문학 이상으로 행복이 차오르는 경험을 많이 하게 된다. 황선미 작가의 『뒤뜰에 골칫거리가 산다』(봉현 그림, 사계절, 2014)를 읽으면서 이런 작품이야말로 전 세대가 같이 읽고 공감할 좋은 문학이라고 생각했다. 대부분 동화는 아이들이 주인공이지만, 이 동화는 한 강퍅한 노인과 사랑스러운 동네 아이들이 주인공이다.

강대수 노인은 사업가로서 성공했지만 평생에 걸쳐 외로운 사람이었다. 강 노인의 아버지는 부잣집의 일꾼이었고, 어린 대수는 아버지와 뒤뜰의 창고 방에서 지냈다. 주인집 딸 생일에 아버지가 크게 다치고 그 사고로 돌아가시게 되자, 어린 대수는 큰 상처를 안은 채 외국으로 입양돼갔다. 대수는 아버지가 주인집 때문에 그렇게 된 거라고 믿었고, 좋아했던 주인집 딸은 끝까지 자신을 차갑게 대했다고 오해하며 긴 세월을 보냈다. 이제는 곁에 없는 아버지의 흔적과 함께 살기 위해 옛날의 주인집을 사들인 강 노인. 하지만 그 집은 마을 아이들이 드나들며 시끌벅적했고, 강 노인은 그 골칫거리들과 신경전을 벌인다. 결국 그 과정에서 지난날의 오해들이 풀리고 강 노인은 동네 아이들을 따뜻하게 감싸 안는 할아버지로 바뀌어간다.

　이 동화를 처음으로 노래극 형식으로 만들어보았다. 이것을 나름대로 '북뮤지컬'이라고 이름 지었다. 원래 북뮤지컬은 뮤지컬에서 쓰는 용어지만, 나는 글자 그대로 '책 노래극'이라는 의미로 사용한다. 내레이션, 대사, 노래가 어우러지는 것으로, 내게는 새로운 시도였다. 『뒤뜰에 골칫거리가 산다』의 노래극에는 총 세 곡을 넣었는데, 그중 강 노인이 심경의 변화를 일으키는 대목을 노래한 〈사랑하고 용서하여라〉를 소개한다.

　내 아들이 이제 왔구나 멀고 먼 길을 돌아서
　창문도 없는 창고 방에서 어둡게 살던 내 아이

울지 않으려 지지 않으려 그 얼마나 이 악물고 살았니

용서하거라 지난 일들을 이젠 내가 여기 함께 있잖니

사랑하여라 오늘 하루를 이젠 내가 너와 함께 있잖니

어릴 적 아버지와 함께 지내던 뒤뜰의 창고 방은 낡았지만 그대로 보존되어 있었다. 강노인은 그 창고 방에서 아버지의 환영을 본다. 아버지는 대수에게 지난 세월을 용서하고 오늘 네 앞에 있는 사람들을 사랑하라고 말한다.

북뮤지컬이 발표된 공연장에는 어린이와 부모님들이 함께 참여하고 있었는데, 두 세대가 골고루 재미와 감동을 받았다는 소감들이 나왔다. 한 권의 책에 하나의 테마곡도 쉬운 일은 아닌데, 최소한 세 곡 정도가 들어가는 북뮤지컬을 시도해보니 일이 몇 배는 많아졌다. 작품에서 가사를 뽑는 일에 그치지 않고, 노래극으로 각색하고 가수들에게 연기 지도까지 해야 한다. 하지만 고생하는 만큼 관객의 감동은 컸다. 북뮤지컬을 하게 되면서 콘서트가 끝나고 내게 다가오는 관객들의 반응도 예전보다 좋아졌다. 세대가 달라도 함께 공유할 수 있는 좋은 작품인 경우는 더욱 그렇다.

아이들이 점점 동화를 읽기 어려워지는 세상이다. 미취학 연령까지는 책을 읽어주면 아주 좋아하지만, 그 이후에는 아이들과 책 사이를 떼어놓는 것들이 정말 많다. 빠르고 자극적인 노래와 영상들이 아이들을 점령해간다. 거기에 사교육이 또 한 번 책을 물리쳐버린다. 사실 아이들에게 책보다 좋은 건 자연에서 뛰어노는 것이겠지만, 그 환경이 제한적인 도시 아이들의 경우 그래도 책이 가장 바람직한 교육도구일 텐데, 안타깝게도 현실은 아이들이 책에 접근하기 힘들게 되어 있다.

이런 상황에서 노래극은 아이들과 책을 이어주는 좋은 다리가 되리라 생각한다. 다른 누군가도 이런 일들을 많이 해줬으면 좋겠다. 그게 잘 안 되는 이유를 나도 안다. 노래극은 많은 인원과 시간과 경비가 소요되고, 장소의 제약이 크다. 대형 뮤지컬 공연을 한 장소에서 진행하고 관객이 찾아오도록 하는 이유가 거기에 있다. 하지만 나는 역발상을 해본다. 두세 사람 혹은 혼자서도 할 수 있도록 규모를 작게 만들고, 무대 세팅의 제약에서 자유롭도록 구성을 해서 '찾아가는' 공연을 하는 것이다. 몇 번 해보니까 길이 조금씩 보인다. 조금만 더 지나면 더 많은 책을 아이들에게 노래극으로 들려줄 수 있을 것이다. 좋다는 걸 알지만 몇 가지 문제로 사람들은 선뜻 시도하지 못한다. 특히 비용 문제가 크다. 그러나 누군가 해야 할 일이라면 내가 해보련다. 이것이 성공하면 스마트폰과 가까운 청소년들까지도 책 앞으로 당겨올 수 있을 것이다. 모든 세대가 책을 '들으러' 올 것이다. 아직은 콘텐츠가 많이 부족하다. 더욱 분발해야겠다.

얼마 전 이은용의 동화 『열세 번째 아이』(이고은 그림, 문학동네 어린이, 2012)로 아주 짧은 노래극을 했더니 아이들이 아주 좋아했다. 최고의 유전자를 적용하여 탄생한 맞춤형 아이와 감정을 가진 로봇 사이의 우정을 다룬 동화로, 이야기 자체가 흥미로운 데다가 노래극의 형식을 더했으니 더욱 재미있을 수밖에 없었다. 아이가 로봇의 감정칩을 꺼내고 이별하는 장면에서는 아이들 모두가 숨을 죽였다. 작은 가능성을 확인했다. 아이들에게 한 곡으로 이루어진 북 테마송은 설득력이 크지 않다. 노래극이야말로 아이들이 책을 가까이하도록 만드는 아주 좋은 통로임이 틀림없다.

어른이 아이들의 순수한 모습을 자기 속에 담을 수 있다면, 불행은 저만치 떨어져서 우리를 지켜보기만 할 것이다. 가까이에 불행이 없나 살피며 걱정하는 사람은 어른밖에 없다. 아이들은 그저 눈앞의 행복을 마음껏 누린다. 내 속의 아이를 잃지 않고, 오히려 키워나간다면 인생은 빛을 잃지 않는다. 행복은 언제 커질까. 아이들과의 거리가 가까워질 때가 아닐까. 동화는 우리가 살면서 무엇을 잃지 않아야 하는지 알려준다.

내가 사랑하는 시

_정호승, 『서울의 예수』

콘서트 현장에서 사람들을 만나보면 우리가 시를 얼마나 좁게 이해하고 있는지 알 수 있다. 우리는 마치 이해하고 분석하는 데 시의 가치가 있는 것처럼 시를 읽는다. 가슴으로 느끼기 전에 먼저 머리로 이해하려고 든다. 학교교육이 우리를 시로부터 떨어뜨려 놓았다고 생각한다. 요즘 사람들은 책을 멀리하고, 문학은 더 멀리하고, 시는 아주 멀리한다. 더 정확히 말하자면 '이해되는' 시만 읽으려고 한다. 그러다 보니 대부분의 시를 멀리하게 되었다.

그런데 또 이상한 것은 시를 써보라 하면 어렵게 쓰려고 한다는 점이다. 뭔가 말을 뒤집거나 꼬아서 난해하게 보이도록 쓴다. 사실 시는 사물이나 현상이 내게 건네는 말을 나의 언어로 받아쓰면 된다. 어려운 말을 골라 쓸 이유가 하나도 없다. 요즘 시가 다소 어려워 보이는 것은, 시인들이 '딱 그 표현'을 쓰지 않고는 적확하게 자기 가슴에 고인 말을 풀어낼 수 없기 때문이다. 일부러 어렵게 쓴 시는 절대 좋은 시가 아니다.

대체로 사람들은 한두 번 읽어서 이해가 쉽고, 아무리 재차 읽어도 그 의미의 풍성함을 잃지 않는 시를 좋아한다. 한마디로 쉬운 시를 좋아한다는 말이다. 그러다 보니 일부 시들은 사람들 입맛에 맞도록 감미료만 들어간 경우가 많다. 시인들은 "그건 시도 아니다"라고 하고, 독자들은 마음에 쏙쏙 들어오는 시라고 좋아한다. 소설보다 시는 이런 혼란이 좀더 큰 것 같다.

정호승 시인은 이런 상황에서 오래도록 모든 이들의 사랑을 받는 시인이다. 누가 어떤 시부터 읽으면 좋겠냐고 물으면, 나는 누구에게나 정호승의 시를 먼저 읽으면 된다고 말한다. 정호승 시집 한 권만 읽으면 다른 시집에 저절로 손이 가게 될 것이다. 실제로 나는 그런 경우를 많이 봐왔다.

나는 그늘이 없는 사람을 사랑하지 않는다

내가 정호승의 시에 빠지게 된 것은 문학을 막 읽기 시작한 스무 살 즈음이었다. 파란 표지의 『서울의 예수』(민음사, 1982)를 읽으니 내가 교과서에서 배운 시들에서는 발견하지 못했던 감동이 들어 있었다. 친구를 비롯한 아는 사람들에게 선물을 해야 하는 경우 나는 항상 그 시집을 사서 예쁘게 포장하여 선물했다. 내가 갖고 있던 정호승 시집을 누가 보고 싶어 하면 그냥 선물로 주고 나는 또 새로 샀다. 아무튼 그렇게 『서울의 예수』를 몇 십 권은 샀다. 그러던 내가 문학을 노래하는 사람이 되어 정호승 시인을 자주 보게 되었으니 진정 기쁜 일이 아닐 수 없다.

어느 특수학교에서 공연을 하던 중에 한 어머니가 시를 낭독했다. 정호승의 「내가 사랑하는 사람」이었다. "나는 그늘이 없는 사람을 사랑하지 않는다". 수줍은 목소리로 시작된 낭독. 나는 지금껏 이 시를 수없이 읽고 또 다른 사람의 낭독도 들었지만, 그때의 감동이 유달리 컸다. 내가 이 시를 알고 있긴 했나 싶을 정도로 낯설고 새로운 감동이 일었다. 그 어머니에게 '그늘'은 매우 친숙한 단어였다. 우리는 빛 앞에서라야 그늘을 보았지만, 그녀는 어둠 속에서도 보이는 짙은 그늘을 옆에 두고 살아왔다. "나는 눈물이 없는 사람을 사랑하지 않는다". 눈물의 농도는 인생의 무게에 따라 저마다 다를 것이다. 그 순간 내 눈물이 그녀의 눈물을 닮기를 소원했다.

몇 곡의 노래가 이어진 후 이번에는 한 학생이 꿈에 대한 시를 낭독했다. 나는 낭독을 마친 그에게 꿈이 무엇이냐고 물었다. 소방관이라고 했다. 나는 마음속으로 그에게 '너는 이미 나의 영웅이다. 내 불행의 불씨를 꺼준 멋진 소방관이다'라고 외쳤다.

외국인 근로자들을 대상으로 한 콘서트 현장. 나는 객석에서 한 명을 불러내어 「내가 사랑하는 사람」을 낭독하게 했다. 한국어를 잘하는 그였지만 시를 읽는 일은 쉽지 않아 보였고, 충분히 이해하며 읽는 것은 더더욱 어려운 듯했다. 그러나 그의 얼굴에는 햇살이 반짝였다. 머나먼 이국땅에 혈혈단신 건너와서 고국의 가족을 생각하며 오로지 일만 하는 그들. 때로는 사업장에서 부당한 대우를 받고, 거리에서 경계의 눈빛을 받으면서도 열심히 자신의 생을 살아내는 그들에게는 그늘이 적지 않다. 그러나 시는 항변한다. 그 그늘만큼 햇빛이 있다고. 스스로 햇빛이 많다고 생각하는 사람들에게는 그늘이 적어서 햇빛도 적다고. 눈물을 흘려봐야 기쁨도 안다. 그늘이 있어야 햇빛은 반짝이기 시작한다.

낭독이 끝나고 내가 그 시를 노래하자 다른 외국인 근로자 한 명이 무대로 올라와서 빨간 장미꽃을 주고 내려갔다. 나는 마이크와 장미를 꼭 쥐고 꽃을 피우듯 노래했다. 그 순간만큼은 부에나비스타 소셜클럽의 노장 가수가 부럽지 않았다.

정호승 시인은 늘 이야기한다. 만약 어떤 인생에 오로지 햇빛만 있다면 그 인생은 사막이 된다고. 그 비밀을 모르는 우리는 햇빛과 행복만을 기도한다. 이 시를 읽고 난 사람은 우리에게 그늘이 있음을 감사하게 된다.

지방의 행사장에서는 사투리가 심한 낭독자가 "거널이 없는 사람"이라고 읽었다. 터져 나오는 웃음을 참는 상황인데도 그 감동은 전혀 줄어들지 않았다. 내겐 '거널'이 '거름'으로 들리기까지 했다. 나는 거름이 없는 사람을 사랑하지 않는다. 괴로운 일로 썩어 문드러진 마음, 그것이 거름이 되어 새로운 행복의 씨앗을 키우지 않는가.

인생은 나에게 술 한잔 사주지 않았다

부천에 있는 모 대학의 '문학의 이해' 수업시간. 대부분이 낮에는 직장을 다니는 사람들로 이루어진 야간학부 학생들이었다. 나이도 직업도 다양한 사람들이 가득했다. 어떤 형태로든 세상을 많이 겪은 사람들은 확실히 문학을 깊이 이해하는 것 같다. 한낮의 거친 노동으로 몸은 이미 달구어져 있어서 시어를 던지기만 하면 마치 뜨거운 물에 넣는 설탕처럼 저을 필요도 없이 그냥 마음에 녹아들어갔다.

우리는 각자의 인생에 대해 조금씩 이야기를 나누었다. 나도 그들도 한목소리로 인생이 우리에게 뭐 하나 잘해준 것 없다고 얘기했다. 우리는 인생을 열심히 살아보려 했고, 진정으로 인생을 사랑하고 껴안으려 했다. 어떤 때는 인생에게 잘 보이려고 아부까지 했다. 그런데 우리만큼 인생은 우리에게 잘 대해주지 않았다. 우리는 추운 겨울날 막다른 골목길 포장마차에서 우리의 인생을 위해 건배했다. 인생을 위해 기꺼이 술값을 지불했다. 그러나 "인생은 나에게 술 한잔 사주지 않았다".(「술 한잔」, 정호승, 『눈물이 나면 기차를 타라』, 창비, 1999)

사람들은 생각한다. '이렇게 열심히 사는데 내가 원하는 생은 오지 않는구나. 인생은 나에게 호의적으로 다가오지 않는구나.' 그러나 그런 때일수록 다시 인생을 포장마차로 불러내보라고 시인은 우리에게 권한다. 나는 이 시를 자꾸 노래하면서 깨달았다. 인생은 항상 나와 술잔을 마주하고 앉아 있었음을. 다만 내가 불행에 취해 내 앞에 앉은 인생을 확인하지 못했을 뿐임을. 시 한 구절은 이렇게 인생을 다시 만나게 해준다. 노래 〈술 한잔〉을 목이 터져라 불렀더니, 다음 노래가 잘 나오지 않았다. 그런들 어떠랴. 생을 만나기 위해 하는 노래인데, 이렇게 생생한 인생을 다시 만났는데 그까짓 노래 몇 소절이 문제더냐.

그 늦가을 밤 강의실은 맑은 술과 따뜻한 국물로 김이 서린 포장마차가 되었고, 우리들 가슴은 간만에 생을 만나 뜨거웠다. 강의실 형광등 불빛 아래에서 우리는 스스로의 인생을 위해, 옆 사람의 인생을 위해 건배했다.

고래를 위해 바다는 푸르다

어느 콘서트장에서는 젊은 학생들이 객석을 메우고 있었다. 어쩌다 보니 이 나라는 청년들이 고개를 떨구고 사는 나라가 되었다. 그 고개를 다시 들게 해줘야 한다. 기성세대들이 힘을 쏟아야 하지만, 무엇보다 청년들 스스로가 목에 다시 힘을 주어야 한다. 그들이 잘 모르는 비밀 하나가 있다. 그것은 세상이 그들을 위해 존재한다는 사실이다. 이것을 정호승 시인은 "푸른 바다가 고래를 위하여 푸르다"(「고래를 위하여」, 『외로우니까 사람이다』, 열림원, 1998)라고 표현했다. 물론 과학적으로는 맞지 않는 말이다. 그러나 인생이라는 채점자가 그 문제를 본다면 시인의 말은 정답이다. 과학적 사실보다 인생이 더 중요하지 않은가. 그렇다면 인생이 원하는 답을 우리는 꼭 붙잡아야 하지 않겠는가.

청년이여, 고래를 위하여 바다는 푸르다. 너를 위하여 세상은 존재한다. 그러니 고개를 들어라. 고래는 가끔 수평선 위로 올라온다. 숨을 쉬기 위해서가 아니라 별을 보기 위해서라고 시는 말한다. '숨을 쉬기 위해서'라는 객관적 지식을 잠시 접어두고, '별을 보기 위해서'라는 시의 엉뚱한 주장을 한번 믿어보라. 우리도 우리의 마음속 바다에만 빠져 있지 말고, 숨 막힐 땐 가끔 별을 바라보라.

학생들을 앞에 두고 시인은 목소리를 높여 자기 마음속의 고래를 잊지 말라고 당부했다. 객석에서 한 학생이 질문했다. "왜

선생님의 시에는 유독 별이 많이 등장하는지요." 그렇다. 그의
시에는 늘 흰 눈과 반짝이는 별이 담겨 있었다. 시인은 답했다.

"그것은 내가 은유를 많이 사용하기 때문입니다. 시의 가장
큰 힘은 은유에서 나옵니다. 은유의 힘은 시를 읽는 우리 마음
을 흔들어놓습니다. 우리는 점점 은유를 잃어가는 시대를 살
고 있습니다. 시를 많이 읽어서, 은유를 많이 접해서 학생의 마
음도 더욱 튼튼히 잘 자라기를 바랍니다. 또한 시는 창작이 아
니라 발견입니다. 일상의 많은 모습 속에서 의미를 발견해내는
것, 그것이 시의 본질입니다. 여러분의 일상을 잘 관찰하면 인
생의 의미를 깊이 깨달을 수 있습니다."

나는 학생들보다 먼저 시인의 말을 내 마음속 녹음기에 담아
두었다.

몇 년 전 겨울, 학업에 지친 고등학생들은 정호승 시인의 강
연을 들으면서 다시 용기를 다지기도 했다. 시인은 어떤 일이
있어도 울지 말고 꽃을 보라고 말했다. 성공이라는 글자를 크게
확대하면 실패라는 자잘한 글씨가 빼곡히 쓰여 있다면서, 실패
는 성공이라고 했다. 이 세상에 피는 한 송이 꽃도 오직 너를 위
해 핀 것이다, 그러니 울지 말고 다시 힘을 내라.

그날 나는 그의 산문집 『울지 말고 꽃을 보라』(해냄, 2011)에
서 가사를 뽑고 곡을 붙여 노래했다. 곡 제목은 책과 동일하게
〈울지 말고 꽃을 보라〉다. 이 노래는 중고생들이 모인 자리에서

자주 부르지만, 나 혼자 길을 갈 때도 흥얼거린다. "너도 누군가의 꽃과 별이 되라"라는 부분에 이르면, 평소 매우 이기적인 나도 마음이 꿈틀거린다. 시는 마음을 움직이고 그것이 반복되면 인생을 변화시킨다.

꽃이 피는 것은 아름다운 세상 아름다운 너를 위한 것
울지 말고 그대 이 꽃을 보아라 오랜 기다림과 사랑의 흔적을
성실하게 충실하게 하루를 열심히 살아가는 게 제일이야
그러다 보면 자연히 삶의 보람도 느낀단다
절망할 필요 없다 또 다른 꿈들이 너를 기다리고 있지 않은가
꽃도 그대도 바람에 온몸을 내맡겨야 꺾이지 않는다
살을 에는 겨울바람 이겨낸 후에야 향기로운 꽃을 피운단다
널 사랑하기 위해 이 꽃은 피었다 너도 누군가의 꽃과 별이 되라
장미는 장미로 바위는 바위로 저리 버티고 있지 않나
모래는 작지 않다 모래는 바위다 너는 작지 않다 너는 세상이다

행사가 끝나면 정호승 시인은 항상 기차를 타러 역으로 떠난다. 그의 뒷모습은 자신이 쓴 시를 쏙 빼닮아 있다. 그의 걸음걸이에서 시어들이 달그락 부딪히는 소리가 났다. 그의 등 뒤로 부는 바람에서 댕그랑 풍경 소리가 났다. 어디 또 차가운 세상, 차가운 마음이 있을까 찾아 나서는 그의 발길음. 시인이 디디는

곳마다 세상은 온기를 더한다.

좋은 사진은 빛과 그림자가 잘 합쳐진 결과에서 나온다고 한다. 우리 인생이 아름다운 모습으로 남으려면 생의 빛과 그늘이 잘 어우러져야 한다. 불행을 감싸 안으면 완전한 행복이 온다. 그늘을 사랑하면 빛을 가질 수 있다. 나아가 남의 그늘을 사랑하면 완전한 빛의 인생이 된다. 빛나는 인생이 되는 비결이 정호승의 시 한 편에 들어 있다. 나는 그 사실을 시집이 아닌 현장에서 확인한 사람이다. 시는 시집 속에 갇혀 있지 않다. 시는 사람들 사이를 걸어 다니고 있다.

열정의 생

_박범신, 『고산자』

인생을 어떻게 살아야 하는가에 대한 답은 하나밖에 없다. 무조건 열심히 사는 것이다. 속도나 방향을 다소 잘못 잡았던 사람이라 해도, 그래서 결과가 그리 좋지 않았다 해도, 열심히 살았다면 완전한 삶이 아닐까 싶다. 현대인들은 자신을 채찍질하며 시간을 쪼개어 사는 것을 열심히 사는 것이라고 생각하는 듯하다. 내 기준에서 열심히 산다는 것은 어떤 대상에 자신의 애정을 다 쏟아붓는 것을 말한다. 그 대상이 사람이 될 수도, 어떤 일이 될 수도 있다. 다시 말해 열정의 생이 최고의 생이라고 생각한다.

고산자와 우륵의 열정

김정호의 일생을 그린 박범신의 『고산자』(문학동네, 2009)에서 열정의 생을 발견한다. 나는 지금도 전국 각지의 북콘서트에서 나를 크게 움직였던 소설 중 하나로 이 책을 소개하고 있다.

역사 기록에서 김정호에 대한 자료는 거의 남아 있지 않다고 한다. 나라와 백성을 위해 큰일을 한 사람인데 기록이 없는 것을 두고, 당시 역사를 기록하는 이들이 의도적으로 그의 행적 기록들을 없앴다고 보는 사람도 있다. 역사 자체에 뚜렷한 길을 낸 사람을 왜 역사는 기록을 외면했을까. 혹시 그가 역사에서 사라져야 할 이유들이 당시 권력자들에게 있지는 않았을까. 이 소설은 김정호에 대한 최소한의 역사적 근거를 바탕으로 작가의 상상력을 더해 풀어나간 작품이다. 어디까지가 사실인가를 떠나 소설 속 김정호의 일생이 지금을 사는 우리에게 던지는 메시지는 매우 크다.

김정호의 아버지와 마을 사람들은 관에서 내준 지도를 따라가다 산에서 길을 잃고 이름 모를 계곡에서 모두 죽었다. 어린 김정호는 이제 더 이상 사람들이 잘못된 지도로 인해 길에서 죽는 일은 없어야 한다고 생각한다. 나라가 독점한 지도를 길의 주인인 백성에게 돌려주어 백성을 살리고 싶은 마음이 생긴 것이다. 아버지도 형도 세상을 떠나자 김정호는 고향을 떠나 전국을 떠돌게 되었다. 얼굴도 본 적 없는 어머니에 대한 그리움과 너무나 짧았던 사랑의 한 여인에 대한 그리움으로 모든 길을 걸었다.

산과 물은 서로 기대어 떨어지는 법이 없었다. 서로 떨어져 죽는 것은 사람밖에 없는 것 같았다. 그는 산과 물을 이으며 걸어갔고, 그것이 사람의 생명들을 이어가는 길이라고 생각했다. 작가가 안내하는 김정호의 길을 따라가다 보니 다음과 같은 노랫말이 나왔다. 노래 제목을 소설 제목과 같이 〈고산자〉라 붙였다.

솔숲에 바람 불면 나 또한 떠나야겠지
두고 온 모든 길들이 꿈에도 나를 부르니
산과 물을 이으며 땅 끝까지 가다 보면
부용꽃 어머니를 만나는 날이 오려나

따로 떨어져 서 있는 산 없고 혼자 머무는 물길 없는데
인연의 심지 모두 타버려 머물 곳 없는 나는 떠난다
바람이 가는 길 시간이 흐르는 길
내 몸속 깊이 새겨 넣고 싶었네
이 한 몸 오래된 옛 산이 되는 날 그땐 보리니
인간 세상의 모든 길

땅이 동쪽에 있어 해가 가장 먼지 밝히니

세상에서 가장 환한 곳 내 나라 내 강토라네
주인을 잃어버린 길들의 소원 들으며
모든 산을 오르고 모든 흙 만져보았네

종으로 스무자 횡으로 열자에 내 평생 걸음 담아냈건만
당신 향한 그리움의 길 그리지 못해 애달프다
바람이 가는 길 시간이 흐르는 길
내 몸속 깊이 새겨 넣고 싶었네
이 한 몸 오래된 옛 산이 되는 날 그땐 보리니
인간 세상의 모든 길

무엇이 김정호를 지도에 일생을 바치도록 했을까. 함께했던
방송국 녹화장에서 작가는 이렇게 말했다.
"인간은 누구나, 이룰 수 없고 다다를 수 없는 어떤 것에 대해
욕망하지요. 그것에 다가가는 일종의 핑계 같은 것이 자신이 하
고 있는 업입니다. 김정호에게는 그런 유토피아적 욕망이 있었
을 겁니다. 그걸 식히기 위한 핑계가 아마 지도였을 거라고 생
각합니다."
작가의 말을 듣고 '열정의 생' 하면 나는 고산자를 먼저 떠올
리게 되었다. 그렇다. 다다를 수 없는 것에 대한 본능적 열망,
그것이 어떤 대상을 찾고 그 대상을 한번 붙잡으면 놓지 않는

삶, 바로 열정의 생을 만드는 것이다.

조선시대에는 전국 방방곡곡 어딜 가나 보부상들이 돌아다녔다. 이들도 나름의 지도들을 갖고 다녔고, 고산자는 이들과 친하게 교류하면서 좀더 과학적이고 체계적인 지도를 그려나갔다. 고산자의 지도가 실용성과 정확함이 부각될수록 조정은 이를 경계했다. 소설의 마지막에 이르러 고산자는 두 가지 위협을 받는다. 그 하나는 자신의 지도 만들기를 인접 나라들을 위한 첩자 행위로 조정이 몰아가는 것이요, 다른 하나는 딸이 천주학을 믿는 것이었다. 결국 그는 평생의 작업물 대부분을 스스로 불태우고 딸과 함께 배를 타고 떠난다. 뛰어난 지도를 그리고 그것으로 사람 살이를 이롭게 했건만, 나라는 오히려 그것을 이유로 김정호의 목줄을 조였다. 세상과 불화하였으나 고산자는 정녕 세상을 사랑했다.

우리가 소설문학을 읽으며 가장 크게 얻는 것은 작가와 함께 등장인물의 족적을 따라가며 그 인생 곁에 서보는 것이다. 잠시나마 함께 살아보는 것이다. 작가는 스스로 인생이 깊어질 수밖에 없다. 작품 속 인물과 작가 자신이 동일시되는 상황까지 몰입해야 작품이 나오기 때문에 작품을 끝내고 나서도 한동안 헤어 나오지 못할 정도다. 박범신 작가는 이 책의 말미에 "이제는 고산자를 떠나보내려 한다"고 썼다. 아직 쓰이지 않은 인물들이 아우성을 치기 때문이라고 했다. 이 세상을 살다간 숱한 인생들이, 못다 한 말들이 작가를 찾아와 매달린다. 작가는 그 말을 받아 적고, 우리는 작품을 통해 만나지 못했던 인생들의 말을 듣는다. 어쩌면 『고산자』 속의 말들은 김정호가 세상에 진정으로 외치고 싶었던 말들인지도 모른다. 나는 그렇게 믿고 싶다.

바람과 시간과 인간의 길에 미쳐 살았던 열정의 생. 현대를 사는 내가 그 어떤 잣대로 비추어봐도 이보다 충만한 삶은 없다고 고백할 수밖에 없는 그의 인생. 이 책을 읽고 나서는 전국을 다니며 가끔 생각한다. 고산자가 걸었던 걸음만큼 길과 길이 이어졌고, 인간과 인간이 이어졌다. 나 역시 문학이 필요한 곳을 열심히 다닌다면 오늘의 작은 고산자가 될 수도 있지 않을까. 고산자의 지도가 결국 생명을 살리는 지도였듯이, 나의 문학도 지친 인생에 생기를 불어넣는 문학이 될 수도 있지 않을까. 그러려면 고산자의 부르튼 발을 내 안에 얼마나 많이 가져야 할까. 두려운가. 아니, 두렵지 않다. 열정은 모든 두려움을 없앤다.

고산자를 몰아낸 나라는 무너졌다. 하지만 고산자가 디뎠고 만졌던 산과 흙과 강물은 죽지 않고 살아 지금의 우리와 만나고 있다. 고산자는 영원히 살아남는 가치를 믿었던 것 같다. 지금의 우리 앞에도 우리를 힘들게 하는 인생의 조건들이 첩첩이 있다. 고산자의 열정을 지닌다면 우리 앞의 높은 산은 아름다운 산이 될 것이고, 우리 앞의 유한한 존재들은 영원의 존재들이 될 것이다.

『현의 노래』(김훈, 문학동네, 2012)에서는 우륵이 지녔던 열정의 생을 본다. 모든 사람들이 칼의 논리로 세상을 이해할 때, 우륵은 나약한 현의 소리로 세상과 생을 통과했다. 그는 왜 자기 한목숨 건사하기도 힘든 정국에서 끝까지 가야금을 붙들고 있었던 걸까. 그 열정의 버팀목은 무엇이었을까. 역사적 사실만으로 그것을 이해하긴 힘들다. 소설문학은 단편적인 역사적 사실을 상상력으로 꿰어 우리에게 새로운 관점을 제공한다. 상상력은 역사를 복원하는 강력한 도구다. 실상 역사는 확고한 사실이 아니라 기록자의 관점에 불과한 경우가 많다. 그렇기에 모든 역사는 항상 지금 여기의 상상력으로 다시 쓰여야 하며, 지금 여기의 의미로 평해져야 한다.

소설의 우륵은 대가야의 쇠락 속에서 가야금 소리를 끝까지 지켜낸다. 자기 목숨과 인생을 지키려는 것과 동일한 비중으로 무언가를 지켜내려는 열정. 그것이 인생이 가질 수 있는 최대한의 열정이리라.

우리 시대 열정의 생들

내 주위에 작은 고산자와 우륵들이 있다. K는 국내 최고의 법대를 졸업한 수재다. 머리만 좋은 게 아니라 음악적 감성이 출중해서 작곡 실력이 이만저만이 아니다. 그는 나처럼 이중생활을 하고 있는데, 생업으로 고시촌에서 고시생들을 가르치고 거기서 생긴 막대한 수입을 음악 활동과 음반 제작에 쏟아 붓는다. 음반이나 가수를 히트시켜서 돈을 뽑겠다는 투자가 아니라, 자기가 추구하는 음악을 지켜내겠다는 열정 하나로 그 생활을 이어가고 있다. 내가 보기에는 돈이 안 되는 음악만 골라서 하는 것 같다. 그에게도 왜 사회적 성공과 부에 대한 욕심이 없겠느냐마는, 우리가 모르는 어떤 열정이 그를 지탱해주고 있는 듯하다. 그는 늘 숨은 음악을 찾아다닌다. 가끔씩 안부를 물어보면 한결같은 행보를 유지하고 있다. 잠시 타오르기는 쉬우나 오래 지속하는 것은 어렵다. 진정 열정의 생이다.

Y는 결혼한 지 얼마 지나지 않아 남편과 사별했다. 생전의 남편은 "당신은 글을 써서 사람들에게 위안을 줄 수 있는 사람이야"라고 늘 얘기했다. 남편의 소원대로 그녀는 블로그에 조금씩 글을 썼다. 나는 그녀의 글을 읽으면서 위안을 받은 초기 독자 중 한 명이다. 반대로 그녀는 나의 음악을 잘 들어준 관객이었다. 조금씩 그녀의 글은 많은 이들에게 위로가 되었고, 나중에 이름 있는 드라마 작가로 자신의 길을 열었다. 어느 날 내게 가사를 하나 써주었고 그날 바로 나는 곡을 붙였다. 〈낮달〉이라는 제목의 노래다.

구름 한 점 없는 파란 하늘에 너의 이름을 써보려는데

하얀 낮달이 손 끝에 걸리네

먹다 남은 비스킷처럼 허물어진 달

그리움의 부스러기처럼 맑은 하늘에 쓸쓸히 버려져 있네

눈부신 햇살 가득한 세상 아무도 나를 보지 않는데

여린 손끝이 내 얼굴 만지네

맑고 고운 보석의 눈물 글썽이는 너

간지러워 웃고도 싶지만 하얀 구름에 숨어서 울고 말았네

1절은 땅의 여자가 하늘의 남자 얼굴을 바라보며 부르는 노래이고, 2절은 하늘의 남자가 땅의 여자를 바라보며 부르는 노래다. 떠난 이를 향한 그리움이 낮에도 지지 않는 달처럼 그녀 마음에 떠 있다. 원래 1절만 있는 노래였는데, 블로그에 올리자 사람들이 시와 노래를 반겼고, 내가 장난삼아 2절이 있으면 좋겠다고 했더니 말이 떨어지자마자 2절을 써서 보내왔다. 책으로 나오지 않은 숨겨진 문학이지만, 이렇게 열정의 생은 사람들의 마음을 흔들어놓는다. 지금도 그녀는 남이 알아주든 말든 자신만의 글을 쓰고 있다.

홀트아동병원의 조병국 전 원장은 50년간 6만 명의 아이들을 돌보았다. 은퇴하고 나서도 후임이 나타나지 않아 자리를 지켜야 했을 만큼 힘든 일이었다. 그가 쓴 『할머니 의사 청진기를 놓다』(삼성출판사, 2009)에는 사회에게서 '버려진' 아이가 아닌 그

녀에게 '발견된' 아이들에 대한 사랑과 생명에 대한 열정이 매 페이지마다 넘친다. 고산자가 그랬던 것처럼 그녀도 두 명의 동생을 병과 전쟁으로 잃고 생명을 살리는 의사가 되기로 결심했다. 그리고 생명을 살려내는 열정이 그녀의 인생을 붙잡고 놓아주지 않았다. 만나서 이야기를 나눈 것도 아니고 책을 읽었을 뿐인데, 그 인생의 뜨거움이 마구 전달되었다. 열정을 다해 열심히 산다는 것의 이보다 더 좋은 예가 어디 또 있겠는가.

자신의 이야기를 들려달라고 부탁하면 자신의 이야기를 하는 게 아니라, 자신이 애정을 부었던 대상에 대해서만 이야기하는 사람들이 있다. 고산자는 자나 깨나 지도에 대해 말했을 것이고, 조병국 전 원장은 오직 자신의 손을 거쳐간 아이들에 대해서만 이야기하고 있다. 가수 조용필은 어떤 모임에서도 오직 노래에 관한 이야기만 했다고 한다. 그들의 생이 뭔가를 향한 열정으로 가득했음을 증명하는 부분이다. 오늘 당신은 무엇을 이야기하고 있는가.

꿈이 현실을 만날 때

_정한아, 『달의 바다』

생이 잔인한 것은 우리가 꿈을 꾸기 때문이다. 생이 누추한 것은 우리가 아름다움을 추구하기 때문이다. 추억이 아름다운 것은 우리가 지나간 시간에 아름다움을 입히기 때문인데, 다행히도 이미 지나버린 시간은 실제 모습을 다시 확인할 수 없기에 그냥 아름다운 것으로 마음에 남는다. 그런데 미래는 그렇지 못하다. 미래가 아름다운 것은 우리가 앞으로 다가올 시간에 꿈을 입히기 때문인데, 불행히도 다가올 시간은 실제 모습을 기필코 확인해야 하는 단계가 남아 있어서 온전히 아름다워질 수는 없다.

　2007년 여름, 정한아 장편소설 『달의 바다』(문학동네, 2007)를 읽고 난 뒤 뭔가에 떠밀려서 노래를 만들었다. 내가 창작한 첫 문학 노래였다. 그냥 글로만 리뷰를 남기기에는 이 소설이 내 마음을 지나치게 흔들어놓았다. 캄캄한 첩첩산중에서 쏟아져 내리는 별무더기를 보는 기분이었다. 책을 다 읽고 나니 마음 한구석이 허전한 듯하기도, 벅찬 듯하기도 했다. 그냥 두면 정체 모를 이 찜찜함은 오래갈 것 같았다. 우주 공간을 유영하는 기분은 아마 황홀하기도, 그리고 미아가 된 듯 끔찍이 외롭기도 할 것이다. 딱 그 기분이었다. 그즈음에는 많은 책을 읽어도 특별히 노래를 만들어야겠다거나 리뷰를 남겨야겠다는 생각은 해보지 않았다. 그런데 이상하게도 이 책을 읽고 나니 가만 있을 수 없게 된 것이다.

꿈꿔왔던 그곳에 가까이 가본 적 있나요?

『달의 바다』를 노래로 만들기 위해 가사부터 썼다. 일단 가사 쓰기는 어렵지 않았다. 소설 내용이 내 살아온 날들과 딱 닮아 있었고, 그래서 내 이야기를 자연스레 쓰면 되는 것이니 어려울 턱이 없었다. 가사를 완성했어도 곡을 쓴다는 건 또 남은 과제였다. 이제껏 대학교 때 교내가요제 출전을 위해 만들어본 것 외에는 이렇다 하게 곡을 써본 적이 없었다. 기타를 가까이했을 뿐이지 화성학이니 뭐니 음악적인 교육을 받아본 적도 없었다.

다행히 내가 다룰 줄 아는 악기인 기타는 음악 창작 능력의 기본을 다지게 하는 아주 좋은 도구였다. 기타는 기본적으로 코드(화음)의 진행이기에 기타를 익히면 음악의 아주 중요한 두 가지 요소를 동시에 익히게 된다. 즉 화음 자체와 그 화음이 흘러가는 방향 두 가지다. 소설에서는 이야기의 자연스러운 흐름이 중대한 과제인데, 기타도 코드의 자연스러운 흐름이 가장 중요한 요소다. 글쓰기든 작곡이든 사람의 감정선을 따라, 마치 물줄기가 지형을 따라가듯 자연스럽게 흐르면 최선이다. 기타를 만져온 최소한의 음악적 이력을 믿고 시작하니 걱정했던 작곡도 쉽게 끝났다. 가사에 이미 곡이 들어 있었기 때문이다. 가사를 입에 흥얼거리며 악보에 옮겨놓으니 한 번에 곡이 완성되었다. 모든 것이 막힘이 없었다.

곡을 완성하고 나니 작은 깨달음이 왔다. 술술 풀려가는 이야기처럼, 자연스럽게 흐르는 곡처럼 인생도 툭툭 끊김 없이 유연하게 흘러야 탈이 없다는 점이다. 내가 큰 실패를 한 것도 흐름을 타지 않고 무리한 단절과 급격한 상승을 도모한 게 화근이 아니었나 싶다. 꽤나 많은 문학작품을 읽어왔으면서 정작 내 인생이 흐르는 모양과 속도와 방향을 파악하지 못한 것은 결국 제대로 문학을 읽어내지 못했음을 증명하고 있었다. 겉멋에 들린 독서였을 수도 있다. 당연한 말이겠지만 스무 살 즈음에 읽은 책들은 지금 전혀 다르게 읽힌다. 그때 읽은 책들이 잘못된 게 아니라 책 내용을 받아들인 나에게 문제가 있었다는 것을 지금에야 깨달았다. 문학을 깊이 잘 읽으면 인생의 모든 늪을 피해갈 수 있다는 말은 할 수 없지만, 빠져서 헤어 나오지 못할 늪은 가려낼 수 있다고 생각한다. 『달의 바다』를 노래로 만들면서 다시 한 번 문학의 지혜를 확인했다.

보이지 않는 뭔가에 떠밀려서 만들게 된 노래 〈달의 바다〉는 소설문학에도 운율이 흐르고 있음을 확인시켜준 첫 작품이다. 가사는 다음과 같다.

꿈꿔왔던 그곳에 가까이 가본 적 있나요
일상의 대기권 뚫고 간 그곳 나만의 바다
우리 이제 진짜 이야기 나눠볼까요
꿈의 장대 짚고 달로 뛰어오를까요
당신의 슬픔은 별들 위에 이슬로 내려앉을 거예요
우리 이제 손잡고 그 별들의 반짝임 바라볼까요
저 어둠 속으로 끝없이 떠나고 싶을 때도 있지만
당신이란 중력이 내 삶의 궤도를 만들어요
우리 이제 진짜 이야기 나눠볼까요
꿈의 장대 짚고 달로 뛰어오를까요
당신의 슬픔은 별들 위에 이슬로 내려앉을 거예요
우리 이제 손잡고 그 별들의 반짝임 바라볼까요

"꿈꿔왔던 것에 가까이 가본 적 있어요? 그건 사실 끔찍하리 만치 실망스러운 일이에요."

『달의 바다』의 첫 문장이다. 작가들은 첫 문장에 많은 공을 들인다고 한다. 실제로 대부분의 소설 첫 문장은 이후에 이어지는 어떤 문장보다도 매력적인 경우가 많다. 그런데 이 소설의 첫 문장은 정말 빛난다. 출간 당시 대학원생이었던 앳된 작가에게서 이런 문장이 나오다니. 더 놀라운 것은 이 반짝임이 소설 끝까지 간다는 점이다. 평론가들의 잣대로 이 문장이 어느 정도의 가치를 지니는지는 잘 모르겠으나, 소설문학을 일상의 데이트 상대로 무겁지도 가볍지도 않게 받아들이는 일반 독자의 입장에서는 매우 매력적인 문장이다. 이 첫 문장 덕에 내가 가사 첫 줄을 우선 써놓고 곡을 만들어볼까 덤볐던 것 같다.

블로그에 곡을 올리자 이웃들이 좋아했다. 내가 곡을 만들었다는 것과 참고 들어줄 만한 목소리를 가졌다는 점에서 다들 환영했다. 당시 나의 환경, 특히 경제적 여건은 상당히 안 좋았기 때문에 이웃들의 반응과 격려가 엄청난 힘이 되었다.

나는 노랫말처럼 꿈의 장대를 짚고 저 달로 뛰어오르고 싶었다. 사람들이 그곳에는 황량한 토양만 있을 뿐 바다는 착시현상이라고 알려줘도, 나는 달에 있는 바다를 믿었고 그곳에 첨벙 빠져보고 싶었다. 순간순간 나를 압박하는 일상의 슬픔을 우주 공간에 반짝이는 이슬로 흩뿌려보고 싶었다. 꿈이란 게 비록 다

다를 수 없는 거짓이라 해도 그 거짓을 기꺼이 믿고 싶었다. 신기하게도, 참으로 신기하게도 나의 어설픈 믿음은 시간이 조금 흐른 뒤 현실을 바꾸어놓았다. 그때 내 슬픔의 방울들은 모두 반짝이는 이슬이 되었다.

콘서트 현장에 가면 사람들에게 말한다. "당신들은 모두 반짝이는 이슬을 갖고 있군요. 벌써 반짝이는 인생이네요." 슬픔을 많이 가진 사람일수록 반짝임을 더 많이 안고 돌아간다는 것을 느낄 수 있다. 콘서트가 끝난 뒤 사람들과 악수를 하고 웃음을 나누고 이야기를 나누면서 나는 그것을 아주 많이 경험했다.

블로그에 올리고 나서 얼마 뒤, 작은 연말 행사에 정한아 작가를 초대해서 노래를 선물했다. 맑고 여린 영혼의 그녀는 온 우주의 이슬을 눈가에 머금은 듯 잠시 고개를 들지 못했다. 행사가 끝나고 거리에 나오자 눈이 펑펑 쏟아졌다. 서로의 머리 위에 소복이 쌓이는 눈을 바라보며 우리는 잠시 서 있었다. 이제 시작된 작가로서의 멀고 험한 여정에 축복을 빌어주었다. 그녀와 나는 파이팅을 외치며 헤어졌다. 이후 신작이 나오면 바로 구입해서 읽으며 보이지 않는 작가와의 우정을 이어가고 있다.

계속 아껴주고 싶은 소설을 접하게 되면 그 작가가 알든 모르든 나는 개인적인 다짐을 한다. 앞으로 이 작가의 가장 열렬한 독자가 되겠다고. 나는 경쟁을 그리 좋아하지 않지만, 이 부분에 대해서만큼은 1등에 대한 욕심이 크다. 그렇게 더해져온 작가가 이제는 아주 많아졌다. 새로 좋아하게 된 작가가 생기면 이전에 좋아하던 작가와 작품에 미안한 마음도 든다. 그러면서 새 작품을 찾아 나선다. 독자는 태생적으로 바람둥이 같다.

『달의 바다』는 어쩌면 그리도 우리 인생과 닮았을까. 기대와 실망, 또 다른 기대와 실망의 연속이 인생이 흘러가는 공식 아니겠는가. 가끔 길거리에서 걸음의 속도를 늦추거나 멈춰 서서 지나가는 사람들의 뒷모습을 보며 생각한다. 저들은 어릴 때 어떤 미래를 꿈꿨을까. 어릴 적 꿈꿨던 영롱한 빛이 지금 저들의 현실을 감싸고 있을까. 그럼 나는 어떨까. 지금 내 모습은 어린 내가 원했던 모습인가. 아니라고 생각한 순간 마음 한켠이 아리다.

나만 그렇지는 않다. 모든 인생이 한결같이 그 질문 앞에서는 쓸쓸한 미소를 짓는다. 기를 쓰고 대기권 밖으로 뛰어올랐는데 달의 푸른 바다를 만나지 못하고 먼지 이는 갈증의 땅에 내려앉은 모습을 하고 있다. 어른이 된다는 건 뾰족한 현실의 바늘로 꿈의 풍선을 팡팡 터뜨리는 일에 다름아니다. 많은 사람들이 인생의 진짜 모습을 보며 반쯤 체념한다. 그러고는 여전히 달의 바다를 바라보는 사람을 비현실적이라고 몰아세운다.

문학은 이런 점에서 사람들에게 따돌림을 당할 자세를 갖고 있는 것 같다. 많은 경우에 인생은 아름답지 못하다는 것을 우리는 안다. 하지만 문학은 어떤 경우든 인생은 아름답다고 단호한 입술 모양을 하고 있다. 문학이 가진 그 애처로운 긍정을 나는 사랑한다.

그래, 현실은 당신의 꿈을 닮아 있던가요?

선배들은 왜 어른이 되는 과정에 대해 다들 냉소적으로 말해주
었을까. "'학생 때가 가장 좋지, 사회 나가봐라.'"결혼? 해봐라.
그때부터 네 자유는 뿌리 뽑히는 거지.""아이는 평생 짐 덩어
리야." 하나같이 이런 식으로 말이다. 내가 살아보니 그 말들은
하나도 맞지 않다. 실제로는 그렇게 생각하지 않으면서 조금 과
장되게 말한다는 것을 알지만, 그래도 긍정보다는 부정적으로
말하는 사람을 더 많이 봐왔다. 아마도 어릴 때 생각했던 것들
을 하나하나 현실로 맞닥뜨리면서 받은 놀라움의 표현이지 싶
다.

윤대녕 소설 「못구멍」(『제비를 기르다』, 창비, 2007)은 사랑의 꿈
이 결혼의 현실을 만나는 이야기다. 남자는 결혼을 '삶의 균형을
맞추는 한 과정'이라고 생각했고, 여자는 '가난한 청춘의 연장'
이면 충분하다고 여겼다. 여자의 꿈과 남자의 현실이 만나는 교
차점이 그들의 결혼이었다. 두 사람이 함께 생활하면서 많은 기
쁨과 슬픔의 못 구멍들이 생겼다. 생활의 편의를 위해, 사랑하는
사람의 옷을 걸어주기 위해, 서로 바라보며 웃고 있는 사진을
걸기 위해. 그러나 그런 것들이 필요 없게 되는 때가 오면서 못

은 빼내어지고 많은 못 구멍이 남았다. 남자가 잠든 밤이면 여자는 화장할 때 쓰는 아이브로우 펜슬로 그들의 사랑과 결혼을 머리맡 벽에 적는다. 여자가 쓴 내용에 곡을 붙여보았다.

인생이란 헐벗은 나뭇가지들 사이로 틈틈이 지나가는 햇살을
바라보는 것
따뜻한 강물처럼 나를 안아줘
더 이상 맨발로 추운 벌판을 걷고 싶지 않아
당신의 입속에서 스며 나오는 치약 냄새를 나는 사랑했던 거야
우리 무지갯빛 피라미들처럼 함께 춤을 춰
그래도 인생은 살 만한 거라고 내게 얘기해줘
가끔은 자유와 이상과 고독에 대해서도 우리 얘기해
화병처럼 나는 주인만을 사랑해 나도 너의 주인이 되고 싶어
당신이 먼저 잠든 밤마다 나는 이렇게 한 줄씩 쓰고 있어요

사랑이란 못 구멍이 없는 하얀 벽지가 아니라 둘 사이에서 생긴 못 구멍을 메우는 강물 같은 거라고 소설은 말해준다. 사람을 사랑하게 되면 두 사람 사이에는 수많은 못 구멍이 생긴다. 확대하면 우리 인생도 헤아릴 수 없는 못 구멍의 연속이다. 서로의 마음을 강물처럼 흐르게 하면서 나와 당신의 못 구멍을 메워주는 일이 우리 앞에 남아 있다. '그것이 인생이 해야 할 가장

매력 있는 일 중 하나가 아니겠어요?'라고, 손에 못과 망치를 들고 하얀 벽 앞에 서 있는 우리에게 문학이 묻는다. 현실이란 꿈의 온기로 녹여야 하는 얼음덩어리인지도 모른다. 녹이지 않는다면 우리도 얼어붙을 일만 남지 않겠는가.

함께 부른
노래들

사랑, 내게 없고 늘 있는

권지예, 『붉은 비단보』   제갈인철

2009

나는 봉천동에 산다

조경란, 「나는 봉천동에 산다」   제갈인철

새가 우는 역

문정희, 「명봉역」

제갈인철

거 기 그 대 로 내 - 어 린 날

눈 시 리 게   서 - 있 겠 지   -   아 버 지 와 나

마 지 막 으 로   헤 어 진   새 가 우 는 역   -

아 버 지 와 나   마 지 막 으 로   헤 어 진

새 가 우 는 역

자운영 꽃밭에서 나는 울었네

공선옥, 『자운영 꽃밭에서 나는 울었네』

제갈인철

봄바람

박상률,『봄바람』

제갈인철

낮달

제갈인철

구 름 한 점 없 는 파 란 하 늘 에 너 의
눈 부 신 햇 - 살 가 득 한 세 상 아 무

이 름 을 써 보 려 는 데 하 얀 낮 달
도 나 를 보 지 않 는 데 어 린 손 끝

이 손 끝 에 걸 리 네 먹 다 남 은
이 내 얼 굴 만 지 네 맑 고 고 운

비 - 스 킷 처 럼 - 히 물 어 진 는
보 석 의 눈 물 - 글 썽 이 는

달 그 리 움 의 - 부 스 러 기 처
너 간 지 러 워 - 웃 고 도 싶 지

럼 맑 은 하 늘 에 쓸 쓸 히 버 려 져 있 네
만 하 얀 구 름 에 숨 어 서 울 고 말 았 네

달의 바다

정한아, 『달의 바다』

제갈인철

꿈 꾸 왔 - 던 그 곳 에 가 까 이 가 본 적 있 나 요 -

일 상 의 대 기 권 뚫 고 간 그 - 곳 나 만 의 바 다 우 리

이 제 진 짜 이 야 기 나 눠 볼 까 요 꿈 의

장 대 짚 고 달 로 뛰 어 오 를 까 요 당

신 의 슬 픔 은 별 들 위 에 이 슬 로 내 - 려 앉 을 거 에 요

우 리 이 제 손 잡 고 그 별 들 의 반 짝 임 바 라 볼 까

요 달 의 바 다 달 의 바 다 달 의 바 다

함께 읽은 책들

프롤로그 솜사탕을 먹는 밤
『별들의 고향』 최인호 지음, 동화출판공사, 1984
『객지』 황석영 지음, 창비, 2000
『한 완전주의자의 책읽기』 장석주 지음, 청하, 1989

1장 내 인생은 문학이었다

운명의 회오리
『검은 꽃』 김영하 지음, 문학동네, 2010

고향의 복원
『거울 속 여행』 김주영 지음, 문이당, 2001
『눈길』 이청준 지음, 열림원, 2000

어린 생명
『돼지꿈』 오정희 지음, 랜덤하우스코리아, 2008
『계속해보겠습니다』 황정은 지음, 창비, 2014
『내 꿈의 방향을 묻는다』 정지원 지음, 문학동네, 2004

트라우마
『우리들의 일그러진 영웅』(1987 이상문학상 수상작품집) 이문열 지음, 문학사상사, 1987
『모든 빛깔들의 밤』 김인숙 지음, 문학동네, 2014
『목격자들』(전2권) 김탁환 지음, 민음사, 2015
『꽃피는 고래』 김형경 지음, 창비, 2008

극장에서 만났던 나의 화양연화 (1)
『어린 당나귀 곁에서』 김사인 지음, 창비, 2015

2장 누구에게나 삶은 소설이고 영화다

연애를 권함

『내 여자 친구의 귀여운 연애』 윤영수 지음, 민음사, 2007

『죽은 왕녀를 위한 파반느』 박민규 지음, 예담, 2009

그 섬에 가고 싶지 않다

『채식주의자』 한강 지음, 창비, 2007

『발칸의 장미를 내게 주었네』 정미경 지음, 생각의나무, 2006

늙음에 대하여

『봄빛』 정지아 지음, 창비, 2008

『명랑』 천운영 지음, 문학과지성사, 2004

『빠레, 살라맛 뽀』 한지수 지음, 작가정신, 2015

극장에서 만났던 나의 화양연화(2)

『은교』 박범신 지음, 문학동네, 2010

『내 슬픈 창녀들의 추억』 가브리엘 마르케스 지음, 송병선 옮김, 민음사, 2005

『벌레 이야기』 이청준 지음, 열림원, 2002

『철도원』 아사다 지로 지음, 양윤옥 옮김, 문학동네, 1999

『서편제』 이청준 지음, 열림원, 1998

『오이디푸스의 숲』 강유정 지음, 문학과지성사, 2007

깊고 멀리 흐르는 인생을 위해

『장길산』(전10권) 황석영 지음, 현암사, 1984

『바리데기』 황석영 지음, 창비, 2007

『태백산맥』(전10권) 조정래 지음, 한길사, 1989

『지리산』(전7권) 이병주 지음, 기린원, 1985

『녹슬은 해방구』(전9권) 권운상 지음, 백산서당, 1991

『토지』(전16권) 박경리 지음, 솔, 1994

『혼불』(전10권) 최명희 지음, 한길사, 1996

3장 내 노래가 위로가 될 수 있다면

예술과 인생
『붉은 비단보』 권지예 지음, 이룸, 2008
『서편제』 이청준 지음, 열림원, 1998
『천년학』 이청준 지음, 전갑배 그림, 열림원, 2007

상실에 대하여
『나는 마흔에 생의 걸음마를 배웠다』 신달자 지음, 민음사, 2008
『물 위를 걷는 여자』 신달자 지음, 자유문학사, 1990
『내 생애 단 한 번의 약속』 김수연 지음, 문이당, 2008
『한 말씀만 하소서』 박완서 지음, 세계사, 2004
『세상에서 가장 길었던 하루』 임지영 지음, 형설라이프, 2012

문학이 청춘에게
『두근두근 내 인생』 김애란 지음, 창비, 2011
『침이 고인다』 김애란 지음, 문학과지성사, 2007
『구월의 이틀』 장정일 지음, 랜덤하우스코리아, 2009
『아담이 눈뜰 때』 장정일 지음, 김영사, 2005

가족, 굴레이자 자유
『국자 이야기』 조경란 지음, 문학동네, 2004
『인생낭독』 KBS 낭독의발견 엮음, 달, 2008
『움직임』 조경란 지음, 작가정신, 1998
『투명인간』 성석제 지음, 창비, 2014

명봉역에서 만난 아버지
『다산의 처녀』 문정희 지음, 민음사, 2010
『소금』 박범신 지음, 한겨레출판, 2013

문학의 다른 이름은 어머니
『자운영 꽃밭에서 나는 울었네』 공선옥 지음, 창비, 2000
『엄마를 부탁해』 신경숙 지음, 창비, 2008
『시계가 걸렸던 자리』 구효서 지음, 창비, 2005

4장 북콘서트에서 만난 인생들

유쾌한 문학

『고령화 가족』 천명관 지음, 문학동네, 2010

『삼미 슈퍼스타즈의 마지막 팬클럽』 박민규 지음, 한겨레출판, 2003

소년은 읽지 않는다

『봄바람』 박상률 지음, 사계절, 2004

『시간을 파는 상점』 김선영 지음, 자음과모음, 2012

아이의 행복을 지켜주는 동화

『엄마의 등 학교』 고정욱 지음, 이은천 그림, 꿈틀, 2013

『뒤뜰에 골칫거리가 산다』 황선미 지음, 봉현 그림, 사계절, 2014

『열세 번째 아이』 이은용 지음, 이고은 그림, 문학동네어린이, 2012

내가 사랑하는 시

『서울의 예수』 정호승 지음, 민음사, 1982

『눈물이 나면 기차를 타라』 정호승 지음, 창비, 1999

『외로우니까 사람이다』 정호승 지음, 열림원, 1998

열정의 생

『고산자』 박범신 지음, 문학동네, 2009

『현의 노래』 김훈 지음, 문학동네, 2012

『할머니 의사 청진기를 놓다』 조병국 지음, 삼성출판사, 2009

꿈이 현실을 만날 때

『달의 바다』 정한아 지음, 문학동네, 2007

『제비를 기르다』 윤대녕 지음, 창비, 2007